U0723130

名家散文典藏

彩插版

# 余光中散文精选

余光中 著

徐学 编选

长江出版传媒 | 长江文艺出版社

图书在版编目（CIP）数据

余光中散文精选 / 余光中著；徐学编选. -- 武汉 ：
长江文艺出版社， 2017.12（2018.1 重印）
（名家散文典藏：彩插版）
ISBN 978-7-5354-9900-4

Ⅰ. ①余… Ⅱ. ①余… ②徐… Ⅲ. ①散文集－中国
－当代 Ⅳ. ①I267

中国版本图书馆 CIP 数据核字(2017)第 191312 号

本书由台北九歌出版社有限公司授权出版

责任编辑：杜东辉　　　　责任校对：陈　琪
封面设计：龙　梅　　　　责任印制：邱　莉　　胡丽平

出版：长江出版传媒 | 长江文艺出版社
地址：武汉市雄楚大街 268 号　　　　邮编：430070
发行：长江文艺出版社
电话：027—87679360
http://www.cjlap.com
印刷：湖北新华印务有限公司

开本：640 毫米×970 毫米　　1/16　　印张：16.75　　插页：6 页
版次：2017 年 12 月第 1 版　　　　2018 年 1 月第 2 次印刷
字数：177 千字

定价：32.00 元

# 导言

徐学

## 一

1948 年，余光中在厦门发表了诗歌和文学评论，3 年后译作连载于报刊，散文创作始于 1958 年。起初，他认为诗歌是主业，散文为副产品。后来，他说，诗和文如同左右眼，两眼一起看世界，世界才是立体的。

散文，在汉文学史的庙宇中，历来与诗歌一道被供奉于正殿上。汉文字的特性，使中国文人有着为其他民族所不及的，长达两千年的丰富语汇可资利用；世代沿袭的科举制度推波助澜，使考究语言，刻意求工溢出文人的唱和而几乎成为民族的癖好；讲求实用，眷恋人世的阅读心理，让精金美玉般的文章不胫而走，经久不衰。得天独厚的中国古典散文，与西方古代散文相比，历史更为悠久，数量更为浩瀚，品类更加多般，色彩更加绚丽。

余光中，依凭着笼括现代艺术的开阔视野和民族经典浸馈中培植的纯正语感，依凭着他“千万人吾亦往矣”的勇气锐气，于 60 年代，对五四以来白话散文的美学价值作大胆质疑。

余光中指出，当大多数文艺形式都在接受现代洗礼，脱胎换骨之际，散文显得保守落后，像一个不肯剪去辫子的遗老。五四迄今，文坛泛滥的散文有三种：一是花花公子的散文，伤感做作，犹如华而不实的纸花；二是食古或者食洋不化学者的酸腐之文，不文不白，夹缠不清；三是清汤挂面式的散文，此类文章出自白话文学的信徒，他们像患了洁癖的老太太，把衣服洗了又洗，污秽自然向肥皂投降，但衣服上的刺绣花纹也都给洗掉了。

余光中进一步剖析散文辫子迟迟不能剪去的病根，指出应该抛弃以下三个错误观念：

一、进化文学史观。以为中国文学必须沿着一条确定无疑的进化路线前进：古文——温和的白话文（以胡适为代表）——激烈的白话文（以瞿秋白为代表，要求汉字拉丁化，大众语）。这种进化观认为并断言后来必然居上，文言已死，汉字必亡，传统必须抛弃。

二、言文合一观。这种观点的商标是“我手写我口”。他们不了解文字和语言不能等同；不了解对于创造性的文学，排斥文言单纯采用白话甚至口语，只会沦为单调和贫乏；不了解汉字因为语法和形体上的特点，可以创造一种纯朴简洁而又不失朦胧迷离之美的意境，这种艺术境界能超越活人的口语，千载之后仍然有蓬勃生命。

三、散文本质非诗观。以为散文只是实用的，只能用以宣传、报道、说理。

针对进化文学史观，余光中指出，五四时期特殊的历史背景上，文学先驱为了把文学“从当时那种刻板、空洞、贫血的文言文中解放出来，不得不提出白话文学的主张”。以后，改革和启蒙的声音就逐步压抑了文字和文学作为艺术应有的创造空间。今天看来，白话已达成大众化的任务，它应该向文学看齐为艺术让路了。

针对言文合一观，余光中认为，在文字的实用范围中，应该推行国语，统一白话；而在文学艺术的创造中，则要让作家有发挥文字弹性的自由。他说，文字应该表现思想，而不仅仅只是记录语言，手应该听命于心灵，而不是唇舌。绝对的言文合一，不但不可能，而且不理想。他说，“文字向语言吸收活力和节奏，语言向文字学习组织和品味，两者之间保持一点弹性，适足以相激相荡，相辅相成”。

关于散文的本质，余光中认为散文的反面不是诗，而是韵文。有些散文，没有韵文的形式，可是能够给予读者丰厚的美感，这样的散文，就本质而言是诗。有些韵文只是说理，如果我们把有美感、超实用称作诗，那么这种纯粹说理的韵文，就不能算是诗。

在澄清偏见的基础上，余光中提出了现代散文的标准：弹性、密度、质料和用典。

弹性“是指现代散文对于各种文体、各种语气能够兼容并包、融合无间的高度适应能力”。它主要着眼于句法，要求以现代人的口语为节奏的基础，融入外来，特别是西化的句法以及文言句法、方言俚语。余光中着重指出，在文风上，要分清夹缠和多姿：前者是蔽衣百结的鹌鹑，后者是遍体文章的凤凰，二者不可等同。余光中还认为文体也应有弹性，不必过于拘泥，可以大胆突破。几年后，在《焚鹤人·后记》中，他说：“其实，不少交配种的水果，不见得就不可口……任何文体，皆因新作品的不断出现和新手法的不断试验，而不断修正其定义，初无一成不变的条文可循。与其要我写得像散文或是像小说，还不如让我写得像——自己。”

密度“是指现代散文在一定的篇幅中（或一定的字数内）满足读者对于美感要求的份量”。它要求散文具有诗质，它应该是创造性的而非陈腐的，是五步一楼，十步一阁，步步莲花，字字珠玉，力求篇无废句，句无废字；而非稀稀松松，汤汤水水，既无涟漪，又无洄澜，瞎三话四的耍贫嘴。从余光中的散文创作中可以知晓，散文中繁复的意象以及时空的映叠、交替和压缩，也是加大散文的密度的有力方法。

质料“是指构成全篇散文的个别的字或词的品质”。它是字汇的品位，要求作者有独特而细腻的语感，精选出不同凡响的词汇，构筑起能经受历史长河冲刷的篇章。

用典是把古典文学的意境、氛围、情调纳入现代心灵之中。余光中说：“‘典’的最高意义是民族集体记忆的遗产，也是沟通民族想象的媒介。而通俗的所谓‘用典’，就是诉诸民族的想象和记忆……也就是将作者个人的经验注入民族集体的经验”。余光中特别强调，用典有“死”“活”之分。“死用典”只是掉书袋，原封不动的炫耀，典故未能与作者的经验融合成一个新的生命；“活用典”是脱胎换骨的创造，是想象的贯穿。他指艾略特为用典大师，说在艾略特的诗中，那些富有文化背景的人物总是与诗人的当下经验相交相融，而在读者心中唤醒往昔的经验，尤其是古代经典中的集体记忆。

## 二

余光中的台北时期（1950—1974）出版了五本散文集，笔势雄奇，想象奇特，感性丰沛，他“尝试在这一类作品里，把中国文字压缩、捶扁、拉长、磨利，把它拆开又拼拢，折来且叠去，为了实验它的速度、密度和弹性。我的理想是要让中国的文字，在变化各殊的句法中交响成一个大乐队，而作家的笔应该一挥百应，如交响乐的指挥杖”。其时的作品有些是长篇散文诗：一、在结构上，它们并不以叙述实事或描写景物为中心，而是将焦点对准内心，以一个或数个意象缩结全篇。二、在艺术方法上，为了细致入微地刻画、淋漓尽致地表现个人的主观世界，不惜将客观世界压缩、变形；它更多地借助诗的方法，如稠密的典故、意象、大幅度的跳跃……三、在叙述方式上

(叙述方式指作者以特定的语调或口吻导引读者的艺术方法。叙述方式透露出特定的情感色调和情绪节奏）采用独白。虽然以“他”来展开叙述，但“他”是作者虚拟的自我幻象，在“他”内心世界的描绘中，浓缩地打开了自己的生命履历，跳跃地展示自己的心理流程。当时余光中沉浸于个人经验中——一些骄傲和愤怒，记忆和想象，他尝试着把这些心思和情绪压缩转化，构筑一个诗的世界，在那里重新认知自己，而和周遭保持距离，甚至和自己保持一定距离。

香港时期（1975—1985）余光中的散文以小品为多。题材上有明显的扩大。许多琐事轶事，生活中的点滴乐趣都化为写作的题材。颇有新世说之风的《沙田七友》，以闹显静的《牛蛙记》，调侃现代生活之无奈的《催魂铃》……《我的四个假想敌》写女儿长大带来的矛盾心情，《春来半岛》写香港的各种树木植物，《吐露港》对沙田的日色、夜色远观近看，《秦琼卖马》《高速的联想》《轮转天下》写汽车、自行车和三轮车……抒情言志之作少了，而咏物寄怀和寓情于景之作明显增加。

叙述方式上，从“独白”转为“诉说”。结束了成长经验的内省，异乡他国的孤独自语和愤怒青年的自我激辩，激情和浪漫有所削减，更重视在从容平淡中经营意蕴。壮怀激烈、热情紧张转为静观自得、幽默风趣。开始采用一种平静的、诉说式的方式来结构他的散文，而对着假想中的读者朋友，和他们一起分享自己现实生活中的种种趣闻乐事。追求一种现场感和谈话风，“呢”“吗”“吧”等语助词出现较多。

叙述方式的改变也带来遣词造句的变化。以前句法接近骈体，讲究文体典雅，对仗工整；而香港之作则文白交融，一方面拒绝漂白了的“大白话”，一方面又适当增添些旧小说的语言和句法，使文句简洁混成，颇有雅舍笔法之意趣。写人、写景亦有变化。不重诗情画意的感性，而在人情世故、事态物理的意趣之间。

千百年来，中国散文正宗往往在清淡中见韵味，而非在瑰丽奇伟中见生命。余光中台北时期的试验散文恰恰是在这一点上冲击了中国传统，自有其功绩。此时，从绚烂归于冲淡，比起其他未向现代艺术拜师的散文家，依然色彩更为浓烈，感性更为丰富，知性与感性融合得天衣无缝。香港时期的散文创作，表现出余光中散文创作的新进展，这就是从散文的专才一变而为通才、全才。他不仅可以出色地抒情、写景、说理，也能够表意、状物、叙事，更可以将这散文的六大功能融为一体。

## 三

高雄时期（1985 迄今），游记最多，融合了台北感性和香港的知性，气定神闲，简而实繁，淡而实醇，绚烂归于平淡，另是一番境界；更加稳固地奠定了余光中"诗文双绝"的文学地位。

余光中嗜游成癖：少年时在山国四川凭一张地图神游世界，成年后壮游新大陆。旅游的感受（神游的知性与壮游的感性）刺激了他的散文创作。1958 年，他写下的第一篇散文《石城之行》，就是一篇游记。

从那以后，他在新大陆纵横几度，轮转万里，写下了《南太基》《黑灵魂》《四月在古战场》《丹佛城》《咦呵西部》等多篇游记；同时也去了菲律宾、澳洲，都有游记为证。

香港时期，余光中潜心研究了中国历代的游记，特别是明清时代与五四初期的游记。1982 年 8 月至 12 月，他一气呵成，写下《论民初的游记》《中国山水游记的感性》《中国山水游记的知性》《杖底烟霞——山水游记的艺术》四篇论文，共四万多字。在文章中他细致地比较和评析了前人在游记创作中的得失，对游记的知性与感性，游记中的抒情、写景、叙事、议论，对游记作家的游历与创作的关系等一系列问题作了清晰的透视。这些论文虽然附有详尽的注解，但并不套用许多理论术语，而注重实际的创作。如果说游记是一片广阔无边的海洋，那么评论家余光中所写的游记研究，并不是海洋学家的海洋研究报告，而更像是一位海中探险的船长写出的航海日志。这种日志，主要的目的不在于评定前人，而在于从前人创作中汲取养分，调整和充实自己的游记创作。

除了主观上的兴趣、努力和准备，客观上出游的机会和时间增多也是重要原因。80年代中期以后，余光中的文学成就日益受到海内外文化界肯定和关注，他与世界的互动更为密切与频繁。他经常应邀去国外大学或社团作文学讲演或担任文学活动的主持人、评审，出席一年一度的国际笔会大会，还要利用假期到海外探亲访胜……出国游之余还有乡土游，利用各种机会亲近南台湾的山水草木……更多的是祖国大陆各地讲学之余走遍了大半个中国。

每次游罢归来，他总喜欢搬出照片（许多出自夫人之手，范我存已经迷上了摄影，并颇有造就，作品为多家杂志选登）、幻灯片，还有图片、小册子、纪念品等等，向来访的朋友一一报告赏心乐事。但说得舌敝唇焦，却总觉得辞不达意，意犹未尽。他就转而写成游记，对外，可以一劳永逸，提供给所有的朋友，识与不识的；对内，可以借此补走马观花之不足，把囫囵的经历提升为艺术的境界，使匆匆的观光变作心灵的滋养。

这时期的游记是余光中散文创作中的又一座奇峰。这种评价可以从下面三方面的变化中得到明证。

1. 情感内容和情感方式的改变。

游记中总有一位焦点人物，“我”或“他”。一位活生生的旅人，走动在山水名胜或人文景物之间。读者正是追随着这位人物的视野和心灵来了解山水景物的。余光中游记中的这位人物，不论高雄时期或此前，总是情感丰富，观察犀利，活力充沛。但是一以贯之中又有变化，这变化之一就是这位人物的情感内容和情感方式。

此时游记中与台北时期的游记相比，从骚动不安甚至孤独焦虑变为沉静自得、合群通达，从执着追寻到开阔包容。

在美国时，余光中多数时候为独游，思亲忆旧怀乡，在回忆与期盼之间征服彷徨；并且，他一直在“你不知道你是谁”和“你知道你不是谁”之间寻寻觅觅，不安且焦虑。80年代中期，他已经从曾经“是瓜而苦”，终于“成果而甘”；到高雄后，更是自悟地写下：

“后半夜独醒着对着后半生/听山下，潮去潮来的海峡/一样的水打两样的岸/回头的岸是来时的岸吗？……此岸和彼岸是一样的浪潮/前半生无非水上的倒影/无风的后半夜格外的分明/他知道自己是谁了……”

他曾写过这么两句诗：“你不知道你是谁，你忧郁/你知道你不是谁，你幻灭。”现在他说，要印证自己的生命，可以在这两句诗之后再加上这么一句：“你知道你是谁了，你放心。”

生命境界的提升带来了新的情感内容。他不再恣意自剖，反复争辩了；他能够沉静地欣赏，欣赏异国情调和不同的民族性：瑞士人的安详且富于理性，法国人的浪漫情调，德国民族的秩序感和音乐素养……他也能平静地“欣赏”旅途中突如其来的小小“横祸”。在布拉格之游中，同行者——尔雅主人隐地的皮包被窃，尽管遭窃，隐地仍能保持平常心，视为缘分。余光中对此境界极为欣赏，在游记中有这样的描述："偷，而能得手，是聪明。被偷，而能放手，甚至放心，就是智慧了。"

他还能通达地反观自身。在曼谷玉佛寺大堂，他屈身下跪久了，无意间把腿一伸，脚底对住了玉佛，为寺人所纠正，一时蠢蠢不安，下午便捐黄缦为黑佛披肩，以满足潜意识中的赎罪之感。然而，在游记中叙述此事后又引《六祖坛经》之例，说不可将求福视作功德，泰然自贬，坦然一笑。

### 2. 创作心理活动中知性和感性的融合。

创作的心理活动大体可析为两个层面，感性与知性。

感性是指创作心理中心绪、情绪与激情的活动，以及这些活动表现出的敏锐的感官经验。这在游记中尤为重要，因为游记本来就应该是"游目骋怀，极视听之娱"。

知性是对感性活动所提供的素材加以综合认识的创造能力。（台湾文学界所使用知性一词与大陆文论界的知性并不相同。在大陆，知性是从黑格尔、马克思那里找来的，是德文 Verstand，又曾译作悟性或理解力。知性介于感性与理性的中间阶段，它是"分析的理智所作的一些简单的规定"，它"将对象的具体内容转变为抽象、孤立的、僵死的"。只有理性才能克服知性分析方法所形成的片面性和抽象性，而使一些被知性拆散开的简单规定经过综合恢复了丰富性和具体性，从而达到多样性统一。台湾文学界的知性来自英文的 Intellect，指的是人类的精神作用中相对于感情和意志的一种知的机能或思考力，指人类对感觉和知觉所取得的素材加以整合）余光中将其分为两端，知识与思考，在游记中就是所游名胜的地理沿革，文物兴替和游者的感悟。

余光中此前的游记感性十足。此时的游记仍然保持了这种充沛的感性，能给读者一种现场感，使之如闻其声，如见其色，如入其境。不过，与此前散文不同的是，它减少或摈弃了大幅度的变形而增加了真实的生活细节，冗长浓稠的意识流不见了，大段的纯粹抒情也少见。这点我们下面会具体举例说明。

知性的活力是明显加强了。这表现在，大量地理和人文背景知识介绍的有机融入。作者说，出游之前他一定会多读有关书籍，去泰国前，读了六七本有关书籍，还有《大唐西域记》和《六祖坛经》，也尽量学习该地的语言（比如去西班牙前，他就掌握了西班牙语的基本句法和词汇）；出游后，要消化带回来的地图、资料，有时还利用钞票、钱币、车票、导游手册甚至签证上的图案。这也表现在对所游之地的文化思考增强。余光中每到一地，每面对一处古迹、一位人物都会自然而然地联想到中华文化的相关部分。他有时简直是携古人同游。这时的游记中，联想的文人墨客、志士仁人有陈子昂、李白、徐霞客、苏舜钦……攀史考特（司各特）之塔，会自然想到林琴南，他曾称史考特为“西国史迁”；在瑞士险峻的火车隧道中，想到如果韩愈面临这般山形，一定会写出怪中有趣的诗歌……

此时文化思考最为突出的是对宗教的思考明显地增强了。

余光中自称此时最爱看庙看寺。在欧洲，他仰瞻低回于巍峨的教堂；当阳光穿透了玻璃彩窗，他总是惊喜地仰面，接受一瞬间壮丽之启。在东南亚和日本，他则流连于佛寺的古风与禅味，对那长眉修目、丰准宽唇、垂耳及肩的庄严佛像俯首下心。

余光中并未曾皈依任何一种宗教，但也并不是一个理直气壮的无神论者。在内心深处，他对于有信仰、有依归的教徒总是羡慕的，对于建筑壮丽、香火肃穆、仪式认真隆重的教神场所总是尊重和心怀仰慕。

他常常把教堂和寺庙作为旅游中歇脚的场所，在那里静静地闭目沉思。旅游时身是客，人于生之途中又何尝不是客，在远离尘市、尘嚣的处所，令人醒爽的清凉世界，“可以想一想灵魂的问题，而且似乎会有答案”。

在《雨城古寺》《逃犯停格》《梵天午梦》《耶释同堂》《黄绳系腕》《德国之声》中都不同程度地涉及了宗教问题，并申明了作者近乎泛神论的观点：面对大自然的秩序与壮观，例如星空与晚霞，很难做一个无神论者；面对生死之无常，祸福之无端，病痛之无奈，也很难不向冥冥中更高的力量求助。

知性的加强还表现在结构安排上更为精心，为便于读者阅读其长篇散文，此时的游记开始标出阿拉伯数字、划分出醒目的段落。

**3. 写景、叙事、抒情、议论四种基本方法的运用更加自如，相映生辉。**

余光中的游记一贯以色彩感和想象丰富而见长。早期的游记，也有写景，但大都不以准确刻画取胜而以传达内心情感心绪见长。可以说，那时的游记景中无事，旁若无人。此时写景依然保持了强烈的色彩感和现场感。《梵天午梦》中对泰国佛寺的描写，浓墨重彩，表现出强烈的色彩感。《红与黑》中对斗牛场景的描写，也是极具现场感，使人如闻其声，如入其境，惊心动魄。

但是，余光中此时的写景又有所变化。主要是：一、景中有人，以前的游记焦点总是对准内心，现在开始描写同游者了。这时期在余光中游记出现的人物有高岛（王庆华）、隐地、高天恩、楚戈、金兆、钟玲、黄维梁等，有些虽然几笔勾勒，却都栩栩如生。二、许多写景的句子，以叙事出之。如《山色满城》中写鹰巢饭店一段：“朝外一望，才明白为什么要叫鹰巢了。原来整个店就岌岌可危地栖在桌山西台的悬崖边上，不安的目光失足一般，顺着沙岩最西端的陡坡一路落啊落下去一直落到大西洋岸的克利夫墩镇，被一片暖红的屋顶和前仆后继的白浪所托住。”这一段写鹰巢饭店位居险要，原是写景，却用叙事的方式，化静为动。在叙事中用了一系列动词，“栖”、“失足”、“顺着”、“落”、“托住”，显得动作鲜明，富于戏剧感，不仅是触景生情，而且是景由心造。三、写景中有意穿插对话、议论，放缓节奏，表现出作者能收能放的写作功夫。如《依瓜苏拜瀑布记》，第二部分写大瀑布，如果将那些纯粹写景的段落连接起来，也就类似《咦呵西部》那些气势磅礴的早期游记了，可作者并不肯重蹈覆辙，“非不能也，是不为也”，他有意在这些写景文字中穿插导游与游人的对话、游人自己的对话和行进路线，让读者更能从容分享这壮丽的景观。他也有意在感性描绘中适时议论，使文势有起伏，有对比，澄清经验，引导感性。

其次，是叙事成分的增加。游记的客观性增强，对客观的人文背景和地理历史沿革有了更多的关注。在叙事中，秩序井然而机动。如《雪浓莎》一文，先写有关这一古堡的历史记载（家族的庄园——法王的行宫——法王情侣的花园——法国皇后荒唐的游园——遁世的修道院——启蒙运动杰出人物雅聚的文苑）；续写夜游古堡，再写白天细细观赏古堡，层次分明，娓娓动人。又如《红与黑》中斗牛士屠牛的程序，也是交代得非常清楚，并引人入胜，不显刻板枯燥。再次，此时的散文也延续了议论警策、论中生情的风格，

风景是一面镜子，浅者见浅，深者见深。古人云，境由心造。面对风景，一个大诗人总会在其中照出，并且造出自己的哲思和兴致。

“散文美”相对“诗美”，其形式上的美感即表现于组织上的更大自由，更其“参差错落”。中西散文的不同之处在于中国散文不但讲

究“笔路”——纪实性、说理性、解析性，而且讲究“文章”——融合了诗情的风采和音乐的韵律，而后者在西洋散文中是极少见的。这里说的“文章”，广义地说也就是语句、语汇的组合方式及选择提炼。散文中的“情致”“情味”在很大程度上来自于文字的趣味。余光中此时的散文文字，可用炉火纯青来形容。“纯青”指火的颜色，炼剑的炉火本是猛烈的大火，赤红鲜明，最后热度高到顶点，颜色反而淡到无形。这时期的文字，形式自然，若不经意，但厚积薄发，内蕴丰沛，越是有智慧的句子越近似家常话，完全不需要修辞上的雕琢装饰来彰显文采。

# 目录

名家散文典藏

余光中

散文精选

## ◆ 辑一　根脉年轮 ◆



## ◆ 辑二　汉魂唐魄 ◆

## ◆ 辑三　异域风情 ◆



## ◆ 辑四　师友风貌 ◆

## ◆ 辑五　喜悦温情 ◆

# 辑一　根脉年轮

# 思蜀

## 1

在大型的中国地图册里，你不会找到“悦来场”这个地方，甚至勒敦加大教授许淑贞最近从北京寄赠的巨型《中华人民共和国国家普通地图集》，长五十一厘米，宽三十五厘米，足足五公斤之重，上面也找不到这名字。这当然不足为怪：悦来场本来是四川省江北县的一个芥末小镇，若是这一号村镇全上了地图，那岂非芝麻多于烧饼，怎么容纳得下？但反过来说，连地图上都找不到，这地方岂不小得可怜，不，小得可爱，简直有点诗意了。刘长卿劝高僧“莫买沃洲山，时人已知处”，正有此意。抗战岁月，我的少年时代尽在这无图索骥的穷乡度过，可见“入蜀”之深。蜀者，属也。在我少年记忆的深处，我早已是蜀人，而在其最深处，悦来场那一片僻壤全属我一人。

所以有一天在美国麦克奈利版的《最新国际地图册》成渝地区那一页，竟然，哎呀，找到了我的悦来场，真是喜出望外，似乎飘泊了半个世纪，忽然找到了定点可以落锚。小小的悦来场，我的悦来场，在中国地图里无迹可寻，却在外国地图里赫然露面，几乎可说是国际有名了，思之可哂。

## 2

从一九三八年夏天直到抗战结束，我在悦来场一住就是七年，当然不是去隐居；而是逃难，后来住定了，也就成为学生，几乎在那里度过整个中学时期。抗战的两大惨案，发生时我都靠近现场。南京大屠杀时，母亲正带着九岁的我随族人在苏皖边境的高淳县，也就是在敌军先头部队的前面，惊骇逃亡。重庆大轰炸时，我和母亲也近在二十公里外的悦来场，一片烟火烧艳了南天。

就是为避日机轰炸，重庆政府的机关纷纷迁去附近的乡镇。梁实秋先生任职的国立编译馆就因此疏散到北碚，也就是后来他写《雅舍小品》的现场。父亲服务的机关海外部把档案搬到悦来场；镇上无屋可租，竟在镇北五公里处找到了一座姓朱的祠堂，反正空着，就洽借了下来，当作办公室兼宿舍。八九家人搬了进去，拼凑着住下，居然各就各位，也够用了。

朱家祠堂的规模不小，建筑也不算简陋。整座瓦屋盖在嘉陵江东岸连绵丘陵的一个山顶，俯视江水从万山丛中滚滚南来：上游辞陕甘，穿剑阁，虽然千回百转，不得畅流；但到一合川，果然汇合众川浩荡而下；到了朱家祠堂俯瞰的山脚，一大段河身尽在眼底，流势壮阔可观。那滔滔的水声日夜不停，在空山的深夜尤其动听。遇到雨后水涨，浊浪汹汹，江面就更奔放，像急于去投奔长江的母怀。

祠堂的前面有一大片土坪，面江的一边是一排橘树，旁边还有一棵老黄葛树，盘根错节，矗立有三丈多高，密密的卵形翠叶庇荫着大半个土坪，成为祠堂最壮观的风景。驻守部队的班长削了一根长竹竿，一端钻孔，高高系在树顶，给我和其他顽童手攀脚缠，像猴子一般爬

上爬下。

祠堂的厚木大门只能从内用长木闩闩上，进门也得提高脚后跟，才跨得过一尺高的民初门槛。里面是一个四合院子，两庑的厢房都有楼，成了宿舍。里进还有两间，正中则是厅堂，香案对着帷幕深沉、牌位密集的神龛，正是华夏子孙慎终追远的圣殿，长保家族不朽。再进去又是一厅，拾级更上是高台，壁顶悬挂着“彝训增辉”的横匾。

这最内的一进有边门通向厢房，泥土地面，每扫一次就薄了一层，上面放了两张床，大的给父母，小的给我。此外只有一张书桌、两张椅子、一个衣柜。屋顶有一方极小的天窗，半明半昧。靠山坡的墙上总算有窗，要用一截短竹把木条交错的窗棂向上撑起，才能采光。窗外的坡道高几及窗，牧童牵牛而过，常常俯窥我们。

这样的陋室冬冷夏热，可以想见。照明不足，天色很早就暗下来了，所以点灯的时间很长。那是抗战的岁月，正是“非常时期，一切从简”。电线不到的僻壤，江南人所谓的“死乡下”，当然没有电灯。即连蜡烛也贵为奢侈，所以家家户户一灯如豆，灯台里用的都是桐油，而且灯芯难得多条。

半世纪后回顾童年，最难忘的一景就是这么一盏不时抖动的桐油昏灯，勉强拨开周围的夜色，母亲和我就对坐在灯下，一手戴着针箍，另一手握紧针线，向密实难穿的鞋底用力扎刺。我则捧着线装的《古文观止》，吟哦《留侯论》或是《出师表》。此时四野悄悄，但闻风吹虫鸣，尽管一灯如寐，母子脉脉相守之情却与夜同深。

但如此的温馨也并非永久。在朱家祠堂定居的第二年夏天，家人认为我已经十二岁，应该进中学了。正好十里外有一家中学，从南京迁校到“大后方”来，叫做南京青年会中学，简称青中。父亲陪我走了十里山路去该校，我以“同等学力”的资格参加入学考试。不久青中通知我已录取，于是独自生平第一次告别双亲，到学校去寄宿上学，开始做起中学生来。

## 3

从朱家祠堂走路去青中，前半段五里路是沿着嘉陵江走。先是山路盘旋，要绕过几个小丘，才落到江边踏沙而行。不久悦来场出现在坡顶，便要沿着青石板级攀爬上去。

四川那一带的小镇叫什么“场”的很多。附近就有蔡家场、歇马场、石船场、兴隆场等多处：想必都是镇小人稀，为了生意方便，习于月初月中定期市集，好让各行各业的匠人、小贩从乡下赶来，把细品杂货摆摊求售。四川人叫它做“赶场”。

悦来场在休市的日子人口是否过千，很成问题。取名“悦来”，该是《论语》“近者悦，远者来”的意思，满有学问的。镇上只有一条大街，两边少不了茶馆和药铺，加上一些日用必需的杂货店、五金行之类，大概五分钟就走完了。于是街尾就成了路头，背着江边，朝山里蜿蜒而去，再曲折盘旋，上下爬坡，五里路后便到青中了。

## 4

比起当年重庆那一带的名校，例如南开中学、求精中学、中大附中来，南京青年会中学并不出名，而且地处穷乡，离嘉陵江边也有好几里路，要去上学，除了走路别无他途，所以全校的学生，把初、高中全加起来，也不过两百多人。

尽管如此，这还是一所好学校，不但办学认真，而且师资充实，加以同学之间十分亲切，功课压力适度，忙里仍可偷闲。老来回忆，仍然怀满孺慕，不禁要叫她一声：“我的母校！”

校园在悦来场的东南，附近地势平旷。大门朝西，对着嘉陵江的方向，门前水光映天，是大片的稻田。农忙季节，村人弯腰插秧，曼声忘情地唱起歌谣，此呼彼应，十分热闹。阴雨天远处会传来布谷咕咕，时起时歇，那喉音柔婉、低沉而带诱惑，令人分心，像情人在远方喊着谁。

校后的田埂阡陌交错，好像五柳先生随时会迎面走来，戴着斗笠。晚饭之后到晚自修前，是一天最逍遥、最抒情的时辰。三五个同学顶着满天霞彩，踏着懒散的步调，哼着民谣或抗战歌曲，穿过阡陌之网，就走上了一条可通重庆的马路。行人虽然稀少，但南下北上，不时仍会遇见路客骑着小川马达达而来，马铃叮当，后面跟着吆喝的马僮。在没有计程车的年代，出门的经验不会比李白的“行路难”好到哪里去，有如此代步就要算方便的了。有时还会遇见小贩挑着一担青甘蔗路过，问我们要不要比劈一下。于是大伙挑出瘦长的一根，姑且扶立在地上，说时迟，那时快，削刀狠命地朝下一劈，半根甘蔗便砉然中分，能劈到多长就吃多长。这一招对男生最有诱惑，若有女生围观，当然就更来劲。

以两百学生的规模而言，砖墙瓦顶的挑高校舍已经算体面而且舒适了。这显然曾是士绅人家的深院大宅，除了广庭高厅有台阶递升，一进更上一进之外，还有月洞边门把长廊引向厢房，雕花的窗棂对着石桥与莲池，便用来改成女生宿舍，男生只好止步，徒羡深闺了。

男生宿舍就没有这么好了。隔在第二进的楼上，把两间大房连成兵营似的通舱，对着内院的墙只有下半壁，上半空着，幸有宽檐伸出庇护，不消说冬天有多冷了。冬天夜长尿多，有些同学怕冷恋被，往往憋到天亮。又一个寒夜，邻床的莫之问把自身紧裹在棉被里，像只春卷，然后要我抽出他的腰带，把他脚跟的被角系个密不通风。我虽然比他还怕冷，倒不想采取这非常手段。

夏天更不好过，除了酷热之外，还得学周处除三害：苍蝇、蚊子、臭虫。臭虫之战最有规模，无一幸免。裸露的肉体是现成的美肴，盛夏的晚上正是臭族的良宵。先是有人梦中搔痒，床板在辗转反侧下吱咯呻吟；继而愤然坐起，“格老子……龟儿子”地喃喃而诟；终于点起桐油灯盏，向上下铺的木板和床板上下探照，察看敌情；这么一吵，大家都痒醒了，纷纷起来点灯备战，举室晃动着人影。臭虫虽是宵小之辈，潜逃之敏捷却是一流。木床的质料低劣，缝隙尤多，最容易包庇臭族。那些鼓腹掠食的吸血小龟，六足纤纤，机警得恼人，一转入地下，就难追剿了。于是有人火攻，用桐油灯火去熏洞口，把木床熏得一片烟黑。有人水灌，找来开水兼烫兼淹。如是折腾了大半夜，仲夏夜之梦变成了仲夏夜之魇。

至于六间教室，则是石灰板壁加盖茅草屋顶搭成，乃真正的茅屋。每个年级分用一间，讲课声则此呼彼应，沆瀣不分。如果哪位老师是大声公，就会惊动四邻，害得全校侧耳。其实上午上到第四节课时，男生早已饿了，只盼大赦的下课铃响，老师一合书本，就会泄洪一般，冲出闸门。

当然是冲去饭厅了。两间饭厅相通，一大一小，男生倍于女生，坐在大间，女生则坐小间。训导主任则站在中分的高门槛上，兼顾两边。食时不准喧哗；食毕，男生要等女生鱼贯而出，横越而过，沿着长廊，消失在月洞门里。这是全校男生一览全校女生的紧张时刻，有些女孩会在群童睽睽的注目下不安地傻笑起来，男孩子则与邻座窃笑耳语。晚餐时，这一幕重演一次，但在解散前另有高潮。只因训导主任惯于此时唱名派信，孩子们都竖直耳朵，热切等待主任的大嗓门用南京口音喊出自己的名字。这时正是三十年代转入四十年代，世界上还没有电视，长期抗战的大后方，尤其在悦来场这种地带，连电话和收音机也都没有，每天能在晚霞余晖里收到一封信，总是令人兴奋的。

如果一天接到两封，全校都会艳羡。

记得下午都不排课，即使排了，也只有一两节。到了半下午，四点钟左右吧，便有所谓“课外活动”，不上体育课，便是赛球，那便是运动健将们扬威球场的时候了。孩子们兴高采烈，夹着篮球，向一里路外的罗家堡浩荡出发。到得球场，两队人马追奔逐球起来。文静的同学与球无缘，也跟去助阵，充当啦啦队，不然就索性爬到树上，读起旧小说或者翻译的帝俄时代名著来。我也在“树栖族”之列，往往却连《安娜·卡列尼娜》也无心翻看，却凝望着另一只大球，那火艳艳西沉的落日，在惜别的霞光与渐浓的暮霭里，颓然坠入乱山深处。

晚自修从八点到九点半，男生一律在大饭厅上。每人一盏桐油昏灯，一眼望去，点点黄晕映照着满堂圆颅，一律是乌发平顶，别有一种温馨闲逸的气氛。喧闹当然不准，但喃喃私语、吃吃窃笑却此起彼落，真正在温课或做习题的实在不多。看书的，所看也多是闲书，包括新文学和外国作品的中译，甚至训导主任禁看的武侠小说。写信、记日记的也有。但最多的是在聚谈，而年轻的饥肠最难安抚，所以九点不到又觉得空了，大伙便画起“鸡脚爪”来。白吃的一位就收钱采购，得跑一趟贩卖部，抱一包花生糖、沙其马之类的回来。

大饭厅的外面有一株高大的银杏树，矗立半空，扇形的丛叶庇荫着校园，像一龛绿沁沁的祝福。整个校园的众生之中，他不但最为硕伟，也最为长寿，显然是清朝的遗老。这一户人家的沧桑荣辱，甚至嘉庆以来、乾隆以来的风霜与旱涝，都记录在他一圈圈年轮的古秘史里。记忆深处，晴天的每一轮红日都从他发际的朝霞里赫赫诞生，而雨天的层云厚积全靠他一肩顶住，一切风声都从他腋下刮起。一场风雨之后，孩子们必定怀着拾金一般的兴奋去他的脚下，一盒又一盒，争捡半圆不扁的美丽白果，好在晚自修时放在桐油灯上去烧烤。只等火候到了，剥的一声，焦壳迸裂，鲜嫩的果仁就香热可嚼了。美食天赐的乡下孩子，能算是命穷吗？

## 5

青中的良师不少，孙良骥老师尤其是良中之良。他是我们的教务主任，更是吃重的英文老师，教学十分认真。用功的学生敬之，偷懒的学生畏之，我则敬之、爱之，也有三分畏之。他毕业于金陵大学外文系，深谙英文文法，发音则清晰而又洪亮。他教的课你要是还听不明白，就只能怪自己笨了。从初一到高三，我的英文全是他教的，从启蒙到奠基，从发音、文法到修辞，都受益良多。当日如果没有这位严师，日后我大概还会做作家，至于学者，恐怕就无缘了。

孙老师身高不满五尺，才三十多岁，竟已秃顶了。中学生最欠口德，背后总喜欢给老师取绰号，很自然称他“孙光头”。我从不附和他们，就算在背后也不愿以此称呼。可是另一方面，孙老师脸色红润，精神饱满，步伐敏捷，说起话来虽然带点南京腔调，却音量充沛，句读分明。他和我都是四川本地同学所谓的“下江人”，意即长江下游来的外省人，更俚俗的说法便是“脚底下的人”。我到底是小孩，入川不久就已一口巴腔蜀调，可以乱真，所以同学初识，总会问我：“你是哪一县来的？”原则上当然已断定我是四川人了。孙老师却学不来川语，第一次来我们班上课，点到侯远贵的名，无人答应，显然迟到了。他再点一次，旁座的同学说：“他要一下儿就来。”孙老师不悦，说：“都上课了，怎么还在玩耍？”全班都笑起来，因为“耍一下儿”只是“等一下”的意思。

班上有位同学名叫石国玺，古文根底很好，说话爱“拗文言”，有“老夫子”之称。有一次他居然问孙老师：“‘目’英文怎么说？”孙老师说：“英文叫做 Wood。”有同学知道他又在“拗文言”了，便

对孙老师解释："他不是问'木头'，是问'眼睛'怎么说。"全班大笑。

在孙老师的熏陶下，我的英文程度进步很快，到了高二那年，竟然就自己读起兰姆的《莎氏乐府本事》（Charles Lamb：Tales from Shakespeare）来了。我立刻发现，英国文学之门已为我开启一条缝隙，里面的宝藏隐约在望。几乎，每天我都要朗读一小时英文作品，顺着悠扬的节奏体会其中的情操与意境。高三班上，孙老师教我们读伊尔文的《李伯大梦》（Rip Van Winkle），课后我再三吟诵，直到流畅无阻，其乐无穷。更有一次，孙老师教到《李氏修辞学》，我一读到丁尼生的《夏洛之淑女》（The Lady of Shalott）这两句：

And up down the people go,
Gazing where the lilies blow……
（而行人上上下下地往来，
凝望着是处有百合盛开）

便直觉必定是好诗，或许那时缪斯就进驻在我的心底。

至于中国的古典诗词，倒不是靠国文课本读来，而是自己动手去找各种选集，向其中进一步选择自己钟情的作者；每天也曼声吟诵，一任其音调沦肌浃髓，化为我自己的脉搏心律。当时我对民初的新诗并不怎么佩服，宁可取法乎上，向李白、苏轼去拜师习艺。这一些，加上古文与旧小说，对一位高中生说来，发轫已经有余了。在少年的天真自许里，我隐隐觉得自己会成为诗人，当然没料到诗途有如世途，将如是其曲折而漫长，甚至到七十岁以后还在写诗。

青中的同学里下江人当然不多，四川同学里印象最难磨灭的就是吴显恕。他虽是地主之子，却朴实自爱，全无纨绔恶习，性情在爽直之中蕴涵着诙谐，说的四川俚语最逗我发噱。在隆重而无趣的场合，例如纪念周会上，那么肃静无声，他会侧向我的耳际幽幽传来一句戏言，戳破台上大言炎炎的谬处，令我要努力咬唇忍笑。

他家里藏书不少，线装的古籍尤多，常拿来校内献宝。课余我们常会并坐石阶，共读《西厢记》《断鸿零雁记》《婉容词》，至于陶然忘机。有一次他抱了一叠线装书来校，神情有异，将我拖去一隅，给我看一本“禁书”。原来是大才子袁枚所写的武则天宫闱秽史，床笫之间如在眼前，尤其露骨。现在回想起来，这种文章袁枚是写得出来的。当时两个高中男生，对人道还半蒙不懂，却看得心惊肉跳，深怕忽然被训导主任王芷湘破获，同榜开除，身败名裂。

又有一次，他从家中夹来了一部巨型的商务版《英汉大辞典》，这回是公然拿给我共赏了。这种巨著，连学校的图书馆也未得购藏。我接手过来，海阔天空，恣意豪翻了一阵，真是大开了眼界。不久我当众考问班上的几位高材生：“英文最长的字是什么?”大家搜索枯肠，有人大叫了一声说：“有了，extraterritoriality！”我慢吞吞摇了摇头说：“不对，是 floccinaucinihilipilification！”说罢便摊开那本《英汉大辞典》，郑重指正。从此我挟洋自重，无事端端会把那部番邦秘笈夹在腋下，施施然走过校园，幻觉自己的博学颇有分量。

另外一位同学袁可嘉却是下江人。我刚进青中时，他已经在高二班，还当了全校军训的大队长，显然是最有前途的高材生。他有一种独来独往、超然自得的灵逸气质，不但谈吐斯文，而且英文显然很好，颇得师长赏识，同学敬佩。

那时全校的寄宿生餐毕，大队长就要先自起立，然后喝令全体同学“起立”并转身向训导主任行礼，再喝令大家“解散”。我初次离家住校，吃饭又慢，往往最后停筷。袁大队长怜我年幼，也就往往等我放碗，才发“起立”之令。事后他会走过来，和颜悦色劝勉小学弟

“要练习吃快一点”，使我既感且愧。

有了这么一位温厚儒雅的大学长，正好让我见贤思齐，就近亲炙。不料正如古人所说，他终非“池中物”，只在青中借读了一学期，就辗转考进了全中国最好的学府“西南联大”去了。

后来袁可嘉自己却得以亲炙冯至与卞之琳等诗坛前辈，成为四十年代追随艾略特、奥登等主知诗风的少壮前卫。一九四五年抗战胜利，我也追随青年会中学回到我的出生地南京，继续读完高三。那时袁可嘉已成为知名的诗人兼学者，屡在朱光潜主编的大公报《大公园》周刊上发表评论长文，令小学弟不胜钦仰。

五十二年后，当初在悦来场分手的两位同学，才在天翻地覆的战争与斗争之余，重逢于北京。在巴山蜀水有缘相遇，两个乌发平顶的少年头，都被无情的时光漂白了，甚至要漂光了。

而当年这位小学弟，十岁时从古夜郎之国攀山入蜀，十七岁又穿三峡顺流出川，水不回头人也不回头。直到半世纪后，子规不知啼过了几遍，小学弟早就变成了老诗人，才有缘从海外回川。但是这一次不是攀山南来，也并非顺流东下，而是自空而降，落地不是在嘉陵江口，而是在成都平原。但愿下次有缘回川，能重游悦来场那古镇，来江边的沙滩寻找，有无那黑发少年草鞋的痕迹。

2000 年于高雄西子湾

# 片瓦渡海

## 一

从江北国际机场出来，天已经黑下来了。毕竟是大陆性气候，正在寒露与霜降之间，夜凉侵肘，告诉远客，北回归线的余炎早抛在背后了。明蓉把我们接上工商大学的校车，平直宽坦的高速公路把我们迎去南岸。路灯高而且密，灯光织成繁华的气氛。不过长途的终点若是一个陌生的城市，而抵达时又已天黑，就会有梦幻之感，感到有点恍惚不安。

说重庆是一个“陌生”城市，未免可笑。少年时代我在这一带足足住过七年，怎么形容也绝非陌生；但那毕竟是六十年前的事情，沧桑之余，无论如何也绝非“熟悉”了。车向南行，渐浓的夜色中，明蓉指着对江的一簇簇摩天楼说：“那边正是重庆，你还认得出吗?”我怎么认得出呢？成簇成丛的蜃楼水市，千门万户，几乎都在五十层以上。六十年不见，重庆不但长大了，而且长高了那么多，而且灯火那么热闹，反而年轻起来。不但我不敢认他，他，只怕更不认我了吧？

第二天一早，王崇举校长就来翠林宾馆，陪我们夫妻在校园散步。

校园很广，散布在斜向江岸的山坡上，高楼丛树，随坡势上下错落，回旋掩映，所以散步就是爬山。秋雨霏霏，王校长和我共伞，一面指点着寒林深涧，有山泉泠泠流来，穿石桥更往下注。他又带我们和徐学转上一条很陡的山径，青板石阶盘旋南去，没入蔽天林阴。他说这条路叫做“渝黔古道”，工商大学的校园正是起点。我们仰望一径通幽，怀古未已，王校长又带我们曲折下山，来到一个井旁。那是一口开敞的古井，宽约四尺见方，水面一片虚明。王校长说这是传说已久的仙泉，饮之可除百病，而且不论雨旱，总是水量饱满。我立刻用瓢舀了仙水，浅尝了一口，顿觉清甘入喉，又喂了我存一口。这才注意到附近的瓶瓶罐罐散置了一地，村民或用手提，或用车推，几乎不绝于途。黄老之治的校长在一旁顾而乐之，有福与民共享。

两岸交流以来，这是我第三次访蜀，却是第一次访渝。承蒙蜀人厚爱，每一次待我都像游子还乡，媒体报导都洋溢乡情。这一次回重庆，前后七天，演讲三次，前两次在工商大学与教育学院，依次是《中文不朽——面对全球化的母语》《诗与音乐》。第三讲在三峡博物馆，题为《旅行与文化》。此外，工商大学更为我安排了紧凑的日程，先后带我去了朝天门、瓷器口、悦来镇、大足石刻博物馆、江碧波画室、重庆艺术学院。

## 二

凡是未登朝天门北望的人，都不能自称到过重庆。因为这是水陆重庆的看台，巴蜀向世界敞开的大门。有人不免会想到三峡，不过三峡长胜于宽，历史与传说回音不断，就像河西走廊一样，与其说是大门，不如说是长廊。

门谓朝天，据说是明初戴鼎建城，依九宫八卦之数置门十七之多；

朝天门在重庆半岛尖端，面向帝都金陵，百官迎接御使，就在此门。

细雨洒面，烟波浩渺，嘉陵江从西来，就在广场的脚下汇入了长江的主流，共同滚滚北去；较清的一股是嘉陵之水，主流则呈现黄褐。江面颇宽，合流处更形空阔。俯临在水域上空，重庆、江北、南岸，鼎立而三，矗起的立体建筑，遥遥相望，加上层楼背后的山影叠翠，神工之雄伟，人力之壮丽，那气象，该是西南第一。

倚立在螺旋形栏杆旁边，我有“就位”之感。此刻我站的位置，正是少年时代回忆的焦点，因为两条大河在此合流，把焦点对准了。人云回乡可解乡愁，其实未必。时代变得太快，沧桑密度加深。六十年前，在这码头随母亲登上招商局的轮船，一路顺流回去“下江”的，是一个十八岁的男孩，胜利还乡的喜悦，并不能抵偿离蜀的依依。那许多好同学啊，一出三峡，此生恐怕就无缘重见了。那时的重庆，尽管是战时的陪都，哪有今日的重庆这么高俊，挺拔？朝天门简陋的陡坡上，熙熙攘攘，大呼小叫的，多是黝黑瘦小的挑夫、在滑竿重负下喘息的轿夫、背行李提包袱的乡人，或是蹲在长凳上抽旱烟的老人。因为抗战苦啊蜀道更难，我这羞怯的乡下孩子进一趟城是天大的事，步行加上骑小川马，至少一整个下午；而坐小火轮顺嘉陵江南下，一路摇摇摆摆，马达声虐耳扑扑不停，也得耗两个钟头。那时，泡茶馆是小市民主要的消遣；加一包花生、瓜子或蚕豆，就可以围着四方小桌或躺在竹睡椅上，逍遥半个夏日，或打瞌睡，或看旧小说与帝俄小说的译本，或看晚报，或与三二好友“摆龙门阵”。这一切比起今日的咖啡馆、火锅店、星巴克店，似乎太土太老旧了，但今日的重庆，新而又帅，高而又炫，却无门可通我的少年世界。

不过倚望着逝者如斯，不舍昼夜，我仍然有“归位”的快慰。人造的世界虽剧变而难留，神辟的天地仍凿凿可以指认。脚下这两条洪流，长江远从漠漠的青藏高原，嘉陵江远从巍巍的秦岭，一路澎湃，

排开千山万壁的阻碍，来这半岛的尖端会师，然后北上东去，去撞开三峡的窄门，浩荡向海。这千古不爽的约会，任何人力都休想阻挡。如果黄河是民族的父河，长江该是民族的母江，永不断奶，永远不可以断奶。江河是山岳派去朝海的使者，支流与溪川，扈从无数。嘉陵江簇拥着长江，是何等壮阔的气派。这气派，到下游汉水率百川来追随，我也曾在晴川阁上豪览。

我这一生，不是依江，便是傍海，与水世界有缘。生在南京，童年多在江南的泽国，脚印无非沿着京沪铁轨，广义说来，长江下游是我的摇篮、木马。抗战时期，日本人把我从下游赶来上游，中学六年就在这脚下茫茫的江水，嘉陵投怀于母水的三角地带，涛声盈耳地度过。战后回到石头城，又归位于浩荡的下游。所以我的大陆岁月，总离不开这一条母河。至于海外的岁月，不是香港，就是台湾，河短而海阔，一条水平线伴我，足足三十二年。

而今重上朝天门，白首回望，虽然水非前水，但是江仍故江，而望江的我，尽管饱经风霜，但世故的深处仍未泯，当年那“川娃儿”跃跃的童心。

## 三

那一片未泯的童心引我，在访渝的第五天，载欣载奔，终于回到悦来场。

毕竟是六十年前的事了，为了我能够顺利寻根，重庆工商大学的胡明蓉女士事先曾三度到北郊的悦来场，去探访我的母校与故居。时光的迷雾岂能一拨就开？苏武回头不过十九年，陆游再遇也仅四十年，而过了六十载呢，岂能奢求母校与故居依旧，痴痴地等一个少年回家。明蓉锲而不舍，旧址是找到了，但是屋舍都已经拆了改建，连老树也未能逃过斧锯。所幸长寿的人还留下一些，犹可见证我劫后归来的幼稚前身。

最后，她给了我一张“清单”，上面的十五个人名分成四类，计有青年会中学的同班同学二人，校友十人，童年玩伴二人，校工一人，每人名后还注明现况与电话号码。她还说，名单上的人大半会来迎接，住得远的会有的士接送。

那一天阴雨顿歇，一行人乘了两辆车向北驶去。悦来场在重庆北方约四十公里，是渝北区所辖，现已改名悦来镇。到镇上已近中午，与区镇领导、媒体记者等有简短的会谈，接着便去看江边的码头。

浓绿树阴下，石阶宽阔，顺着坡势斜落向江边。连日秋雨，阶石和草坡还没有收干，泥味和水汽沆瀣一体，唤醒记忆深处蠢蠢的嗅觉。青苔满布在石砌的短栏上，阴郁一如当年。最难忘的是坡底滔滔的江水，一路迂回从秦中流来，到此江阔水盛，已成下游，流势却仍湍急，与我少年的脉搏呼应。

我在海外这么多年，大陆的江湖由大变小，由深变浅，由清波变成浊流，最令回头的浪子伤心。黄河，你怎么瘦了呢？长江，你怎么浊了呢？最令我惘然的，是水运宪、李元洛带我在岳阳楼下坐小艇去君山，湖波浩淼，与天争地，那气象，仍然说得上“乾坤日夜浮”。千层的浪头起伏，汽艇快时，似乎犯了众怒，汹汹然都来船头拦阻，来船尾追逐。遗憾的是湖水一概混浊，实在对不起古来咏湖的名句。海外多年，我常对着地图，幻想思乡之渴可以豪饮洞庭。但眼前这不清的洪涛，岂能解渴？“浮光跃金，静影沉璧”的透彻，只能向《岳阳楼记》去奢求了吧。

所以近年在大陆水上行旅，偶见清波畅流，就特别赏心注目，甚至喜极泪下。去年端午在汨罗江边祭屈，见到水清流畅，觉得这样的江水还值得一投。此刻我回到嘉陵江边，发现流势仍旺，水色未浑，

梦中的童话竟然未损，终于宽心一笑，向坡底的沙岸走去。

水边铺石为台，就算是小码头了，但不见船来投靠，一如六十年前。只有三五妇人，对着江水在洗衣服，背后散置着五颜六色的塑胶桶或竹篓，令我想起当年粗衣陋桶、木杵捣捶的村姑。她们见一糟老头子，后面跟着一群领导和媒体，约略知道是怎么回事，再见有人照相，就纷纷要把大篓小桶之类清出现场。我大声说："不要拿开，就是要照你们随便的样子，愈乱愈好！"大家笑了。我又对她们说："我又不是外人，只是当年的'下江人'。你们还没有出世，我就常来这江边了。我在悦来场山上的中学读书，家就在上游五里的清溪口。每星期回家一定要经过这里，不但在河里洗过脚，有时还在沙滩上小便呢。"她们哈哈大笑，我又补一句："那时蹲在这里洗衣服的，大概是你们的祖母或者婆婆。"

终于大家让我独自面对江水，冥想过去悠悠的岁月。那时，我的父亲和母亲不但健在，甚至年轻。那时，我有许多小同学、小玩伴，食则同桌，睡则连床，上课时坐在同一条长板凳上，六十年后我还能说出十几个人的名字，甚至绰号。江水静静地流着，在我面前闪闪逝去的，是水光呢还是时光？对江的山色在眼前还是在梦里？水平线上是一排密实方正的巨岩，有三层楼高，更上面迤逦不断的是竹林连着竹林，翠影疏处掩映着灰瓦人家。河太阔了，听不出有无狗叫。一切浑茫的记忆，顿时对准了焦点。那时夜里，间歇的是犬吠，不断的是江声……忽然有人在坡顶叫喊，说我的同学们到了。

## 四

六十年不见的同学，也一直未曾通讯，应该是什么样子呢？当年也无非乡下的孩子，村童村姑而已，男孩子不是惨绿少年，女孩子也不是闺秀少艾。就算是出自绅良人家，在当年的学风与战时的简朴之中，也不可能怎么矜持摆谱。温馨记忆里的小朋友，一回头，忽然都变了脸，改了相，成了名符其实的“老同学”，情何以堪。

说时迟，那时快，从镇口的牌坊下，四五十级的长板石阶斜斜垂落，放一道时光之梯下来，迎我上去。人群从牌坊下涌出，簇拥着八九个老人步下阶来，笑语喧阗，神情兴奋。明蓉立刻为我们“介绍”。老同学面面相觑，我的双手都来不及握。大家的表情，惊喜里有错愕，亲切中有陌生，忘我的天真之中又有些尴尬。岁月欺人，大家都老了，可堪一叹。不过都还健在，而且不怎么龙钟，也无须搀扶，又值得高兴。笑语稍稍退潮，我才大致分出一点头绪：女生来会的有四位，男生则有五位。不知怎的，她们似乎保养得好些，反应也较敏捷；他们就更显风霜，也许羞怯，也显得比较迟缓。

其中一位女生李义芳，远在丰都，本来不想长途坐车，幸好她孙女在课本上念过我的《乡愁》，不但鼓动祖母，而且一路陪同。另一位女生朱伯清，是我初中同班同学，更显得亲切，还说得出同班其他人的名字。除了笑时眯眼曳出鱼尾纹外，她脸上仍然白净无斑，可以想见当年的姣好。大家七嘴八舌，都忘情忆旧。返老还童，这一景跨世纪的重逢，引来满街的镇民围观，看时光的魔术如何变化。我拥着朱伯清的肩头，回头用川话向观众嚷道：“你们晓不晓得，六十年前她们都是美女！”

大家一阵哄笑，又簇拥我们到一家茶馆里去坐定。十个初中同学，加起来近八百岁了，围住四方的木桌，用传统的盖碗冲浓郁的沱茶，气氛非常怀古。接着就上了一辆大车，开去上坡五里外的青中旧址。

说是旧址，因为当年从南京迁来的青年会中学早已撤走，后来校舍也拆了，不但人非，物也面目大变了。一行人踩着雨后泥湿的田埂，越过一丛又一丛竹林，来到旧址，面对着残留的一面山形粉刷高墙，

在一个半废的院子停下。护墙木板纵横成方格，空洞的窗框里伸出些干包谷叶。我指着危墙说：“那后面就是男生宿舍了。女生宿舍要讲究些，有典雅的月洞门可通，却是男生的禁区。”

“你还记得别的东西吗？”朱伯清说。

“那太多了，”我说，“教室、饭堂都不见了。”

“去教室的小路，”她说，“还通过橘树园。”

“对。橘树不高，可是绿油油的树阴，结了许多果子，”我说，“对了，那棵大白果呢？”

“早锯掉了。”萧利权说。

“太可惜了，”我叹息，“树老成精，它是校园里最老的生命，晴天的太阳总先照到树顶，风雨来时，从叶沙沙总最先知道。”

“你的散文里曾经写过。”徐学说。

“是呀，”我说，“一下过雨，满树银杏就落了一地。我们拣起来，夜自修时在桐油灯上烤熟了，剥地一响，就香气扑鼻，令人吞口水。在海外，每次见到银杏树，就舌底生津，怀念四川。”

看见我存在一旁忙着照相，就叫她过来，对大家说：“这就是我的堂客。”

满院子的人都笑了，我转头对徐学说：“你们现在叫爱人，四川话以前把妻子叫做堂客。”我对大家又说：“她小时候也在四川，住在乐山，天天看到大佛。我们当时没有见面，后来在南京一见面就讲四川话，夫妻之间只讲四川话，直到现在。”

这时乡人带了一老妪前来介绍，说她的丈夫是以前的校工。我脱口便问她：“田海青还好吧？”她眼睛红红的，黯然低语：“早已过世了。”我说：“最记得田海青，他一出现，手里拿着铃，就是要下课了。他的下课铃最受欢迎了，尤其是空肚子等午饭的第四堂课。”

## 五

浸沉在久别乍聚的喜悦之中，往事一幕半景，交叠杂错，忽明忽灭，欲显又隐，匆促间岂能理清头绪？十个初中同学如果悠然久坐树下，对着茶香袅袅，水田汪汪，追述共同度过的少年，相信回溯时光之旅，定能深入上游，更加尽兴。但是村民围观，儿童嬉笑，加上数码相机眈眈又闪闪，兴奋而混乱的重逢，忽然又要分手了。尤其是远来的同学，还得赶回家去，于是就在当年共数朝夕的旧地，再度分手。此生再聚，就算蜀道不难，世道不乱，但高龄如此，海峡如彼，恐怕是渺乎其茫了吧？

余人陪我，与我存、徐学、明蓉，再度上车，去凭吊最后的一站，朱氏宗祠。

祠堂独据嘉陵江边一座小山丘顶，俯瞰一里外江水滔滔，从坡底的沙洲浩荡过境，气势雄豪。父亲在重庆上班，但机关疏散下乡，母亲就带我住在祠堂的最后一进。宽大的四合院子，两侧的厢房都有二楼，就住了父亲好几家同事，鸡犬相闻，颇不寂寞。抗战的次年我们住进去，胜利的次年才下山回乡。那是我第一次，和一大群小朋友朝夕嬉戏在一座大杂院里。大门的门槛一尺高，跨进去时大家都还是小把戏，走时再跨出来，已经变成大孩子了。

从祠堂走路去寄宿的青年会中学，大约有十里路，大半是在爬坡。先是小径蟠蜿，一路下到江边。然后沿着平岸，逍遥踏沙而行。一时江声盈耳，波光迎目，天地间唯我一人与造化意接神通。悦来场远远在望，不久就俯临坡顶，于是拾级上阶，穿过牌坊，走出镇口，再爬五里坡道，就看见校前的水田了。

就这么，从十二岁到十八岁，一个江南的孩子在巴山蜀水里从容

长大，吸巴山的地气，听蜀水的涛声，被大盆地的风云雨露所鼓舞、滋润。那七年中，我慢慢地成长像一株橘树，与四季同其节奏，步履不出江北县的范围。四围山色围我在蕊心，一层又一层的青翠剥之不尽，但我并不觉得是被囚，因为嘉陵江日夜在过境，提醒我，上游的涓滴是秦山派来，下游的洪流是追汇长江，应召赴海。总有一天战争要结束，我也要乘此江水，顺流东下，甚至到海，甚至出洋。世界在外面，在下面等着你呢，嘉陵江说。

所以那几年我一点也不感寂寞。嘉陵江永远在过境，却永远过不完。他什么也没说，可是我听到了许多。尤其在夜里，万籁俱寂，深沉的他的男低音，就从山下一直传到我耳畔，摇撼我敬畏的心神。他的喉音流入我血管，鼓动我诗的脉搏。

从前那少年在那山国的盆地，曾渴望有一天能走出山来。但出川愈久，离川愈远，他要回川的思念就愈强。他要回来再看那沛然的江流，再听那无尽的江声，因为那江水可以见证，那是他和母亲最亲近的岁月。日后他写的《乡愁》一诗，“小时候/乡愁是一枚小小的邮票/我在这头/母亲在那头”，正是当初他寄宿在学校，怀念母亲在朱氏宗祠的心情。

在一座村舍的前院车停了下来，我们终于到了朱家祠堂——的故址。四顾只见三五瓦屋，灰瓦层迭如浪，一直斜覆到屋檐上，悬着瓦当。一行行的瓦槽，低调的暗澹之中有怀古的温馨。粗糙的墙壁用杂石和红土砌成，梁木从屋内伸出，架着晾衣的竹竿。这是萧利权的住家，三代同堂。他把儿子和媳妇叫出来，和我们照相，小孙女则在一旁看热闹。我们坐在前院喝茶，摆起龙门阵来。

近邻闻讯而至，都挤来我们面前欢迎远客，想从眼前这老头的身上，依稀揣摩出当年从下江来的那少年。听到我们夫妻流利的川话，数当年的琐细经历，村人更感亲切。我对大家嚷道：“我哪用你们欢迎呢，你们根本还没有出世，我早就来悦来场了。我欢迎你们还差不多！”

大家哄笑起来，更围得拢些。看得出，一张张笑得尽兴的面孔，对我地道的重庆话十分惊喜，对我感念四川不远千里来探望也很领情。看得出，他们的衣着都非常整洁，甚至光鲜，也许是刻意盛装迎客，但是比起六十年前他们的祖辈来，却是体面多了，令我非常欣慰。那一场的盛情、真情，够我用几年几月，够解我六十年乡愁而有余。

徐学在旁一直顾而乐之，并频举相机。我对他大发议论，说什么今日回蜀之乐哪个作家享受得到，因为这需要两个条件，一是长寿而仍堪跋涉，二是时代要太平。

这时村民引一老叟来见，说他当年常来朱家祠堂，不但记得我，甚至还记得我的父亲。

“你的爸爸叫余超英，你妈妈人很好。”他的眼睛牵动着鱼尾皱纹，满含笑意，似乎在望着当年的我。我没有准备有这么一句，惊讶加上感动，一时无从接嘴。他竟然说得出我父亲的名字，当然是真的了，就像一张落叶，飘飘忽忽，竟被树根接住。

“余先生也待我很好，”萧利权在一旁对我存说，“我是附近人家的小孩，常来祠堂张望。看见下江人的小孩玩在一起，家境比较好，文化水平比较高，非常羡慕。余先生那时是小孩头，领着大家一起耍，对我们并不见外，总是让我参加。”

“那时我们从下江来，你们还叫我们‘脚底下的人’呢！”我存笑道，“都是小鬼头啦，一耍就熟了，谁还分什么下江、上江啊。你看余先生跟我，一直到现在，这么老了，夫妻之间还在讲四川话！”

十月下旬的半下午，雨虽已停，而秋阴漠漠，江声隐隐，向晚还颇有寒意。我存仰望灰沉沉的屋顶，直赞檐际云纹的瓦当吉色斑斓，令人怀旧。村人便说这古董多的是，喜欢的话，不如带几块回去，留个纪念；又说屋上这些瓦片瓦当，正是拆祠堂时所遗留。于是七嘴八

舌，竟就教人取来梯子，要上屋去拿。我们直说不可，何况这东西棱角突兀，装箱不便，还是让它留在屋檐上，守住我的童年吧。村人哪里肯听，一定要拿下来。最后，认得我父亲的老叟说：“就拿一块也好，代表我们大家的一点心意。这种东西一年比一年少，现在不留，将来哪里去找？有一天，只怕连瓦屋都不见了。”

顿时我流出泪来，便不再推让，要我存收了下来。幸好是收下来了，而且带过了海来，现在才能俯临在客厅的柜顶，苔霉隐隐，似乎还带着嘉陵江边的雨气。毕竟，逝去的童年依依，还留下美丽的物证。

临别四顾，找不到当年祠堂前浓阴蔽天的大黄葛树，向萧利权问起，他说早就锯掉了。迟来的讣闻仍令我黯然。这黄葛老树遮过我孩时大半个天空，春天毛毛虫落纷纷，夏天蝉噪得满山不宁，总是姑息我们这一群顽童在他的庇荫下嬉戏。祠堂前要是少了这顶天立地的巨灵，风景就顿失主角，鸟雀就无枝可依，四季也无戏可演了。是这棵老黄葛，和校园里那棵巨银杏，使孩时的曦霞和星月有了童话的舞台。竟然都不肯等到我回来：树犹如此，人何可依。

萧利权在山顶的路头停下，为我指点一径断续，下山没谷，然后盘盘出谷，绕过邻丘，没于坡后。更远处水光明媚，便是嘉陵江了。

这一景有如朝天门，胎记一般地不可磨灭。此刻我站的地方，正是六十多年前母亲常站的山头。星期天的下午，我拎起布包动身回校，母亲照例送我跨出祠堂的高槛，越过黄葛树阴的土坪，然后就站在这坡径的起头，望着我孤独的背影渐远渐低，随山转折，时隐时现，终于被远坡遮没。就在坡回路转之际，我总会回头仰望，只见母亲的身影孤立在山顶，衬着云天。我就依依向她挥手，她也立刻挥手回应。母子连心，这一刻永烙不磨。我转过身去赶路，背心还留着母爱眼神的余温。

“每次我回校，母亲总站在这里目送，”我转头告诉徐学，“我走到远处回头看她，独立天外，宛如一块‘望子石’。最后我们离川，也是从这块石板下山去的。”

## 六

悦来场的重聚，有一位同班同学近在重庆，却未能赴会，那便是石大周。他曾担任当地的大报《重庆晚报》的总编辑，历时六年，贡献颇大，近年因病退休，在家调养。三年前，他得知我在台湾近况，乃写了《归来吧，诗人》一诗，托人带来台湾给我，并促我回重庆一游；后来更将此诗与我的回信一起刊登于《重庆晚报》，并将我们母校的悦来场旧址摄影多帧，随文刊出。于是我的乡心就更加波动了。

离开重庆那天的上午，明蓉带我们去看大周。他坐在客厅的长沙发上等我，两人“一见如故”，其实当然都老了，一时惊喜加惘然，半个多世纪不知从何说起。两人历数初中的种种往事，兴奋如回到孩时；他的家人在一旁听着，都觉得好笑。我们说到当年那银杏巨树，不觉都神往于灯上烤白果的香味。我告诉大周抗战时期学生常说的一则笑话，说当年八人同桌，晚饭打牙祭，争食之余，有同学见盘中还剩一块肉，便噗的一声吹熄了桐油灯，先下手为强。结果呢，他没有抓到肉，只抓到七只手。

大家哄堂一笑，明蓉提醒访客，时间到了，得赶去机场了。我起身向大周告别，已经握过了手，将要出门。忽然我感到不舍：就这么分手，心有不甘，难道，又要等六十年才再聚吗？

我回身走向沙发，半俯半跪，将大周紧抱住，像抱住抱不住的岁月，一秒，一秒，又一秒，直到两人都流下了泪来。

二〇〇六年二月于高雄西子湾

# 失帽记

去年底在中文大学演讲的那一次，听众的盛况不能算怎么拥挤，但也足以令我穷于应付，心神难专。等到曲终人散，又急于赶赴晚宴，不遑检视手提包及背袋，代提的主人又川流不息，始终无法定神查看。餐后走到户外，准备上车，天寒风起，需要戴帽，连忙逐袋寻找。这才发现，我的帽子不见了。

事后几位主人回去现场，又向接送的车中寻找，都不见帽子踪影。我存和我，夫妻俩像侦探，合力苦思，最后确见那帽子是在何时、何地，所以应该排除在某地、某时失去的可能，诸如此类过程。机场话别时，我仍不死心，还谆谆嘱咐孙明珠、樊善标，如果寻获，务必寄回高雄给我。半个月后，他们把我因“积重难返”而留下的奖牌、赠书、礼品等等寄到台湾。包裹层层解开，真相揭晓，那顶可怜的帽子，终于是丢定了。

仅仅为了一顶帽子，无论有多贵或是多罕见，本来也不会令我如此大惊小怪。但是那顶帽子不是我买来的，也不是他人所送，而是我身为人子继承得来的。那是我父亲生前戴过的，后来成了他身后的遗物。那顶法式贝瑞帽呈扁楔形，前低后高，戴在头上，由后脑斜压在前额，有优雅的缓缓坡度。至于毛色，则圆顶部分呈浅陶土色，看来温暖体贴。四周部分则前窄后宽，织成细密的十字花纹，为淡米黄色。戴在我的头上，倜傥，有欧洲名士的超逸，但帽内的乾坤，只有我自知冷暖。天气越寒，尤其风大，帽内就越加温暖，仿佛父亲的手掌正护在我头上，掌心对着脑门。毕竟，同样的这一顶温暖曾经覆盖着父亲，如今移爱到我的头上，恩佑两代，不愧是父子相传的忠厚家臣。

记忆中父亲从来没打过我，甚至也从未对我疾言厉色，所以绝非什么严父。不过父子之间始终也不亲热。小时他倒是常对我讲论圣贤之道，勉励我要立志立功。长夏的蝉声里，倒是有好几次父子俩坐在一起看书：他靠在躺椅上看《纲鉴易知录》，我坐在小竹凳上看《三国演义》。冬夜的桐油灯下，他更多次为我启蒙，苦口婆心引领我进入古文的世界，点醒了我的汉魄唐魂。张良啦，魏征啦，太史公啦，韩愈……都是他介绍我初识的。

后来做父亲的渐渐老了，做儿子的长大了，父亲长期宦游在外，我因工作而几经辗转，各忙各的，父子交集不多。

23 年前，我受中山大学之聘，由香港来高雄定居。妻子毅然卖掉台北的故居，遂把父亲接来高雄安顿。父亲自中年起痛风，晚年更因青光眼近于失明，许多年来，父亲的病情与日常起居，幸亏有妻子悉心照顾并操劳陪伴。身为他亲生孩子的我，却未能经常陪侍，想到 50 年前在台大医院的加护病房，母亲临终时的泪眼，谆谆叮嘱“爸爸你要好好照顾”，实在愧疚无已。

父亲和母亲相濡以沫，母亲逝于 53 岁，长她 10 岁的父亲，尽管亲友屡来劝婚，却终不再娶，寂寞中守了 34 年，享年 97 岁。可怜的老人，以风烛之年独承失明与痛风之苦，又不能看报看电视以遣忧，只有一架古董收音机喋喋为伴。暗淡的孤寂中，他能想些什么呢？除了亡妻和历史的渺渺的往事，除了独子为什么不常在身边。而即使在

身边时，也从未陪他久聊一会儿，更从未握他的手或紧紧拥抱他的病躯。长寿的代价，是沧桑。

所以在遗物之中竟还保有他长戴的帽子，无异于继承了最重要的遗产。父亲在世，我对他爱得不够，而孝心也始终未能充分表达。想必他内心一定感到遗憾，而自他去后，我遗憾更多。幸而还留下这么一顶帽子，未随碑石俱冷，尚有余温，让我戴上，幻觉未尽的父子之情，并未告终。这一份与父共戴帽的心情，说得高些，是感恩，说得重些，是赎罪。不幸，连最后的一点凭借竟也都失去，令人悔恨。

寒流来时，风势助威，我站在岁末的风中，倍加畏冷。对不起，父亲。对不起，母亲。

# 伐桂的前夕

最后，他在一块鼓形石上坐了下来。幽森森的月亮将满园子的荒芜浸在凉凉的回忆里。一切都过去了。曾经是“家”的一切（就叫它做“家”吧），只留下一堆瓦砾，木条，玻璃屑。曾经是黑压压的那幢日式古屋，平房特有的那种谦逊和亲切，夏午的风凉和冬日早晨户内一层比一层深的阴影，桧木高贵的品德，白蚂蚁多年的阴谋，以及泻下鸽灰色的温柔和忧郁的鳞鳞层瓦，这一切，经过拆屋队一星期的努力，都已经夷成平地了。曾经为他抵抗过十六季的台风和黄梅雨，那古屋，已经被肢解，被寸磔，被一片一片地鳞批，连尸体都不留下。可用的部分，也像换肾人的新肾一样，移植到别的躯体上去了。十六年！上面的一代在古屋的幽灵中老去，死去，落发，落牙，如落花；下面的一代，在其中，一个接一个诞生，生日蛋糕的红烛，一年比一年辉煌；而他，中间的一代，也在其中恋爱，结婚，做了爸爸，长出胡子，剃了再长，黑的变灰，灰的变白。生，老，病，死。对于他，这古屋就是一个小型的世界。在他回忆中浮现的，不是单纯的一景，而是重重底片的叠影。悲剧喜、喜剧悲、悲喜剧亦悲亦喜。母亲的癌症。一位三轮车夫的溺毙，就在后面的河里。一位下女被南部的家人

追踪，寻获。另一位，生下一个胖胖的私生子。交游满天下：旧的朋友去，新的朋友来，各式各样的鞋子将他的玄关泊成一种诗的海港。朝北的书斋里，曾经辉煌过好些侧面好些名字。好些名字，有一阵子，连下女都念得舌头发烫；另外的一些，光度渐渐弱下来，生冷得像拉丁文，在他学生们的眼中，激不起一丝反光。学生们也一样。一九六〇那一班，曾经泊平底鞋、高跟鞋在玄关的小湖里的，大半越过远海，不再回来。于是又换了一九六一级，后是一九六二、一九六三……

疑真疑幻的月光下，那古屋，为这一切作见证的鸽灰色的精灵，只留下了一片朦胧的废墟。他侧耳聆听，似乎只有蚯蚓在那边墙角下吟掘土之清歌，此外，万籁都歇，市声和蛙鸣两皆沉沉。十六年的种种，那些晴美的早晨和阴霾窒人的黄昏。不再留下任何见证——任何见证，除了后院子里这些美丽的树。除了那边的三株杜鹃，从岁末开到初夏，向韩国草上挥霍好几个月的缤缤纷纷。除了更远处的那丛月季和那树月桂，轮流维持半个后院的清芬。还有头顶的这棵枫树，修直挺拔，战胜过无数的毛虫和台风。他从冰屁股的鼓形石面上站起来，就着清朗的月色，企图寻找苍老多裂纹的树干上，他曾经刻过的英文字母。那是 YLM 三个字首，十五年前，在一阵激越而炽热的日子里，用一柄小刀虐待这枫树的结果。至于它们代表的是什么，他从来没有对人说过，包括那位 M。这是我们之间的一项秘密啊，他时常拍拍枫树，这么戏谑地说。南宋诗人的“鸥盟”，他羡慕而无能分享，但是诗人与树之间，也可以订“枫盟”的，是不是？说着，他又拍了枫树一下。十几年来，他一直喜欢这枫树。秋天的大孩子，竟然流落在没有秋天的亚热带这岛上。而他，也是从北方来而且想秋天想得要死的一种灵魂啊。思秋症的患者，理应相怜。因此。对于这棵英俊散朗的枫树，他一直特别“照顾”。每年十一月，树上飘落几张勾勒锈红色的三瓣叶子，他总高兴得说不出话来，心里满是故土的温柔。

但刻字那件事毕竟很久很久了。冰冰的月色里，已经辨不出谁是字，谁是裂纹。他抚摩了一会，终于放弃。一生的历史，是用许多小小的疯狂串成的，他想。在年轻的世界里，爱情是最流行的一种疯狂。YLM！幸好那种焚心的焦灼只维持了两年。当一切疯狂都痊愈，他的疯狂仍然是诗。像爱情一样，那里面也有狂喜和失意，成功的满足和妒忌的刺痛，但是那缪斯，她永远那样年轻而且惑人。今天，比起二十年前开始追逐的时候，更其如此。这样子的疯狂，毋宁是一种高度的清醒吧。

这么想着，他踏过瓦砾堆，向东边的围墙走去。月光从桂叶丛中泻下来，沾了他一身凉湿。现在他完全进入它的芬芳了。冰薄荷的夜空气中，他贪馋地吸了好一阵子。好遥好远的回忆啊，那嗅觉！因为那是大陆的泥香，古中国幽渺飘忽的品德；近时，浑然不觉，但愈远愈令人临风神往。秋天。多桥多水的江南。水上有月。月里有古代渺茫的箫声。舅舅的院子里。高高的桂树下，满地落花，泛起一层浮动的清香，像一张看不见躲不开的什么魔网。他便和表兄妹们一火柴匣又一火柴匣地拾起来，拿回房去。于是一整个秋季，他都浮在那种高贵的氛围里，像一个仙人。

但那是二十多年前的事了。眼前这树桂花，只有八尺多高，唯它的馥郁已足够使他回到舅舅的那个院子里。如果说，枫是秋的血，那桂就是秋的魂魄了。满园树木中，他最宝贝这棵小桂树，因为在他的迷信里，它形成了一个“情意结”。桂树，秋天，月亮，诗，四个意象交叠成形，丰富而清朗地象征着许多东西。譬如说，他叫它做秋之魂，王维却叫它做桂魄，西方人把它戴在诗人的头上，而秋天，是他的，也是它的生日。十六年来，他的笔锋愈挥愈利，他的名字在港湾之间颇有回声；在他的迷信里，这一切，都和他园子里这一片芬芳有关。第一次去新大陆，他曾站在旧大陆的这片芬芳里，面对青青的小

树，默默祝福自己的家园，也祝福自己，和自己的诗。他的祝福没有落空。在爱荷华的河边，他颇得缪斯的垂青。第二年回归时，原来才到他眉毛的桂树竟已高过了他的头发。他高兴极了，说："你看，真的长大了呢！我的诗也该长高些才行。"第二次再从新大陆回来，他的鬓发怎么带回寒带的薄霜，但是这桂树依旧青青，竟比他高出一个半头了。可以说，他是看着它长大的，但在另一方面，它也是他的见证啊，见证他的希望和恐惧，光荣和空虚。

十六年的岁月，他是既渡的行人，过去种种，犹如隔岸的风景，倒影在水中。木讷而健忘的灰色老屋，曾经覆他载他在烈日中在寒流中蔽翼他的那老屋，终于死了，只留下满园子的树木。那些重碧交翠的灵魂，做他无言的见证。但你们也不能久留了啊，月光下，他对那桂树说。今晚，是你最后的一夕芬芳，在永恒的月辉中，徐徐呼吸。然后你们就死去，去那老屋刚去的地方。

白血飞溅白屑飞溅啊白血。锯断绿色的灵魂流乳白的血，当钢齿咬进年轮无辜的年轮。明天早晨，伐木工人将全副武装涌至，一下子就占据这园子，展开屠杀。顷刻间，这些和平的生命将集体死亡，而这花园，这绿色的共和国，将沦为一片水泥的平原，一寸绿色也不留下。于是重吨的巨兽将气吁吁在门口停下。他们将掘出一立方英尺又一立方英尺的泥土，种下永不开花一束又一束的钢筋和铁骨，阴郁的地下室，拼花地板，磨石子，嵌瓷，嵌瓷，最后，一幢不温柔更不美丽的怪物从地面上升起，到空中，去参加这都市的千百只现代恐龙。

因为凡有根的都必须连根拔起。他也是一柯桂一张枫叶，从旧大陆的肥沃中连根拔起。这岛屿，是海波镶边的一种乡愁。在新大陆无根的岁月里，他发现自己是一棵植物，乡土观念那么重那么深的一棵树。每一圈年轮都是江南的太阳。因为他最欣赏嘉木那种无言的谦逊，忍耐无争的美德，和不为谁而绿的蔼蔼清荫，戴一朵云，栖一只鸟，或是垂首聆一只蟋蟀的徐徐歌吟。他相信古印度一位先知的经验：只要你立得够久，够静，升入树顶的那种生命力，亦将从泥下透过你脚底而上升。这样出神地想着想着，在浸渍记忆的月光下，他觉得自己已经成为一棵树，绿其发而青其肢。大地的乳汁逆他的血管而上，直达于他的心脏。他是一棵青青的桂树，集秋天和月和诗于一身。但今晚是他最后的一次芬芳，因为现代的吴刚一点也不神话，因为不神话的吴刚执的是高速的链锯，一举手就招来机械的杀戮，因为锯断了的桂树不会在神话里再生。而且所谓月，只是一颗死了的顽石。种不活桂，养不活蟾蜍。于是一片霍霍飞旋的锋芒，向他热呼呼的喉核滚来，一瞬间，高速的痛苦自顶至踵，一切神经张紧如满弓，剖他成两半。凡有根的都躲不掉斧斤。

"月桂树啊，这是你最后的一次清芬！"他忽然有跪下去的冲动，跪下去，请求无辜者的饶恕。

一轮满月，牵动半个夜的冰冰清光，向那边人家的电视天线上落下。阴影在许多院落里延长。哪家厨房的洋铁皮屋顶，两只猫在捉对儿叫春。这都市已经陷在各式各样的梦或恶魇之中，许多灵魄在许多鼾声里扑翅飞起，各式的盆花在各层阳台上想家而且叹气。牧神的羊蹄声在四万的天桥上消逝……

五小时后东方将泛白。红通通的太阳将升起，自蓝森森自蓝浩浩的太平洋上，于是亚热带这城市，千门万户，将在朝霞里醒来。贪婪无餍，这膨胀的城市将吞噬摩肩接踵的行人和川流不绝的车群，像一只消化不良的巨食蚁兽。于是千贝百贝的嚣喊呼喝，真空管、汽笛、喇叭、引擎，不同的噪音自不同的喉中呕出吐出，符咒一般网住这城市。喷射机是一切的高潮，逆着百万人扭曲的神经，以一种撕去所有屋顶的声威迫害天使。同时另一面恢恢巨网，以这城市为直径，从八方四面冉冉升起，无声，无形。染毒你呼吸的每一口空气，且美其名

曰红尘，滚滚十丈。于是在两张巨网的围袭下，一百五十万只毒蜘蛛展开大规模的集体屠杀，在天上，在地上，在地下。没有一只不中毒。

机器一占领这城市，牧歌就夐不可闻了。马达声代替了蛙声蝉声。到夜里，还剩下一些阴暗的角落还有些伶仃的纺织娘、蟋蟀、蚯蚓，企图负隅抵抗那市声。十六年前，在水源路的那一边在金门街在同安街迷宫似的小巷子里还可以作晚餐后的散步在初夏勃然的蛙鸣中从容构思一首有韵的田园诗。但现在，那一带诗的走廊早已让给了计程车的红蟹队电单车的虾群去横行。所以一到黄昏，许多苍白的脸上许多饥饿的眼睛，从许多交通车流动的牢狱里向外饕餮，许多建筑物空隙里的一片晚云。

所以机器一占领这城市，牧神就死了。他们在高高的烟囱下屠宰牧歌，装成大大小小的罐头。他们在广告牌上写诗，在大大小小的围墙上张贴哲学。他们用钢铁、玻璃和铝把城市举到虹的旁边，然后从观光酒店从公寓顶上俯瞰延平祠和孔庙、清真寺和基督教堂。

所以机器一占领这城市，绿色的共和国就亡了。植物是一种少数民族，日趋毁灭。莲是一种羞赧的回忆，像南宋词选脱线的零页零叶，散在池上。柳是江南长长的头发飘起，在日式院子亚热带的风中，许多树许多古宅必须倒下，因为有更多的公寓，更多的人笼子必须升起。因为机器说，七十年代在那上面等待我们。

所以月亮就挂在电视的天线上。该有天使在高压线上呼救。再过三小时东方将泛白。手执机器的吴刚将来伐桂，而他，即使是一位诗人，也无力保卫。一只螳螂怎能抵抗一架开路机？最后的芬芳总是最感人。那样的嗅觉，从鼻孔一直达到他灵魂。秋天。成熟的江南。古典的庭院。月光。童时。诗。

他作了最后的一次深呼吸。他扫了好几簇桂瓣在掌心，用手帕小心翼翼地包起来。“Good-bye，my laurel. Good-bye.”

他转过身去，向高高挺挺的枫树看了一眼。

“再见了，我的枫。这里本来不是你故乡。”

说着，他踏过玻璃屑和断木条，踏过遍地的残残缺缺，向虚掩的大门走去。都已停歇，狗吠，蛙鸣，人语，车声。整个城市像一座荒坟。落月的昏朦中，树影屋影融成一片灰蓬蓬的温柔。空气新酿地清新。他锁上木门，触到金属的坚与冷。他走下厦门街的巷子。听自己的步履空洞的回声。水源路的河堤上似有人在喊谁的名字。他停下来，仔细听了好一阵。桂花的幽香从手帕里散出来。

“没有。没有谁在喊我。”

他继续向前走。

霍霍的链锯声在背后升起……

一九六九年五月

# 思台北，念台北

隐地从台北寄来他的新书《欧游随笔》，并在扉页上写道："尔雅也在厦门街一一三巷，每天，我走您走过的脚步。"一句话，撩起我多少乡愁。龙尾蛇头，接到多少张耶诞卡贺年片，没有一句话更撼动我的心弦。

如果脚步是秋天的落叶，年复一年，季复一季，则最下面的一层该都是我的履印与足音，然后一层层，重重叠叠，旧印之上覆盖着新印，千层下，少年的屐迹车辙，只能在仿佛之间去翻寻。每次回到台北，重踏那条深长的巷子，隐隐，总踏起满巷的回音，那是旧足音醒来，在响应新的足音？厦门街，水源路那一带的弯街斜巷，拭也拭不尽的，是我的脚印和指纹。每一条窄弄都通向记忆，深深的厦门街，是我的回声谷。也无怪隐地走过，难逃我的联想。

那一带的市井街坊，已成为我的"背景"甚至"腹地"。去年夏天在西雅图，和叶珊谈起台湾诗选之滥，令人穷于应付，成了"选灾"。叶珊笑说，这么发展下去，总有一天我该编一本"古亭诗选"；他呢，则要编一本"大安诗选"。其实叶珊在大安区的脚印，寥落可数，他的乡井当然在水之湄，在花莲。他只能算是"半山"的乡下诗人；我，才是城里的诗人。十年一觉扬州梦，醒来时，我已是一位台北人。

当然不止十年了。清明尾，端午头，中秋月后又重九，春去秋来，远方盆地里那一座岛城，算起来，竟已住了二十六年了。这其间，就算减去旅美的五年，来港的两年，也有十九年之久。北起淡水，南迄乌来，半辈子的岁月便在那里边攘攘度过，一任红尘困我，车声震我，限时信、电话和门铃催我促我，一任杜鹃媚我于暮春，莲塘迷我于仲夏，雨季霉我，溽暑蒸我，地震和台风撼我摇我。四分之一的世纪，我眼见台北长高又长大，脚踏车三轮车把大街小巷让给了电单车计程车，半田园风的小省城变成了国际化的现代立体大都市。镜头一转，前文提要一样的跳速，台北也惊见我，如何从一个寂寞而迷惘的流亡少年变成大四的学生，少尉编译官，新郎，父亲，然后是留学生，新来的讲师，老去的教授，毁誉交加的诗人，左颊掌声右颊是嘘声。二十六年后，台北恐已不识我，霜发的中年人，正如我也有点近乡情怯，机翼斜斜，海关扰扰，出得松山，迎面那一丛丛陌生的楼影。

曾在那岛上，浅浅的淡水河边，遥听嘉陵江滔滔的水声；曾在芝加哥的楼影下，没遮没拦的密西根湖岸，念江南的草长莺飞，花发蝶忙。乡愁一缕，恒与扬子江东流水竞长。前半生，早如断了的风筝落在海峡的对面，手里兀自牵一缕旧线。每次填表，“永久地址”那一栏总教人临表踟蹰，好生为难。一若四海之大，天地之宽，竟有一处是稳如磐石，固如根底，世世代代归于自己，生命深深植于其中，海啸山崩都休想将它拔走似的。面对着天灾人祸，世局无常，竟要填表人肯定说出自己的“永久地址”，真是一大幽默，带一点智力测验的意味。尽管如此，表却不能不填。二十世纪原是填表的时代，从出生纸到死亡证书，一个人一辈子要填的表，叠起来不会薄于一部大字典。除非你住在乌托邦，表是非填不可的。于是“永久地址”栏下，我暂

且填上“台北市厦门街一一三巷八号”。这一暂且，就暂且了二十多年，比起许多永久来，还永久得多。

正如路是人走出来的，地址，也是人住出来的。生而为闽南人、南京人，也曾经自命为半个江南人、四川人，现在，有谁称我为台北人，我一定欣然接受，引以为荣。有那么一座城，多少熟悉的面孔，由你的朋友、你的同学、同事、学生所组成，你的粉笔灰成雨，落湿了多少讲台，你的蓝墨水成渠，灌溉了多少亩报纸杂志。四个女孩都生在那城里，母亲的慈骨埋在近郊，父亲和岳母皆成了常青的乔木，植物一般植根在那条巷里。有那么一座城，锦盒一般珍藏着你半生的脚印和指纹，光荣和愤怒，温柔和伤心，珍藏着你一颗颗一粒粒不朽的记忆。家，便是那么一座城。

把一座陌生的城住成了家，把一个临时地址拥抱成永久地址，我成了想家的台北人，在和中国母体土壤接连的一角小半岛上，隔着南海的青烟蓝水，竟然转头东望，思念的，是二十多年来餐我以蓬莱的蓬莱岛城。我的阳台向北，当然，也尽多北望的黄昏。奈何公无渡河，从对河来客的口中，听到的种种切切，陌生的，严厉的，迷惑的，伤感的，几已难认后土的慈颜，哎，久已难认。正如贾岛的七绝所言：

客舍并州已十霜，归心日夜忆咸阳。
无端更渡桑乾水，却望并州是故乡。

如果十霜已足成故乡，则我的二十霜啊多情又何逊唐朝一孤僧？

未回台北，忽焉又一年有半了。一小时的飞程，隔水原同比邻，但一道海关多重表格横在中间，便感烟波之阔了。愿台北长大长壮但不要长得太快，愿我记忆中的岛城在开路机铲土机的挺进下保留一角半隅的旧区让我循那些曲折而玄秘的窄弄幽巷步入六十年代五十年代。

下次见面时，愿相看妩媚如昔，城如此，哎，人亦如此。

祖籍闽南，说来也巧，偌大一座台北城，二十多年来只住过两条闽南风味的小街：同安街和厦门街。同安街只住了两年半，后来的二十四年就一直在厦门街。如果台北是我的“家城”（英文有这种说法），厦门街就是我的“家街”了。这家，是住出来的，也是写出来的。八千多个日子，二十几番夏至和秋分，即连是一片沙漠，也早已住成家了。多少篇诗和散文，多少部书，都是在临巷的那个窗口，披一身重重叠叠深深浅浅的绿阴，吟哦而成。我的作品既在那一带的巷间孕化而成，那条小街，那些曲巷也不时浮现在我的字里行间，成为现代文学里的一个地理名词。萤塘里、网溪里，久已育我以灵感，希望掌管那一带的地灵土仙能知晓，我的灵感也荣耀过他们。厦门街的名字，在我的香港读者之间，也不算陌生。

有意无意之间，在台北，总觉得自己是“城南人”，不但住在城南，工作也在城南。最具规模的三座学府全在城南，甚至南郊；北起丽水街，南迄指南山麓，我的金黄岁月都挥霍在其中。思潮文风，在杜鹃花簇的迷锦炫绣间起伏回荡。当时年少，曾餍过多少稚美的青睐青眼，西去取经，分不清，身是唐吉珂德或唐僧。对我而言，古亭区该是中国文化最高的地区，记忆也最密。即连那“家巷”的左邻右舍，前翁后媪，也在植物一般悠久而迟缓的默契里，相习而相忘，相近相亲。出得巷去，左手是裁缝铺子、理发店、豆浆店然后是电料行，右手是西药行、杂货店、花店、照相馆……闭着眼睛，我可以一家家数过去，梦游一般直数到河州街口。前年夏天从香港回台北，一天晚上，去巷口那家药行买药。胖胖的老板娘在柜台后面招呼我，还是二十年来那一口潮州国语。不见老板，我问她老板可好。“过身了——今年春天。”说着她眼睛一阵湿，便流下了泪来。我也为之黯然神伤，一时之间，不知怎么安慰才好，默默相对了片刻，也就走开了。回家

的路上，我很是感动，心里满溢着温暖的乡情，一问一答之间，那妇人激动的表情，显示她已经把我当成了亲人。二十年来，我是她店里的常客，和她丈夫当然也是稔熟的。我更想起十八年前母亲去世，那时是她问我答，流泪的是我，嗫嗫相慰的是她。久邻为亲，那一切一切，城南人怎会忘记？

对我而言，城北是商业区，新社区，无论它有多繁华，我的台北仍旧在城南。台北是愈长愈高了，长得好快，七十年代八十年代在城的东北，在松山机场那一带喊他。未来在召唤，好多城南人经不起那诱惑，像何凡、林海音那一家，便迁去了城北，一窝蜂一窝鸟似的，住在高高的大公寓里，和下面的世界来往，完全靠按钮。等到高速公路打通，桃园的国际机场建好，大台北无阻的步伐，该又向西方迈进了。

该来的，什么也挡不住。已去的，也无处可招魂。当最后一位按摩女的笛声隐隐，那一夜在巷底消逝，有一个时代便随她去了。留下的是古色的月光，情人、诗人的月光，仍祟着城南那一带的灰瓦屋，矮围墙，弯弯绕绕的斜街窄巷。以南方为名的那些街道——晋江街、韶安街、金华街、云和街、泉州街、潮州街、温州街、青田街，当然，还有厦门街——全都有小巷纵横，奇径暗通，而门牌之纷乱，编号排次之无轨可循，使人逡巡其间，迷路时惶惑如智穷的白鼠，豁然时又自得如天才的侦探。几乎家家都有围墙，很少巷子能一目了然，巷头固然望不见巷腰，到了巷腰，也往往看不出巷底要通往何处。那一盘盘交缠错综的羊肠迷宫，当时陷身其中，固曾苦于寻寻觅觅，但风晨雨夜，或是奇幻的月光婆娑的树影下走过，也赋给了我多少灵感。于今隔海想来，那些巷子在奥秘中寓有亲切，原是最耐人咀嚼的。黄昏的长巷里，家家围墙飘出的饭香，吟一首民谣在召归途的行人：有什么，比这更令人低回的呢？

最耐人寻味的小巷，是同安街东北行，穿过南昌街后，通向罗斯福路的那一段。长只五六十码，狭处只容两辆脚踏车蠕行相交。上面晾着未干的衣裳，两旁总排着一些脚踏车手推车，晒些家常腌味，最挤处还有些小孩子在嬉游。砖墙石壁半已剥蚀，颓败的纹理伸手可触。近罗斯福路出口处还有个小小的土地祠，简陋可笑的装饰也无损其香火不绝，供果长青。那恐怕是世界上最短最窄的一条陋巷了。从师大回家的途中，不记得已蜿穿过几千次了，对于我，那是世界上最滑稽最迷人最市井风的一段街景。电视天线接管了日窄的天空，古台北正在退缩。撼地压来的开路机啊，能绕道而行放过这几座历史的残堡吗？

在《蒲公英的岁月》里，曾说过喜欢的是那岛，不是那城。台北啊我怎能那样说，对你那样不公平？隔着南中国海的烟波，向香港的电视幕上，收看邻区都市的气象，汉城和东京之后总是台北，是阴是晴是变冷是转热是风前或雨后，都令我特别关心。台风自海上来，将掠台湾而西，扑向厦门和汕头，那气象报告员说；不然便是寒流凛凛自华中南下，气温要普遍下降，明天莫忘多加衣。只有在那一刹那，才幻觉这一切风云雨雾原本是一体，拆也拆不开的。

香港有一种常绿的树，黄花长叶，属刺槐科，据说是移植自台湾，叫“台湾相思”。那样美的名字，似乎是为我而取。

一九七七年三月

# 春来半岛

绛纱弟子音尘绝，鸾镜佳人旧会稀。
今日致身歌舞地，木棉花暖鹧鸪飞。

一千多年前李商隐所写的这首《李卫公》，凄丽不堪回首，令人不禁想起更古的一首七绝，杜甫的《江南逢李龟年》。不过《李卫公》的景物是写广州，也可泛指岭南，比江南又更远一点，而如果不管前两句，单看最后一句，则“木棉花暖鹧鸪飞”真是春和景明，绮艳极了，尤其一个“暖”字，真正是木棉花开的感觉。

木棉是亚热带和热带常见的花树，从岭南一直燃烧到马来和印度。最巧的是，今年它同时当选为高雄和广州的市花，真可谓红遍两岸。据说偌大一座五羊城，投给英雄木的选票只得八千多张，比在高雄少了一半的票数。海关虽严，春天却是什么边界也挡不住的。南海波暖，一到四月，几场回春的谷雨过后，木棉的野烧一路烧来这岭南之南的一角半岛。每次驶车进城，回旋高低的大埔路旁，那一炬又一炬壮烈的火把，烧得人颊暖眼热，不由也染上一翻英雄气概。木棉是高大的落叶乔木，树干直立五十多尺，枝柯的姿态朗爽，花葩的颜色鲜丽，而且先绽花后发叶，亮橙色的满树繁花，不杂片叶，有一种剖心相示的烈士血性，真令四周的风景都感动起来。一路检阅春天的这一队前卫，壮观极了。

然后是布谷声里，各色的杜鹃都破土而绽，粉白的，浅绛的，深红的，中文大学的草坡上，一片迷霞错锦，看得人心都乱了。可以想见，在海蓝的对岸，春天也登陆了吧，我当过年轻讲师的那几座校园里，此花更是当令，霞肆锦骄的杜鹃花城里，只缺了一个迟迟的归人。

和木棉形成对照的，是娇柔媚人的洋紫荆，俗称香港兰树，一九六五年后成为香港的市花。不过此花从初冬一直开到初春，不能算春天嫡系的花族。沙田一带，尤其是中大的校区，春来最引人注目，停步、徘徊怜惜而不忍匆匆路过的一种花树，因为相似而常被误为洋紫荆的，是名字奇异的“宫粉羊蹄甲”，英文俗称驼蹄树。此树花开五瓣，嫩蕊纤长，葩作淡玫红色，瓣上可见火赤的纹路。美中不足，是陪衬的荷色绿叶岔分双瓣，不够精致，好在花季盛时不见片叶，只见满树的灿锦烂绣，把四月的景色对准了焦点，十足的一派唯美主义。正对我研究室窗下，便有一行宫粉羊蹄甲，花事焕发长达一月，而雨中清鲜，雾中飘逸，日下则暖熟蒸腾，不可逼视，整个四月都令我蠢蠢不安。美，总是令人分心的。还有一种宫粉羊蹄甲开的是秀逸皎白的花，其白，艳不可近，纯不可渎；崇基学院的坡堤上颇有几株，每次雨中路过，我总是看到绝望才离开。

雾雨交替的季节，路旁还有一种矮矮的花树，名字很怪，叫裂斗锥栗，发花的姿态也很别致。其叶肥大而翠绿，其花却在枝梢丛丛迸发，辐射成一瓣瓣乳酪色的六寸长针，远远看去，像一群白刺猬在集会，令人吃惊，而开花开得如此怒发奋髭，又令人失笑。

毕竟是春天了，连带点僧气和道貌的松杉，也不由自主地透出了几分妩媚。阳台下面一望澄净，是进则为海退则为湖的吐露港，但海

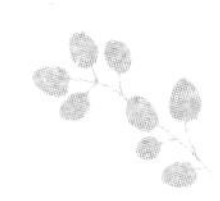

和我之间却虚掩着一排松树，不使风水一览无余，也不让我的昼啸夜吟悉被山魅水妖窥去，颇有罗汉把关的气象。不过这一排松树不是罗汉松，而是马尾松。挺立的苍干，疏疏的翠柯，却披上其密如绣、其虚如烟的千亿针叶，无论是近仰远观，久了，就会有那么一点禅意。松树的一切都令人感到肃穆高古：即使满地的松针和龙鳞开剥的松果，也无不饱含诗意。“空山松子落”，恐怕是禅意最高的诗句了吧？在一切花香之上，松香是最耐闻的。在一切音籁之上，松涛是最耐听的。如果梅是国花，松，自然是国树了。

就连老僧一般的松树，四月间也忽然抽长出满是花粉的浅黄色烛形长葩，满树都是，恍若翡翠的巨烛台上，满擎着千枝黄烛，即使夜里，也予人半昧半明的感觉。如果一片山坡上都供着这些壮丽的烛台，就更像祭坛了。梵谷看到，岂不大狂？最美是雾季来时，白茫茫的浑沌背景上，反映着阳台下那一排松影，笔触干净，线条清晰，那种水墨清趣，真值得雾失楼台，泯灭一切的形象来加以突出。

沙田这一带，也偶见凤凰木、夹竹桃之类，令人隔海想念台湾。不过最使人触目动心，至于落入言诠的，却是掩映路旁蔽翳坡侧的相思树，本地人称台湾相思。以前在台湾初识相思树，是在东海大学的山上，校门进去，柏油路两侧，枝接柯连，翠叶翳天的就是此树。叶珊说“这就是相思”，给我的印象很深。当时觉得此树不但名字取得浪漫，便于入诗，树的本身也够俊美，非独枝干依依，色调在粉黄之中带着灰褐，很是低柔，而且纤叶细长，头尾尖秀，状如眉月，在枝上左右平行地抽发如篦，紧密的梳齿，梳暗了远远的天色，却又不像凤凰木的那么严整不苟。

没有料到来了沙田，四野的相思树茂郁成林，风起处，春天遍地的绿旗招展，竟有一半是此树。中大的车道旁，相思林的翠旌交映，迤逦不绝，连车尘都有一点香了。以前不知相思树有花，来沙田七年也未见到花季，今年却不知何故，或许是雨水正合时吧，到了四月中旬，碧秋楼下石阶右边的相思丛林，不但换上鲜绿的新叶，而且绽开粉黄如绒球的一簇簇花来，衬在丛叶之间。起初不过点点碎金，等到发得盛了，其势如喷如爆，黄与绿争。一场油酥酥的春雨过后，山前山后，坡顶坡底，迎目都是一树树猖狂的金碧，正如我在诗中所说："虚幻如爱情故事的插图。"

这爱情树不但虏人的眼睛，还要诱人的鼻孔。只要走入了它的势力范围，就有一股股飘忽不定而又馥郁迷人的暗香，有意无意地不断袭来，你的抵抗力很快就解除了。你若有所失地仰起脸来，向这一片异香行深呼吸，而春深似海，无论你的横隔膜如何鼓动，双肺的小风箱能吐纳多少芗泽？几个回合下来，你便餍足了。满林的香气，就这么如纱如网，牵惹着醺醺的行人，从四月底到六月初，暗施其金黄的蛊术。每次风后，黄绒纷纷便摇落如金粉；雨后呢，更是满地的碎金了，行人即使要避免践踏，只怕也无处可以落脚。最后，树上的金黄已少于地上的金黄，黄金的春光便让给了青翠的暑色。一场花季，都辗成了车尘。

相思树原产于中国台湾及菲律宾，却无人叫做菲律宾相思。台湾相思的名字真好，虽然不是为我而取，却牵动我多少的联想。树名如此惹人，恐怕跟小时候读的唐诗有关："红豆生南国，春来发几枝。愿君多采撷，此物最相思。"这么深永天然的好诗，只怕我一辈子也写不出来的了。不过此地的红豆，一名相思子，相传古时有人客死边地，其妇在树下恸哭而卒，却不是台湾相思的果实，未免扫兴。王维诗句这么动人遐想，当然在于红豆的形象，可是南国的魅力，也不可抵抗。小时候读这首诗，身在江南，心里的"南国"本来渺茫无着，隐隐约约，或者就在岭南吧。其实，"木棉花暖鹧鸪飞"，也是一种南国情景。那时江南少年，幼稚而又无知，怎料得到他的后半辈子，竟然更在南国以南。

# 辑二　汉魂唐魄

# 地图

书桌右手的第三个抽屉里，整整齐齐叠着好几十张地图，有的还很新，有的已经破损，或者字迹模糊，或者在折缝处已经磨开了口。新的，他当然喜欢，可是最痛惜的，还是那些旧的，破的，用原子笔画满了记号的。只有它们才了解，他闯过哪些城，穿过哪些镇，在异国的大平原上咽过多少州多少郡的空寂。只有它们的折缝里犹保存他长途奔驰的心境。八千里路云和月，它们曾伴他，在月下，云下。不，他对自己说，何止八千里路呢？除了自己道奇的里程计上标出来的二万八千英里之外，他还租过福特的 Galaxie 和雪佛兰的 Impala；加起来，折合公里怕不有五万公里？十万里路的云和月，朔风和茫茫的白雾和雪，每一寸都曾与那些旧地图分担。

有一段日子，当他再度独身，那些地图就像他的太太一样，无论远行去何处，事先他都要和它们商量。譬如说，从芝加哥回盖提斯堡，究竟该走坦坦的税道，还是该省点钱，走二级三级的公路？究竟该在克利夫兰，或是在匹茨堡休息一夜？就凭着那些地图，那些奇异的名字和符咒似的号码，他闯过费城、华盛顿、巴铁摩尔；切过蒙特利奥、旧金山、洛杉矶、纽约。

回台湾后，这种倜傥的江湖行，这种意气自豪的浪游热，德国佬所谓的 wanderlust 者，一下子就冷下来了。一年多，他守住这个已经够小的岛上一方小小的盆地兜圈子，兜来兜去，至北，是大直，至南，是新店。往往，一连半个月，他活动的空间，不出一条怎么说也说不上美丽的和平东路，呼吸一百二十万人呼吸过的第八流的空气，和二百四十万只鞋底踢起的灰尘。有时，从厦门街到师大，在他的幻想里，似乎比芝加哥到卡拉马如更遥更远。日近长安远，他常常这样挖苦自己。偶尔他“文旌南下”，逸出那座无欢的灰城，去中南部的大学作一次演讲。他的演讲往往是免费的，但是灰城外，那种金黄色的晴美气候，也是免费的。回程的火车上，他相信自己年轻得多了，至少他的肺叶要比去时干净。可是一进厦门街，他的自信立刻下降。在心里，他对那狭长的巷子和那日式古屋说：“现实啊现实，我又回来了。”

这里必须说明，所谓“文旌南下”，原是南部一位作家在给他的信中用的字眼。中国老派文人的板眼可真不少，好像出门一步，就有云旗委蛇之势，每次想起，他就觉得好笑，就像梁实秋，每次听人阔论诗坛文坛这个坛那个坛的，总不免暗自莞尔一样。“文旌北返”之后，他立刻又恢复了灰城之囚的心境，把自己幽禁在六个榻榻米的冷书斋里，向六百字稿纸的平面，去塑造他的立体建筑。六席的天地是狭小的，但是六百字稿纸的天地却可以无穷大。面对后者，他欣赏无视于前者了。面对后者，他的感觉不能说不像创世纪的神。一张空白的纸永远是一个挑战，对于一股创造的欲望，宇宙未剖之际，浑浑茫茫，一个声音说，应该有光，于是便有了光。做一个发光体，一个光源，本身便是一种报酬，一种无上的喜悦，每天，他的眼睛必成为许多许多眼睛的焦点。从那些清澈见底，那些年轻眼睛的反光，他悟出光源的意义和重要性。仍然，他记得，年轻时他也曾寂寞而且迷失，而且如何的嗜光。现在他发现自己竟已成为光源，这种发现，使他喜

悦，也使他惶然战栗。而究竟是怎样从嗜光族人变成了光源之一的，那过程，他已经记忆朦胧了。

他所置身的时代，像别的许多时代一样，是混乱而矛盾的。这是一个旧时代的结尾，也是一个新时代的开端，充满了失望，也抽长着希望，充满了残暴，也有很多温柔，如此逼近，又如此看不清楚。一度，历史本身似乎都有中断的可能。他似乎立在一个大漩涡的中心，什么都绕着他转，什么也捉不住。所有的笔似乎都在争吵，毛笔和钢笔，钢笔和粉笔。毛笔说，钢笔是舶来品；钢笔说毛笔是土货，且已过时。又说粉笔太学院风，太贫血；但粉笔不承认钢笔的血液，因为血液岂有蓝色。于是笔战不断绝，文化界的巷战此起彼落。他也是火药的目标之一，不过在他这种时代，谁又能免于稠密的流弹呢？他自己的手里就握有毛笔、粉笔和钢笔。他相信，只要那是一支挺直的笔，一定会在历史上留下一点笔迹的，也许那是一句，也许那是整节甚至整章，至于自己本来无笔而要攘人、据人甚至焚人之笔之徒，大概是什么标点符号也留不下来的吧。

流弹如雹的雨季，他偶尔也会坐在那里，向摊开的异国地图，回忆另一个空间的逍遥游。那是一个纯然不同的世界，纯然不同，不但因为空间的阻隔，更因为时间的脱节。从这个世界到那个世界的意义，不但是八千英里，而且是半个世纪。那里，一切的节奏比这里迅疾，一切反应比这里灵敏，那里的空气中跳动着六十年代的脉搏，自由世界的神经末梢，听觉和视觉，触觉和嗅觉，似乎都向那里集中。那里的城市，向地下探得更深，向空中升得更高，向四方八面的触须伸得更长更长。那里的人口，有几分之一经常在高速的超级国道上，载驰载驱，从大西洋到太平洋，没有一盏红灯！新大陆，新世界，新的世纪！惠特曼的梦，林肯的预言，那里的眼睛总是向前面看，向上面、向外面看。当他们向月球看时，他们看见二十一世纪，阿拉斯加和夏威夷的延长，人类最新的边疆，最远最辽的前哨。而他那个民族已习惯于回顾：当他们仰望明月，他们看见的是蟾，是兔，是后羿的逃妻，在李白的杯中、眼中、诗中。所以说，那是一个纯然不同的世界。他属于东方，他知道月亮浸在一个爱情典故里该有多美丽。他也去过西方，能够想像从二百英寸的巴洛马天文望远镜中，从人造卫星上窥见的那颗死星，该怎样诱惑着未来的哥伦布和郑和。

他将自己的生命划为三个时期：旧大陆、新大陆和一个岛屿。他觉得自己同样属于这三种空间，不，三种时间，正如在思想上，他同样同情钢笔、毛笔、粉笔。旧大陆是他的母亲。岛屿是他的妻。新大陆是他的情人。和情人约会是缠绵而醉人的，但是那件事注定了不会长久。在新大陆的逍遥游中，他感到对妻子的责任，对母亲深远的怀念，渐行渐重也渐深。去新大陆的行囊里，他没有像肖邦那样带一把泥土，毕竟，那泥土属于那岛屿，不属于那片古老的大陆。他带去的是一幅旧大陆的地图，中学时代，抗战期间，他用来读本国地理的一张破地图，就是那张破地图，曾经伴他自重庆回到南京，自南京而上海而厦门而香港而终于到那个岛屿。一张破地图，一个破国家，自嘲地，他想。密歇根的雪夜，盖提斯堡的花季，他常常展视那张残缺的地图，像凝视亡母的旧照片。那些记忆深长的地名。长安啊。洛阳啊。赤壁啊。台儿庄啊。汉口和汉阳。楚和湘。往往，他的眸光逡巡在巴蜀，在嘉陵江上，在那里，他从一个童军变成一个高二的学生。

远从初中时代起，他就喜欢画地图了。一张印刷精致的地图，对于他，是一种智者的愉悦，一种令人清醒动人遐思的游戏。从一张眉目姣好的地图他获得的满足，不但是理性的，也是感情的，不但是知，也是美。蛛网一样的铁路，麦穗一样的山峦，雀斑一样的村落和市镇，雉堞隐隐的长城啊，叶脉历历的水系。神秘而荒凉而空廓廓的沙漠。而当他的目光循江河而下，徘徊于柔美而曲折的海岸线，复在罗列得

缤缤纷纷或迤迤逦逦的群岛之间跳越为戏的时候，他更感到鸥族飞翔的快意。他爱海。哪一个少年不爱海呢？中学时代的他，困在千山之外仍是千山的四川，只能从地图上去嗅那蓝而又咸的活荒原的气息。秋日的半下午，他常常坐一方白净的冷石，俯临在一张有海的地图上面，作一种抽象的自由航行。这样鸥巡着水的世界，这样云游着鹰瞰着一巴掌大小的大地，他产生一种君临，不，神临一切的幻觉。这样的缩地术，他觉得，应该是一切敏感的心灵都嗜好的一种高级娱乐。

他临了一张又一张的地图。他画了那么多张，终于他发现，在这一方面，他所知道的和熟记的，竟已超过了地理老师。有些笨手笨脚的女同学，每每央他代绘中国全图，作为课业。他从不拒绝，像一个名作家不拒绝为读者签名一样，只是每绘一张，他必然留下一个错误。例如青海的一个湖泊给他的神力朝北推移了一百公里，或是辽宁的海岸线在大连附近凭空添上一个港湾等等。无知的女同学不会发现，自是意料中事。而有知的郭老师竟然也被瞒过了，怎不令他感到九级魔鬼诡计得售后的自满？他喜欢画中国地图，更喜欢画外国地图。国界最纷繁、海岸最弯曲的欧洲，他百览不厌。多湖的芬兰，多岛的希腊，多雪多峰的瑞士，多花多牛多运河的荷兰，这些他全喜欢，但使他沉迷的，是意大利，因为它优雅的海岸线和音乐一样的地名，因为威尼斯和罗马，恺撒和朱丽叶，那波利，墨西拿，萨地尼亚。一有空他就端详那些地图。他的心境，是企慕，是向往，是对于一种不可名状的新经验的追求。那种向往之情是纯粹的，为向往而向往。面对用绘图仪器制成的抽象美，他想不明白，秦王何以用那样的眼光看督亢，亚历山大何以要虎视印度，独脚的海盗何以要那样打量金银岛的羊皮纸地图。

在山岳如狱的四川，他的眼神如蝶，翩翩于滨海的江南。有一天能回去就好了，他想。后来蕈状云从广岛升起，太阳旗在中国的大陆降下，他发现自己怎么已经在船上，船在白帝城下在三峡，三峡在李白的韵里。他发现自己回到了江南。他并未因此更加快乐，相反地，他开始怀念四川起来。现在，他只能向老汉骑牛的地图去追忆那个山国，和山国里，那些曾经用川语摆龙门阵甚至吵架的故人了。太阳旗倒下，五星旗升起。他发现自己到了这个岛上，初来的时候，他断断没有想到，自己竟会在这多地震的岛上连续抵挡十几季的台风和梅雨。现在，看地图的时候，他的目光总是在江南逡巡。燕子矶。雨花台。武进。漕桥。宜兴。几个单纯的地名便唤醒一整个繁复的世界。他更未料到，有一天，他也会怀念这个岛屿，在另一个大陆。

“你不能真正了解中国的意义，直到有一天你已经不在中国”，从新大陆寄回来的家信中，他这样写过。在中国，你仅是七万万分之一的中国，天灾，你可以怨中国的天，人祸，你可以骂中国的人，军阀、汉奸、政客、贪官污吏、土豪劣绅，你可以一个挨一个地骂下去，直骂到你的老师、父亲、母亲。当你不在中国，你便成为全部的中国，鸦片战争以来，所有的国耻全部贴在你脸上。于是你不能再推诿，不能不站出来，站出来，而且说：“中国啊，中国，你全身的痛楚就是我的痛楚，你满脸的耻辱就是我的耻辱！”第一次去新大陆，他怀念的是这个岛屿，那时他还年轻。再去时，他的怀念渐渐从岛屿转移到大陆，那古老的大陆，所有母亲的母亲，所有父亲的父亲，所有祖先啊所有祖先的大摇篮，那古老的大陆。中国所有的善和中国所有的恶，所有的美丽和所有的丑陋，全在那片土地上和土地下面。上面，是中国的稻和麦，下面，是黄花岗的白骨是岳武穆的白骨是秦桧的白骨或者竟然是黑骨。无论你愿不愿意，将来你也将加入这些。

走进地图，便不再是地图，而是山岳与河流，原野与城市。走出那河山，便仅仅留下了一张地图。当你不在那片土地，当你不再步履于其上，俯仰于其间，你只能面对一张象征性的地图，正如不能面对

一张亲爱的脸时，就只能面对一帧照片了。得不到的，果真是更可爱吗？然则灵魂究竟是躯体的主人呢，还是躯体的远客？然则临图神游是一种超越，或是一种变相的逃避，灵魂的一种土遁之术？也许那真是一个不可宽宥的弱点吧？既然已经娶这个岛屿为妻，就应该努力把蜜月延长。

于是他将新大陆和旧大陆的地图重新放回右手的抽屉。太阳一落，岛上的冬暮还是会很冷很冷的。他搓搓双手，将自己的一切，躯体和灵魂和一切的回忆与希望，完全投入刚才搁下的稿中。于是那六百字的稿纸延伸开来，吞没了一切，吞没了大陆与岛屿，而与历史等长，茫茫的空间等阔。

一九六七年十二月二十一日

# 逍遥游

如果你有逸兴作太清的逍遥游行，如果你想在十二宫中缘黄道而散步，如果在蓝石英的幻境中你欲冉冉升起，蝉蜕蝶化，遗忘不快的自己，总而言之，如果你何幸患上，如果你不幸患了“观星癖”的话，则今夕，偏偏是今夕，你竟不能与我并观神话之墟，实在是太可惜太可惜了。

我的观星，信目所之，纯然是无为的。两睫交瞬之顷，一瞥往返大千，御风而行，泠然善也，泠然善也。原非古代的太史，若有什么冒失的客星，将毛足加诸皇帝的隆腹，也不用我来烦心。也不是原始的舟子，无须在雾气弥漫的海上，裂眦辨认北极的天蒂。更非现代的天文学家或太空人，无须分析光谱或驾驶卫星。科学向太空看，看人类的未来，看月球的新殖民地，看地球人与火星人不可思议的星际战争。我向太空看，看人类的过去，看占星学与天宫图，祭司的梦，酋长的迷信。

于是大度山从平地涌起，将我举向星际，向万籁之上，霓虹之上。太阳统治了钟表的世界。但此地，夜犹未央，光族在钟表之外闪烁。亿兆部落的光族，在令人目眩的距离，交射如是微渺的清辉。半克拉

的孔雀石。七分一的黄玉扇坠。千分之一克拉的血胎玛。盘古斧下的金刚石矿，天文学采不完万分之一。天河蜿蜒着敏感的神经，首尾相衔，传播高速而精致的触觉，南天穹的星阀热烈而显赫地张着光帜，一等星、二等星、三等星，争相炫耀他们的家谱，从 Alpha 到 Beta 到 Zeta 到 Omega，串起如是的辉煌，迤逦而下，尾扫南方的地平。亘古不散的假面舞会，除倜傥不羁的彗星，除爱放烟火的陨星，除垂下黑面纱的朔月之外，星图上的姓名全部亮起。后羿的逃妻所见如此。自大狂的李白，自虐狂的李贺所见如此。利玛窦和徐光启所见亦莫不如此。星象是一种最晦涩的灿烂。

北天的星貌森严而冷峻，若阳光不及的冰柱。最壮丽的是北斗七星。这局棋下得令人目摇心悸，大惑不解。自有八卦以来，任谁也挪不动一只棋子，从天枢到瑶光，永恒的颜面亿代不移。棋局未终，观棋的人类一代代死去。维北有斗，不可以挹酒浆。圣人以前，诗人早有这狂想。想你在平旷的北方，巍峨地升起，阔大的斗魁上斜着偌长的斗柄，但不能酌一滴饮早期的诗人。那是天真的时代，圣人未生，青牛未西行。那是青铜时代，云梦的瘴疠未开，鱼龙遵守大禹的秩序，吴市的吹箫客白发未白。那是多神的时代，汉族会唱歌的时代，有梅野有蔓草，自由恋爱的时代，快乐的 Pre-Confucian 的时代。

百仞下，台中的灯网交织现代的夜。湿红流碧，林阴道的彼端，霓虹茎连的繁华。脚下是，不快乐的 post-Confucian 的时代。凤凰不至，麒麟绝迹，龙只是观光事业的商标。八佾在龙山寺凄凉地舞着。圣裔饕餮着国家的俸禄。龙种流落在海外。诗经蟹行成英文。谁谓河广，一苇杭之。招商局的吨位何止一苇，奈何河广如是，浅浅的海峡隔绝如是！人人尽说江南好，游人只合江南老。今人竟羡古人能老于江南。江南可哀，可哀的江南。惟庾信头白在江南之北，我们头白在江南之南。嘉陵江上，听了八年的鹧鸪，想了八年的后湖，后湖的黄鹏。过了十五个台风季，淡水河上，并蜀江的鹧鸪亦不可闻。帝遣巫阳招魂，在海南岛上，招北宋的诗人。“魂兮归来，南方不可以止些！”这里已是中国的至南，雁阵惊寒，也不越浅浅的海峡。雁阵向衡山南下。逃亡潮冲击着香港。留学女生向东北飞，成群的孔雀向东北飞，向新大陆。有一种候鸟只去不回。

怒而飞，其翼若垂天之云，抟扶摇而上者九万里。喷射机在云上滑雪，多逍遥的游行！曾经，我们也是泱泱的上国，万邦来朝，皓首的苏武典多少属国。长安矗第八世纪的纽约，西来的驼队，风沙的软蹄踏大汉的红尘。曾几何时，五陵少年竟亦洗碟子、端菜盘，背负摩天楼沉重的阴影。而那些长安的丽人，不去长堤，便深陷书城之中，将自己的青春编进洋装书的目录。当你的情人已改名玛丽，你怎能送她一首菩萨蛮？历史健忘，难为情的，是患了历史感的个人。三十六岁，常怀千岁的忧愁。千岁前，宋朝第一任天子刚登基，黄袍犹新，一朵芬芳的文化欲绽放。欧洲在深邃的中世纪深处冬眠，拉丁文的祈祷有若梦呓。知晦朔的朝菌最可悲。八股文。裹脚巾。阿 Q 的辫子。鸦片的毒氛。租界流满了惨案流满了租界。大国的青睐翻成了白眼。小国反复着排华运动。朝菌死去，留下更阴湿的朝菌，而晦朔犹长，夜犹未央。东方的大帝国纷纷死去。巴比伦死去。波斯和印度死去。亚洲横陈史前兽的遗骸，考古家的乐园是废墟。南有冥灵，以五百岁为春，五百岁为秋。惠蛄啊惠蛄，我们是阅历春秋的惠蛄。不，我们阅历的，是战国，是军阀，是太阳旗，是弯弯的镰刀如月。

夜凉如浸。虫吟如泣。星子的神经系统上，挣扎着许多折翅的光源，如果你使劲拧天蝎的毒尾，所有的星子都会呼痛。但那只是一瞬间的幻觉罢了。天苍苍何高也，绝望的手臂岂得而扪之？永恒仍然在拍打密码，不可改不可解的密码，自补天自屠日以来，就写在那上面，那种磷质的形象！似乎在说：就是这个意思。不周山倾时天柱倾时是

这个意思。长城下，运河边是这个意思。扬州和嘉定的大屠城是这个意思。卢沟桥上，重庆的山洞里，莫非是这个意思。然则御风飞行，泠然善乎，泠然善乎？然则孔雀东北飞，是逍遥游乎，是行路难乎？曾经，也在密西西比的岸边，一座典型的大学城里，面对无欢的西餐，停杯投叉，不能卒食。曾经，立在密歇根湖岸的风中，看冷冷的日色下，钢铁的芝城森寒而黛青。日近，长安远。迷失的五陵少年，鼻酸如四川的泡菜。曾经啊，无寐的冬夕，立在雪霁的星空下，流泪想刚死的母亲，想初出世的孩子。但不曾想到，死去的不是母亲，是古中国，初生的不是女婴，是五四。喷射云两日的航程，感情上飞越半个世纪。总是这样。松山之后是东京之后是阿拉斯加是西雅图。上有青冥之长天，下有渌水之波澜。长风破浪，云帆可济沧海。行路难。行路难。沧海的彼岸，是雪封的思乡症，是冷冷清清的圣诞，空空洞洞的信箱，和更空洞的学位。

是的，这是行路难的时代。逍遥游，只是范蠡的传说。东行不易，北归更加艰难。兵燹过后，江南江北，可以想见有多荒凉。第二度去国的前夕，曾去佛寺的塔影下祭告先人的骨灰。锈铜钟敲醒的记忆里，二百根骨骼重历六年前的痛楚。六年了！前半生的我陪葬在这小木匣里。我生在王国维投水的次年。封闭在此中的，是沦陷区的岁月，抗战的岁月，仓皇南奔的岁月，行路难的记忆，逍遥游的幻想。十岁的男孩已经咽下国破的苦涩。高淳古刹的香案下，听一夜妇孺的惊呼和悲啼。太阳旗和游击队拉锯战的地区，白昼匿太湖的芦苇丛中，日落后才摇橹归岸，始免于锯齿之噬。舟沉太湖，母与子抱宝丹桥础始免于溺死。然后是上海的法租界。然后是香港海上的新年。滇越路的火车上，览富良江岸的桃花。高亢的昆明。险峻的山路。母子颠簸成两只黄鱼。然后是海棠溪的渡船，重庆的团圆。月圆时的空袭，迫人疏散。于是六年的中学生活开始，草鞋磨穿，在悦来场的青石板路。令人涕下的抗战歌谣。令人近视的教科书和油灯。桐油灯的昏焰下，背新诵的古文，向鬓犹未斑的父亲，向扎鞋底的母亲，伴着瓦上急骤的秋雨急骤地灌肥巴山的秋池……钟声的余音里，黄昏已到寺，黑僧衣的蝙蝠从逝去的日子里神经质地飞来。这是台北的郊外，观音山已经卧下来休憩。

栩栩然蝴蝶。蘧蘧然庄周。巴山雨。台北钟。巴山夜雨。拭目再看时，已经有三个小女孩喊我父亲。熟悉的陌生，陌生的变成熟悉。千级的云梯下，未完的出国手续待我去完成。将有远游。将经历更多的关山难越，在异域。又是松山机场的挥别，东京御河的天鹅，太平洋的云层，芝加哥的黄叶。六年后，北太平洋的卷云，犹卷着六年前乳色的轻罗。初秋的天一天比一天高。初秋的云，一片比一片白净比一片轻。裁下来，宜绘唐寅的扇面，题杜牧的七绝。且任它飞去，是任它羽化飞去。想这已是秋天了，内陆的蓝空把地平都牧得很辽很远。北方的黄土平野上，正是驰马射雕的季节。雕落下。雁落下。萧萧的红叶红叶啊落下，自枫林。于是下面是冷碧零丁的吴江。于是上面，只剩下白寥寥的无限长的楚天。怎么又是九月又是九月了呢？木兰舟中，该有楚客扣舷而歌，“悲哉秋之为气也，憭栗兮若在远行”！

远行。远行。念此际，另一个大陆的秋天，成熟得多美丽。碧云天。黄叶地。爱奥华的黑土沃原上，所有的瓜该又重又肥了。印第安人的落日熟透时，自摩天楼的窗前滚下。当暝色登上楼的电梯，必有人在楼上忧愁。摩天三十六层楼，我将在哪一层朗吟登楼赋？可想到，即最高的一层，也眺不到长安？当我怀乡，我怀的是大陆的母体，啊，诗经中的北国，楚辞中的南方！当我死时，愿江南的春泥覆盖在我的身上，当我死时。

当我死时。当我生时。当我在东南的天地间漂泊。黄巾之后有董卓的鱼肚白有安禄山的鱼肚白后有赤眉有黄巢有白莲。始皇帝的赤焰

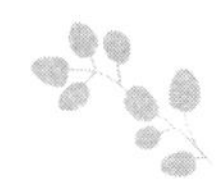

们在高呼，战神万岁！战争燃烧着时间燃烧着我们，燃烧着你们的须发我们的眉睫。当我死时，老人星该垂下白髯，战火烧不掉的白髯，为我守坟。吾所以有大患者，为吾有身。当我物化，当我归彼大荒，我必归彼芥子归彼须弥归彼地下之水空中之云。但在那之前，我必须塑造历史，塑造自己的花岗石面，当时间在我的呼吸中燃烧。当我的三十六岁在此刻燃烧在笔尖燃烧在创造创造里燃烧。当我在狂吟，黑暗应匍匐静听，黑暗应见我须发奋张，为了痛苦地欢欣地热烈而又冷寂地迎接且抗拒时间的巨火，火焰向上，挟我的长发挟我如翼的长发而飞腾。敢在时间里自焚，必在永恒里结晶。

维北有斗，不可以挹酒浆。有一种疯狂的历史感在我体内燃烧，倾北斗之酒亦无法浇熄。有一种时间的乡愁无药可医。台中的夜市在山麓奇幻地闪烁，紫水晶的盘中霎着玛瑙的眼睛。相思林和凤凰木外，长途巴士沉沉地自远方来，向远方去，一若公路起伏的鼾息。空中弥漫着露滴的凉意，和新割过的草根的清香。当它沛沛然注入肺叶，我的感觉遂透彻而无碍，若火山脚下，一块纯白多孔的浮石。清醒是幸福的。未来的大劫中，惟清醒可保自由。星空的气候是清醒的秩序。星空无限，大罗盘的星空啊，创宇宙的抽象大壁画，玄妙而又奥秘，百思不解而又百读不厌，而又美丽得令人绝望地赞叹。天河的巨瀑喷洒而下，蒸起螺旋的星云和星云，但水声敻渺得永不可闻。光在卵形的空间无休止地飞啊飞，在天河漩涡里作星际航行，无所谓现代，无所谓古典，无所谓寒武纪或冰河时期。美丽的卵形里诞生了光，千轮太阳，千只硕大的蛋黄。美丽的卵形诞生了我，亦诞生后稷和海伦。七夕已过，织女的机杼犹纺织多纤细的青白色的光丝。五千年外，指环星云犹谜样在旋转。这婚礼永远在准备，织云锦的新娘永远年轻。五千年前，我的五立方的祖先正在昆仑山下正在黄河源濯足。然则我是谁呢？我是谁呢？呼声落在无回音的，岛宇宙的边障。我是谁呢？

我——是——谁？一瞬间，所有的光都息羽回顾，猬集在我的睫下。你不是谁，光说，你是一切。你是侏儒中的侏儒，至小中的至小。但你是一切。你的魂魄烙着北京人全部的梦魇和恐惧。只要你愿意，你便立在历史的中流。在战争之上，你应举起自己的笔，在饥馑在黑死病之上。星裔罗列，虚悬于永恒的一顶皇冠，多少克拉多少克拉的荣耀，可以为智者为勇者加冕，为你加冕。如果你保持清醒，而且屹立得够久。你是空无。你是一切。无回音的大真空中，光，如是说。

一九六四年八月二十日于台北

# 听听那冷雨

惊蛰一过，春寒加剧。先是料料峭峭，继而雨季开始，时而淋淋漓漓，时而淅淅沥沥，天潮潮地湿湿，即连在梦里，也似乎有把伞撑着。而就凭一把伞，躲过一阵潇潇的冷雨，也躲不过整个雨季。连思想也都是潮润润的。每天回家，曲折穿过金门街到厦门街迷宫式的长巷短巷，雨里风里，走入霏霏令人更想入非非。想这样子的台北凄凄切切完全是黑白片的味道，想整个中国整部中国的历史无非是一张黑白片子，片头到片尾，一直是这样下着雨的。这种感觉，不知道是不是从安东尼奥尼那里来的。不过那一块土地是久违了，二十五年，四分之一的世纪，即使有雨，也隔着千山万山，千伞万伞。十五年，一切都断了，只有气候，只有气象报告还牵连在一起，大寒流从那块土地上弥天卷来，这种酷冷吾与古大陆分担。不能扑进她怀里，被她的裙边扫一扫也算是安慰孺慕之情吧。

这样想时，严寒里竟有一点温暖的感觉了。这样想时，他希望这些狭长的巷子永远延伸下去，他的思路也可以延伸下去，不是金门街到厦门街，而是金门到厦门。他是厦门人，至少是广义的厦门人，二十年来，不住在厦门，住在厦门街，算是嘲弄吧，也算是安慰。不过说到广义，他同样也是广义的江南人，常州人，南京人，川娃儿，五陵少年。杏花春雨江南，那是他的少年时代了。再过半个月就是清明。安东尼奥尼的镜头摇过去，摇过去又摇过来。残山剩水犹如是，皇天后土犹如是。纭纭黔首、纷纷黎民从北到南犹如是。那里面是中国吗？那里面当然还是中国永远是中国。只是杏花春雨已不再，牧童遥指已不再，剑门细雨渭城轻尘也都已不再。然则他日思夜梦的那片土地，究竟在哪里呢？

在报纸的头条标题里吗？还是香港的谣言里？还是傅聪的黑键白键马思聪的跳弓拨弦？还是安东尼奥尼的镜底勒马洲的望中？还是呢，故宫博物院的壁头和玻璃柜内，京戏的锣鼓声中太白和东坡的韵里？

杏花，春雨，江南。六个方块字，或许那片土就在那里面。而无论赤县也好神州也好中国也好，变来变去，只要仓颉的灵感不灭，美丽的中文不老，那形象那磁石一般的向心力当必然长在。因为一个方块字是一个天地。太初有字，于是汉族的心灵他祖先的回忆和希望便有了寄托。譬如凭空写一个“雨”字，点点滴滴，滂滂沱沱，淅淅沥沥，一切云情雨意，就宛然其中了。视觉上的这种美感，岂是什么rain也好pluie也好所能满足？翻开一部《辞源》或《辞海》，金木水火土，各成世界，而一入“雨”部，古神州的天颜千变万化，便悉在望中，美丽的霜雪云霞，骇人的雷电霹雹，展露的无非是神的好脾气与坏脾气，气象台百读不厌门外汉百思不解的百科全书。

听听，那冷雨。看看，那冷雨。嗅嗅闻闻，那冷雨，舔舔吧，那冷雨。雨在他的伞上这城市百万人的伞上雨衣上屋上天线上，雨下在基隆港在防波堤海峡的船上，清明这季雨。雨是女性，应该最富于感性。雨气空而迷幻，细细嗅嗅，清清爽爽新新，有一点点薄荷的香味，浓的时候，竟发出草和树林之后特有的淡淡土腥气，也许那竟是蚯蚓的蜗牛的腥气吧，毕竟是惊蛰了啊。也许地上的地下的生命也许古中

国层层叠叠的记忆皆蠢蠢而蠕，也许是植物的潜意识和梦吧，那腥气。

第三次去美国，在高高的丹佛他山居住了两年。美国的西部，多山多沙漠，千里干旱，天，蓝似安格罗萨克逊人的眼睛，地，红如印第安人的肌肤，云，却是罕见的白鸟，落矶山簇簇耀目的雪峰上，很少飘云牵雾。一来高，二来干，三来森林线以上，杉柏也止步，中国诗词里“荡胸生层云”或是“商略黄昏雨”的意趣，是落矶山上难睹的景象。落矶山岭之胜，在石，在雪。那些奇岩怪石，相叠互倚，砌一场惊心动魄的雕塑展览，给太阳和千里的风看。那雪，白得虚虚幻幻，冷得清清醒醒，那股皑皑不绝一仰难尽的气势，压得人呼吸困难，心寒眸酸。不过要领略“白云回望合，青霭入看无”的境界，仍须来中国。台湾湿度很高，最饶云气氤氲雨意迷离的情调。两度夜宿溪头，树香沁鼻，宵寒袭肘，枕着润碧湿翠苍苍交叠的山影和万籁都歇的岑寂，仙人一样睡去。山中一夜饱雨，次晨醒来，在旭日未升的原始幽静中，冲着隔夜的寒气，踏着满地的断柯折枝和仍在流泻的细股雨水，一径探入森林的秘密，曲曲弯弯，步上山去。溪头的山，树密雾浓，蓊郁的水汽从谷底冉冉升起，时稠时稀，蒸腾多姿，幻化无定，只能从雾破云开的空处，窥见乍现即隐的一峰半壑，要纵览全貌，几乎是不可能的。至少上山两次，只能在白茫茫里和溪头诸峰玩捉迷藏的游戏。回到台北，世人问起，除了笑而不答心自问，故作神秘之外，实际的印象，也无非山在虚无之间罢了。云缭烟绕，山隐水迢的中国风景，由来予人宋画的韵味。那天下也许是赵家的天下，那山水却是米家的山水。而究竟，是米氏父子下笔像中国的山水，还是中国的山水上只像宋画，恐怕是谁也说不清楚了吧？

雨不但可嗅，可亲，更可以听。听听那冷雨。听雨，只要不是石破天惊的台风暴雨，在听觉上总是一种美感。大陆上的秋天，无论是疏雨滴梧桐，或是骤雨打荷叶，听去总有一点凄凉，凄清，凄楚，于今在岛上回味，则在凄楚之外，再笼上一层凄迷了，饶你多少豪情侠气，怕也经不起三番五次的风吹雨打。一打少年听雨，红烛昏沉。再打中年听雨，客舟中江阔云低。三打白头听雨的僧庐下，这更是亡宋之痛，一颗敏感心灵的一生：楼上，江上，庙里，用冷冷的雨珠子串成。十年前，他曾在一场摧心折骨的鬼雨中迷失了自己。雨，该是一滴湿漓漓的灵魂，窗外在喊谁。

雨打在树上和瓦上，韵律都清脆可听。尤其是铿铿敲在屋瓦上，那古老的音乐，属于中国。王禹偁在黄冈，破如椽的大竹为屋瓦。据说住在竹楼上面，急雨声如瀑布，密雪声比碎玉，而无论鼓琴，咏诗，下棋，投壶，共鸣的效果都特别好。这样岂不像住在竹和筒里面，任何细脆的声响，怕都会加倍夸大，反而令人耳朵过敏吧。

雨天的屋瓦，浮漾湿湿的流光，灰而温柔，迎光则微明，背光则幽暗，对于视觉，是一种低沉的安慰。至于雨敲在鳞鳞千瓣的瓦上，由远而近，轻轻重重轻轻，夹着一股股的细流沿瓦槽与屋檐潺潺泻下，各种敲击音与滑音密织成网，谁的千指百指在按摩耳轮。“下雨了”，温柔的灰美人来了，她冰冰的纤手在屋顶拂弄着无数的黑键啊灰键，把晌午一下子奏成了黄昏。

在古老的大陆上，千屋万户是如此。二十多年前，初来这岛上，日式的瓦屋亦是如此。先是天暗了下来，城市像罩在一块巨幅的毛玻璃里，阴影在户内延长复加深。然后凉凉的水意弥漫在空间，风自每一个角落里旋起，感觉得到，每一个屋顶上呼吸沉重都覆着灰云。雨来了，最轻的敲打乐敲打这城市。苍茫的屋顶，远远近近，一张张敲过去，古老的琴，那细细密密的节奏，单调里自有一种柔婉与亲切，滴滴点点滴滴，似幻似真，若孩时在摇篮里，一曲耳熟的童谣摇摇欲睡，母亲吟哦鼻音与喉音。或是在江南的泽国水乡，一大筐绿油油的桑叶被啮于千百头蚕，细细琐琐屑屑，口器与口器咀咀嚼嚼。雨来了，

雨来的时候瓦这么说，一片瓦说千亿片瓦说，说轻轻地奏吧沉沉地弹，徐徐地叩吧挞挞地打，间间歇歇敲一个雨季，即兴演奏从惊蛰到清明，在零落的坟上冷冷奏挽歌，一片瓦吟千亿片瓦吟。

在旧式的古屋里听雨，听四月，霏霏不绝的黄梅雨，朝夕不断，旬月绵延，湿黏黏的苔藓从石阶下一直侵到舌底，心底。到七月，听台风台雨在古屋顶上一夜盲奏，千层海底的热浪沸沸被狂风挟来，掀翻整个太平洋只为向他的矮屋檐重重压下，整个海在他的蜗壳上哗哗泻过。不然便是雷雨夜，白烟一般的纱帐里听羯鼓一通又一通，滔天的暴雨滂滂沛沛扑来，强劲的电琵琶忐忐忑忑忐忐忑忑，弹动屋瓦的惊悸腾腾欲掀起。不然便是斜斜的西北雨斜斜刷在窗玻璃上，鞭在墙上打在阔大的芭蕉叶上，一阵寒潮泻过，秋意便弥漫旧式的庭院了。

在旧式的古屋里听雨，春雨绵绵听到秋雨潇潇，从少年听到中年，听听那冷雨。雨是一种单调而耐听的音乐是室内乐是室外乐，户内听听，户外听听，冷冷，那音乐。雨是一种回忆的音乐，听听那冷雨，回忆江南的雨下得满地是江湖下在桥上和船上，也下在四川在秧田和蛙塘下肥了嘉陵江下湿布谷咕咕的啼声，雨是潮潮润润的音乐下在渴望的唇上舐舐那冷雨。

因为雨是最最原始的敲打乐从记忆的彼端敲起。瓦是最最低沉的乐器灰蒙蒙的温柔覆盖着听雨的人，瓦是音乐的雨伞撑起。但不久公寓的时代来临，台北你怎么一下子长高了，瓦的音乐竟成了绝响。千片万片的瓦翩翩，美丽的灰蝴蝶纷纷飞走，飞入历史的记忆。现在雨下下来下在水泥的屋顶和墙上，没有音韵的雨季。树也砍光了，那月桂，那枫树，柳树和擎天的巨椰，雨来的时候不再有丛叶嘈嘈切切，闪动湿湿的绿光迎接。鸟声减了啾啾，蛙声沉了咯咯，秋天的虫吟也减了唧唧。七十年代的台北不需要这些，一个乐队接一个乐队便遣散尽了。要听鸡叫，只有去诗经的韵里寻找。现在只剩下一张黑白片，黑白的默片。

正如马车的时代去后，三轮车的时代也去了。曾经在雨夜，三轮车的油布篷挂起，送她回家的途中，篷里的世界小得多可爱，而且躲在警察的辖区以外，雨衣的口袋越大越好，盛得下他的一只手里握一只纤纤的手。台湾的雨季这么长，该有人发明一种宽宽的双人雨衣，一人分穿一只袖子此外的部分就不必分得太苛。而无论工业如何发达，一时似乎还废不了雨伞。只要雨不倾盆，风不横吹，撑一把伞在雨中仍不失古典的韵味。任雨点敲在黑布伞或是透明的塑胶伞上，将骨柄一旋，雨珠向四方喷溅，伞缘便旋成了一圈飞檐。跟女友共一把雨伞，该是一种美丽的合作吧。最好是初恋，有点兴奋，更有点不好意思，若即若离之间，雨不妨下大一点。真正初恋，恐怕是兴奋得不需要伞的，手牵手在雨中狂奔而去，把年轻的长发和肌肤交给漫天的淋淋漓漓，然后向对方的唇上颊上尝凉凉甜甜的雨水。不过那要非常年轻且激情，同时，也只能发生在法国的新潮片里吧。

大多数的雨伞想不会为约会张开。上班下班，上学放学，菜市来回的途中。现实的伞，灰色的星期三。握着雨伞。他听那冷雨打在伞上。索性更冷一些就好了，他想。索性把湿湿的灰雨冻成干干爽爽的白雨，六角形的结晶体在无风的空中回回旋旋地降下来。等须眉和肩头白尽时，伸手一拂就落了。二十五年，没有受故乡白雨的祝福，或许发上下一点白霜是一种变相的自我补偿吧。一位英雄，经得起多少次雨季？他的额头是水成岩削成还是火成岩？他的心底究竟有多厚的苔藓？厦门街的雨巷走了二十年与记忆等长，一座无瓦的公寓在巷底等他，一盏灯在楼上的雨窗子里，等他回去，向晚餐后的沉思冥想去整理青苔深深的记忆。前尘隔海。古屋不再。听听那冷雨。

一九七四年春分之夜

# 泰山一宿

四月二日我在山东大学对五百多位师生演讲，是这样开始的："访问山东，对我来说，实在是一程文化甘旅。能站在黄河与泰山之间，对齐鲁的精英，广义上也是孔丘与孔明的后人，诉说我对于中文的孺慕与经营，真是莫大的荣幸。"

三天之后，正逢清明，我终于登上了泰山。

能登泰山，总是令人兴奋的，不是因为它海拔之高，而是因为它地位之高，也不是因为它磅礴之广，而是为了它名气之大。

东岳泰山，论体魄之魁梧，在五岳之中只能算第三，一千五百二十四米的海拔，不过略胜中岳与南岳。即使未列五岳的黄山，也高它三百多米。不过山能成名，除了身高之外，还要靠历史、神话、传说等等来引发想像、烘托气氛，才能赋风景以灵性，通地理于人文。所以刘禹锡说："山不在高，有仙则名。"例如欧洲第一高峰，高加索山脉的厄尔布鲁士峰（MT. E1BRUZ），高达五千六百四十二米；西欧的尖顶，白峰（M0NT BLANC），海拔也四千八百零七米；都比希腊的奥林匹斯山（MT. 0LYMPUS，二千九百一十七米）高出许多，可是奥林匹斯，众神的家乡，宙斯的宫廷，却更加动人遐想。

所谓华北大平原，东面止于沧海，其他的三面从燕山到太行山，从桐柏山、大别山、黄山到天目山，众岳如屏，连成了千里的陆障，中间几乎全是平野，任凭远来的长江大河悠悠入海。几乎全是，除了泰山。似乎有意腾出一整幅空旷，来陪衬这东岳的孤高，惟我独尊，像纸镇一样镇压着齐鲁。又像是一块隆而且重的玉玺，隆重地盖在后土之上，为了印证她是所有帝王的版图：所有帝王，不仅是秦皇与汉武。

《史记》引管子的《封禅篇》，说古来上泰山封禅的帝王，有迹可见者凡七十二位，其后陆续封禅者，从秦始皇、汉武帝、唐玄宗一直到康熙、乾隆，更相承不衰。封，是筑土以祭天，禅，是扫地以祭地。凡是自认“受命于天”的帝王，都觉得有必要郑重其事地来登这显赫的地标祭告天地，宣示他正统的权威。

泰山为五岳之尊，因为它是东岳。易经以震卦代表东方，《说卦》指出：“万物出乎震。震，东方也。”东方是太阳所出，春天所由，自然是万物所生，功同造物。又指出：“震一索而得男，故谓之长男。”至于南方的离只得中女，西方的兑只得少女，北方的坎也只得中男，所以泰山成为众岳之长，峰顶刻立“五岳独尊”的石碑。

在中国哲学里泰山占了如此的优势，难怪历代帝王都要东巡来此，祭祀天地，所以泰山也成了政权继承的阳刚图腾。政教相辅，儒家和道家的宗教景观相互辉映，从山下的泰安城一路攀登到山顶。从平地的神府岱庙到山顶的碧霞祠、青帝宫、玉皇庙，多为道观，但中途的普照寺、斗母宫都是佛寺，而红门宫则释道合一，并祀弥勒佛与碧霞元君。至于儒家文化，则登山起步不久就有坊门巍巍，纪念孔子当年登临故事，到了玉皇顶前又有孔庙。

峨峨岱宗，中华历史、宗教、文化的一大载体，不愧为人文气象最恢弘的名山。而载体的本身，众山罗拜，群峰簇拥，阴阳一割，神

秀独钟，更为人文的价值提供了宏观壮丽的场景。就像一座纪念堂，鬼斧神工，本身已经是美的一大存在，更无论它所珍藏的纪念品了。泰山正是如此：几千万年以前，伊神之力，把燕山一推，又把喜马拉雅山一挤，就捏出了皱成了这么一大堆的岱宗，至今历齐鲁四百里方圆，青犹未了。几千年前，伊人之功，把泰山之石切割成形，有的立坊，有的盖庙，有的铺路，有的造桥，更幸运的一些就刻成了历代的碑文，或篆或隶，或行或草，人怕忘记的，都交给顽石去深刻保存，风霜去恣意摧毁。

泰山地位如此崇高，经过历代名士题咏，名气更加响亮，甚至常见于成语，成了崇高、重大、安稳的象征。占了地利，儒家的至圣与亚圣每当用喻，辄就近取材，你一句“登泰山而小天下”，我一句“挟泰山而超北海”，就把自己的“家山”愈炒愈热。最有趣的是李斯，在《谏逐客书》中对秦王如此进言：“泰山不让土壤，故能成其大；河海不择细流，故能就其深。”李斯是楚人，举高山为喻却推齐鲁的泰山。他当然不便推举楚山，但对秦王上书，却也不举华山，甚至境内更高的终南山或太白山。那时秦王尚未一统天下，东巡泰山，不过前代的帝王从伏羲、神农一直历尧舜而禹汤，传说都封过泰山，已成传统。李斯不说泰山高，而说其大，乃强调其“博大有容”。

古人要登泰山，是一件大事，不但费力，而且费时。若是天子登山封禅，那排场就大了。马第伯的《封禅仪记》述后汉光武帝于建武三十二年车驾东巡，正月二十八日从洛阳出发，二月九日才到曲阜。两天后抵泰安，派了一千五百人上山修路，再过三天，天子、诸王、诸侯及百官才斋戒。次晨正式登山，山道峻险，不时要牵马步行，上行二十里才到中途，更得留下马匹，辛苦攀登。陡径窄处，两边石壁相隔只五六尺。早餐后起步，下午五点多才抵天门。

这是公元五十六年的盛典。一千七百多年后。乾隆三十九年十二月二十八日，也是隆冬之际，姚鼐在泰安知府朱孝纯陪同下，由南麓登岱。事后他在《登泰山记》里说：“四十五里，道皆砌石为磴，其级七千有余。”这情况比汉代已方便不少，跟今日的条件接近了。

不过姚夫子走的是泰山西路，沿西溪即今黄西河的山径，过凤凰岭山脊到中天门，再左转登峰造极。今日的登山者多从岱宗坊起步，一路循着泰山中路，经红门宫、斗母宫、柏洞而达中天门，再与西路会合，经五松亭、十八盘而抵南天门，玉皇顶便在望了。

如果由中路徒步上山，岱庙到玉皇顶的垂直海拔虽为一千五百四十五米，实际爬坡的脚程却有九千米，即九公里。常人要步完全程，得跨六千六百六十级磴道，约需六个小时。

我登泰山，既非踵武姚鼐之西路，也非效法国彬之正途，而是避重就轻，半途起步，简直愧对东岳之神。这恐怕要怪山东大学校方低估了我的“健步”，安排行程，到半下午才开始登山。四月五日，正是清明节当天，山大外事处的夏建辉先生与中文系的孙基林教授陪着我存、幼珊与我，上午参观过孟庙，便从邹城北上，中午在泰安接受了山东科技大学的午宴，餐后又去岱庙巡礼，一直到下午三点，才左盘右旋，沿着黄西河一路乘车上山，直达中天门。

中天门海拔逼近千米，坡道已过了五公里半，早已超越半途了。下得车来，凛冽的山风就撞了个满怀，寒意直袭两肘，像山神喝一声口令，警告你，东岳的地段到了。不由你不倒抽一口冷气，周身的汗毛警戒了起来。

再往上就没有车道了，背包和提袋必须随身携带。五个人就又背又拎地踏着黄土，向西侧的凤凰岭走去，不久就到了索道起站。索道建于一九八三年，连接中天门与南天门，全长二千零七十八米，垂直距离六百零三米，单程只需八分钟。由于运客是往复方式，车厢到站只是减缓，并不停定，乘客上车必须敏捷，所以会紧张失笑。

刚刚坐定，笑声还未停，车厢忽然凌空而起。五人齐发低抑的惊呼，有一起从悬崖跳水的幻觉。那么大一整座山岳，横岭侧峰，忽然从我们脚下给抽走，无依无凭，我们竟白日升天，乘在同一片云上，要飞到，咦，哪里去呢？透明的立方云阁外，由于琉璃的长窗紧闭，隐隐只传来天风呼啸，似乎大块在暗暗转轴，此外，群峰都寂寂，不像有什么异样。不过做八分钟的仙人罢了，本来值不得大惊小怪，于是一切都置之度外了，不觉得是飞着，倒像是在浮游嬉戏，带笑相看，都感到幸福非凡。可怕的秦始皇啊，蜂眼眈眈，当年远途跋涉来登山，如果能看到我们此刻的逍遥，又何苦去蓬莱求仙求药呢。这么想着，上面那翘首天外的月观峰，原来只让我们仰窥其下颌的，竟已朝我们转过脸来。那许多傲然的山头，大大小小，都转过了脸，低下了头来。索道到站了。

返仙为凡，再下车时，天风迎面掴来，高处果然寒不可胜，比刚才的中天门显然又低了几度，只有七八度的感觉。加上天阴风劲，东岳果然不可儿戏，大家纷纷加衣。我在厚袄外面更戴上呢帽、围巾，披上大衣，顶风前进，仍觉寒意袭脊，呼吸紧张。

淡赭带灰的城楼侧影，鸱尾隐隐，南天门近了。这里是中天门仰攀的目标，有名的十八盘天梯到了顶级，汗尽的山客到此才苦尽甘来，可以回头一笑了。比起十八盘严苛的折磨来，此去玉皇顶的登天坡道几乎像坦途了。我们的五人行，避重讨巧，以八分钟的逍遥游代替了八十分钟的鲁道难，似乎是聪明之举，但平白放过了机会，未能徒步登山，向东岳致敬，却不甘心。

过了南天门便是天街，游客便多了。靠山的一边是旅馆与商店，人气显得颇旺，不下于城里的闹街。但山壁下面却是众峰簇拥，涧谷深幽，地老天荒的一片沉寂，偶尔几声鸟叫，填不满万古的空山。向晚的阴翳已有些暮意，云正从谷间层层升起。两百多年前，姚鼐在游记里曾说，泰山土少而石多，石状少圆而多方，石色苍黑；又说树多为松，生于石罅，其顶皆平。今日的东岳仍然如此，南天门一带的花岗巨岩，层层相叠，灰褐之中透着锈赭，倒像是一位喜欢整齐的山神堆积木一般地理过。山东此行，在千佛山与灵岩寺所见也如此，灵岩寺后的石山高耸而方正，俨然像一座城堡，令人过目不忘。

但此刻令我们注目的，却不是山，而是人。踏在岱宗魁伟的肩上，俯瞰只见群山朝岳，磊磊错杂着嶙嶙的背后仍然是峥峥，郁郁苍苍，历齐鲁而未了，而收拾不了。不识法相，只缘身在佛头的颏下。登临到此，果真就能把世界看小吗？反倒是愈看愈多，愈多愈纷繁，脚下凭空多出一整盘山岳：我们算什么呢，竟敢僭用这么高的“看台”，这么博大的“立场”？

反倒是这天街上迎面走下坡来的人里，似乎有不少军人，一时只觉得满目苍苍，都是又长又厚的军用大衣，一片草绿的底色上闪耀着金色的排纽，披着深棕色的翻领，令人幻觉这高处像有个兵营。难道泰山顶上是什么边关要塞吗？

“哪来这许多解放军呢？”我转身向扁圆贝瑞黑帽下瑟缩的我存，带着些微惊疑说道。

“我也觉得奇怪。”她说。

“平地好暖，山上却这么冷！”紧裹在火红风衣里的幼珊，顶着削面的天风诉道。

在前面领路的建辉与基林，这时走了过来，把她们手上的提袋接去。

“没问题吧？”建辉笑笑打量热带远来的三个山客。他身材健硕，无畏风寒，甚至把大衣挂在臂上，备而不用，俨然余温可贾。他见基林没带大衣，便要借衣给基林。基林虽然脸给吹得通红，却表示没有必要。

“已经到了。”基林说着，一面为我们指点，“右手这一座是碧霞祠，上面，便是我们今晚住的神憩宾馆。”

从月观峰过南天门，再踏陡斜的磴道到玉皇顶，不过七百五十二级，可是地藏菩萨在下面扯后腿，凛凛天风在上面呼应，却也脚酸了，到后来，每提一步，就像要跨高高的门槛。回顾来路，已经半陷在暮霭里，并不觉得自己终于修成了神仙，却需要好好休息一夜了。

临睡前建辉提醒大家：要看日出，五点整就得起身。

入夜后气温更低，但十点一到，旅馆就把暖气关了，也没有热水可用。我存和幼珊母女平常就惯于早睡，这时也顾不了厚被褥有多阴湿，就专心一志上了床，去追求冷梦了。

我却有些不甘。夜宿泰山，竟然在这高贵的绝顶抛下了一整座空山的仙人与古人、传说与轶事、那许多飞瀑、奔溪、盘道、绝壁、绝壁上危攀不坠的蟠蟠孤松，抛下了满山满谷的顽石、灵石、石上刻画的成语、名句、隆重其词的纪铭，只为了早睡早起，去看一眼未必能睹的日出？

我戴帽披衣，推门而出，把自己交给泰山的春夜。呼喝的天风迫不及待把我接了过去，除此之外，四周的夜色一片岑寂。神憩宾馆前的旗杆上，只有长索在风中拍打着高杆，杆顶的天空飘着阴云，时疏时密，一轮未满的冷月出没其间，半明不昧的有一点诡魅。这才记起今夕何夕，竟是清明之夕。一念既动，又加风紧，徘徊了不久，就回去睡了。

但也睡不了多久，五点不到又再起床。对房的建辉与基林也起来了。大家都在衣橱里找到了那草绿色的军大衣，穿上了身。原来那是旅馆的标准配备，因为山顶比人间总是要低七八度，尤其是十二月到翌年三月，山上的气温恒在零下。现在虽已四月，山顶也只有六度，比下面的泰安市足足低了八度。

众人戎装相对，怪异加上臃肿，互相指笑了一阵。连昨天逞勇的建辉与基林也都武装了起来，足见凌晨的酷寒不可儿戏。更糟的是建辉的苦笑，说外面已下雨了。

果然劲风策细雨而来，凌晨的寒湿里，早有人影走动。不久山脊上的拜日族愈聚愈多。人声呶呶起落，向东边的日观峰蜿蜒而行。天地间惟我们在蠕蠕爬行，只为及时去朝拜东海的日出。天色幽昧，像罩在半球暗紫的大蛋壳之内，苦待太阳的血胎娠满，啄壳而出。

清明节日出，应为五点三刻。才五点半，拱北石四周早攀满了人影，大半是成双或呼群而来，有些登上危岩向东窥望，有些踱来踱去，有些则镁光闪闪，照起相来。但大家心里都在奢望，从茫茫的雨雾深处，从蓬莱仙岛的方向，徐福带六千童男女一去不返的烟波里，比一切传说更古老一切预测更新的，那太阳，照过秦皇与汉武汉光武，照过唐玄宗与清圣祖，还有处处不放过题诗也算是一种不朽吧那乾隆，奢望它此刻能排开一重重传说一页页历史，用它火烫的赤金标枪射我们苦盼的眼瞳，给我们永生。因为人上人下，千古兴亡，此刻正轮到我们在岳顶见证永恒，见证刹那的永恒。因为此刻该我们来小天下。

雨虽停了，天也晓了，却未破晓。暗紫色的诡秘天帷转成了灰蒙蒙的雨云，除了近处的玉皇庙瓦顶俨然还盘踞在天柱峰头，远山深壑都只有迷茫的轮廓，也不闻鸟声、泉声。登泰山而小天下乎？不但看不到日出，也看不见天下，连泰山也几乎看不见了。

“孔夫子的豪语变成了空头支票。”我只能苦笑。

“我以前来过，也没见日出。”基林说。

“我也没见到，”建辉以地主的口气安慰我们，“泰山山高雾重，看日出得碰运气。”

“泰山日出没看成，黄河总看得到吧？”我说。

“那当然，黄河跑不掉的。”建辉笑起来，“最后一天会带你们去

看黄河。”

拜日族渐渐散了，我们的五人行也就走回旅馆，准备下山。

基林转头安慰我存与幼珊：“日出虽然没看成，山顶的题字刻石还是值得一看的，尤其是一千两百年前唐玄宗的《纪泰山铭》，不但碑高、文长，而且书法遒劲，是隶书的珍品。”

我们站在几近四层楼高的《纪泰山铭》下，仰瞻这盛唐盛世的宏文，直到气促颈酸，有点像蚂蚁读大字典般吃力。严整的成排金字在花岗绝壁上闪着辉煌，说的是开元十四年的事。那一年杜甫才十四岁，杨家的女儿还没有长成，《长恨歌》的作者还没有出生呢，谁料到渔阳的鼙鼓会动地而来？

我把这感想告诉基林与建辉。

“渔阳鼙鼓还早着呢，那时唐朝还稳如泰山！”建辉说得大家都笑了。

“这满山的碑文、对联、题字，多得像一本字典，简直读得人眼花缭乱——”我存叹道。

“可是乾隆皇帝还没题过瘾呢。”我说，“你要是看到有趣的，怕记不住，就拍下来呀。”

“刚才经过的一块大石头，刻了‘丈人峰’三个字，好像跟泰山有关系的。”幼珊说，“可是记不得了。”

“好像跟唐玄宗也有关系。”基林说。

“不错，是有关系。”我说着，取出袋里的一本泰山手册，翻了一下，“典出《酉阳杂俎》，说是开元十三年，也就是《纪泰山铭》的前一年，玄宗封禅泰山，把三品以下的官都升了一级。封禅使张说却把自己的女婿（郑镒）从九品径升到五品。玄宗见郑镒穿了大红官服，趾高气扬，怪而问之。郑镒答不出来。伶人黄幡绰在旁代答说：‘此泰山之力也。’其实伶人所指是郑的岳父张说。后人称岳父、岳母为泰山泰水，或即由此而来。至于岳父之称，也是由于泰山乃五岳之尊。当时这位封禅使张说能诗擅文，是中宗、睿宗、玄宗的三朝贤臣；玄宗封禅泰山，就是纳张说的倡议，事后更升他为尚书右丞相兼中书令，又命他撰写《封禅坛颂》，刻于泰山，也就是我们头顶这篇《纪泰山铭》的宏文了。”

# 黄河一掬

厢型车终于在大坝上停定，大家陆续跳下车来。还未及看清河水的流势，脸上忽感微微刺麻，风沙早已刷过来了。没遮没拦的长风挟着细沙，像一阵小规模的沙尘暴，在华北大平原上卷地刮来，不冷，但是挺欺负人，使胸臆发紧。我存和幼珊都把自己裹得密密实实，火红的风衣牵动了荒旷的河景。我也戴着扁呢帽，把绒袄的拉链直拉到喉核。一行八九人，跟着永波、建辉、周晖，向大坝下面的河岸走去。

这是临别的前一天上午，山大安排带我们来看黄河。车沿着二环东路一直驶来，做主人的见我神情热切，问题不绝，不愿扫客人的兴，也不想纵容我期待太奢，只平实地回答，最后补了一句："水色有点浑，水势倒还不小。不过去年断流了一百多天，不会太壮观。"

这些话我也听说过，心里已有准备。现在当场便见分晓，再提警告，就像孩子回家，已到门口，却听邻人说，这些年你妈妈病了，瘦了，几乎要认不得了，总还是难受的。

天高地迥，河景完全敞开，触目空郭而寂寥，几乎什么也没有。河面不算很阔，最多五百米吧，可是两岸的沙地都很宽坦，平面就延伸得倍加远，似乎再也勾不到边。昊天和洪水的接缝处，一线苍苍像是麦田，后面像是新造的白杨树林。此外，除了漠漠的天穹，下面是无边无际无可奈何的低调土黄，河水是土黄里带一点赭，调得不很匀称，沙地是稻草黄带一点灰，泥多则暗，沙多则浅，上面是浅黄或发白的枯草。

“河面怎么不很规则？”我转问建辉。

“黄河从西边来，”建辉说，“到这里朝北一个大转弯。”

这才看出，黄浪滔滔，远来的这条浑龙一扭腰身，转出了一个大锐角，对岸变成了一个半岛，岛尖正对着我们。回头再望此岸的堤坝，已经落在远处，像瓦灰色的一长段堡墙。更远处，在对岸的一线青意后面，隆起一脉山影，状如压扁了的英文大写字母 M，又像半浮在水面的象背。那形状我一眼就认出来了，无须向陪我的主人求证。我指给我存看。

“你确定是鹊山吗？”我存将信将疑。

“当然是的。”我笑道，“正是赵孟頫的名画《鹊华秋色》里，左边的那座鹊山。曾繁仁校长带我们去淄博，出济南不久，高速公路右边先出现华山，尖得像一座翠绿的金字塔，接着再出现的就是鹊山。一刚一柔，无端端在平地耸起，令人难忘。从淄博回来，又出现在左边。可惜不能停下来细看。”

周晖走过来，证实了我的指认。

“徐志摩那年空难，”我又说，“飞机叫济南号，果然在济南附近出事，太巧合了。不过撞的不是泰山，是开山，在党家庄。你们知道在哪里吗？”

“我倒不清楚。”建辉说。

我指着远处的鹊山说：“就在鹊山的背后。”又回头对建辉说：“这里离河水还是太远，再走近些好吗？我想摸一下河水。”

于是永波和建辉领路，沿着一大片麦苗田，带着众人在泥泞的窄

埂上，一脚高一脚低，向最低的近水处走去。终于够低了，也够近了。但沙泥也更湿软，我虚踩在浮土和枯草上，就探身要去摸水，大家在背后叫小心。岌岌加上翼翼，我的手终于半伸进黄河。

一刹那，我的热血触到了黄河的体温，凉凉地，令人兴奋。古老的黄河，从史前的洪荒里已经失踪的星宿海里四千六百里，绕河套、撞龙门、过英雄进进出出的潼关一路朝山东奔来，从斛律金的牧歌李白的乐府里日夜流来，你饮过多少英雄的血，难民的泪，改过多少次道啊发过多少次泛涝，二十四史，哪一页没有你浊浪的回声？几曾见天下太平啊让河水终于澄清？流到我手边你已经奔波了几亿年了，那么长的生命我不过触到你一息的脉搏。无论我握得有多紧你都会从我的拳里挣脱。就算如此吧，这一瞬我已经等了七十几年了绝对值得。不到黄河心不死，到了黄河又如何？又如何呢，至少我指隙曾流过黄河。

至少我已经拜过了黄河，黄河也终于亲认过我。在诗里文里我高呼低唤他不知多少遍，在山大演讲时我朗诵那首《民歌》，等到第二遍五百听众就齐声来和我：

传说北方有一首民歌
只有黄河的肺活量能歌唱
从青海到黄海
风　也听见
沙　也听见

我高呼一声“风”，五百张口的肺活量忽然爆发，合力应一声“也听见”。我再呼“沙”，五百管喉再合应一声“也听见”。全场就在热血的呼应中结束。

华夏子孙对黄河的感情，正如胎记一般地不可磨灭。流沙河写信告诉我，他坐火车过黄河读我的《黄河》一诗，十分感动，奇怪我没见过黄河怎么写得出来。其实这是胎里带来的，从诗经到刘鹗，哪一句不是黄河奶出来的？黄河断流，就等于中国断奶。山大副校长徐显明在席间痛陈国情，说他每次过黄河大桥都不禁要流泪。这话简直有《世说新语》的慷慨，我完全懂得。龚自珍《己亥杂诗》不也说过么：

亦是今生未曾有
满襟清泪渡黄河

他的情人灵箫怕龚自珍耽于儿女情长，甚至用黄河来激励须眉：

为恐刘郎英气尽
卷帘梳洗望黄河

想到这里，我从衣袋里掏出一张自己的名片，对着滚滚东去的黄河低头默祷了一阵，右手一扬，雪白的名片一番飘舞，就被起伏的浪头接去了。大家齐望着我，似乎不觉得这僭妄的一投有何不妥，反而纵容地赞许笑呼。我存和幼珊也相继来水边探求黄河的浸礼。看到女儿认真地伸手入河，想起她那么大了做爸爸的才有机会带她来认河，想当年做爸爸的告别这一片后土只有她今日一半的年纪，我的眼睛就湿了。

回到车上，大家忙着拭去鞋底的湿泥。我默默，只觉得不忍。翌晨山大的友人去机场送别，我就穿着泥鞋登机。回到高雄，我才把干土刮尽，珍藏在一只名片盒里。从此每到深夜，书房里就传出隐隐的水声。

2001 年 7 月于高雄

# 水乡招魂

## 1

整座屈子祠都已静了下来，就连前后三进的所有木雕石刻，纵联横匾，神龛上的翔凤、游龙、奔马，也已肃然无声。就连户外的人语喧阗，整座玉笋山的熙熙攘攘，忽然也都淀定。只有伫立三米的诗人金像，手按长剑，脚踏风涛，忧郁望乡的眼神似乎醒了过来。有一种悲剧的压力压迫着今天这祭祀典礼。诗人生于寅年寅月寅日，但人间永记不忘的是他的忌辰，五月初五，只因他的永生是从他的死日，从孤注一投的那一刻开始。

祭屈的仪式定于九点零九分向全国直播，时间正一分一秒地在倒数，隆重而又紧张。在两株三百年的高桂树下，中庭站满了参祭的人。面对“故楚三闾大夫屈原牌位”的神龛，肃立着青袍黑褂的主祭官，侧立龛旁的是麻衣麻帽的司仪。高门槛外，前排站着十人，分成左右两列。左列五人是作家，左起依序是陈亚先、韩少功、李元洛、谭谈，和年纪最长的他，越海峡而来的诗人。右列也是五人，都是岳阳的官员。在他们背后，是六队龙舟选手的代表，肩上扛着卸下的龙头，其中也有体态健美的外国女选手。再后面就是照壁了，高冠束发，忧容戚戚的屈原画像，略带立体画派的风格，似在远眺郢都，而非俯视满庭的祭者；两侧的对联是“招魂三户地，呵壁九歌心”。

古桂的上面，是半明半昧的薄阴天，时下时歇地落着细雨。祭屈的天气应该如此。幸而雨势一直霏霏，他和同排的作家一样，也披着金黄耀眼的祭礼绶带，多少遮住了一些雨丝。他下了决心，就算雨势变大，他也不会用伞。淋一点雨，比起被洪流吞没，算得了什么呢？

插地的长枝礼香，高及人头，白烟袅袅，在雨中盘旋，是为灵均招魂吗？正出神间，忽然一声断喝：“肃静！”十秒钟后，又一声喝：“举行致祭三闾大夫尊神礼！”于是执事设香案、食案、馔案，献果、献粽、献三牲，设束帛，上龙头。接着麻衣的司仪一连串喝道：

起鼓！鼓三通！
鸣钟！钟三叩！
奏大乐！大乐三吹！
起小乐！小乐三奏！
钟鼓齐鸣，声炮！

壮烈的鞭炮鞭笞着怯懦的耳神经，直到祭众都热血沸腾，有烈士的幻觉。终于戛然声止。主祭官就位，跪在神位前面。执事爵酒、授酒、灌地、反樽。司仪唱道：“叩首！叩首！三叩首！主祭人起立，复位！”此时一乡耆开始诵读祭文，一吟三叹的湘音十分哀痛，波下的大夫听到，想必也会鲛泪成串吧。祭文诵了五分钟，同时有两名执事为龙头上红。终于轮到官员与作家了。他领先与其他作家到盆架前去净手，然后在神位前排好，三揖首后，回列复位。最后是龙舟弟子就位跪地，行三叩首。司仪再唱：“主祭人引龙舟弟子请龙神上舟！”

整个祭式在二十一分钟内结束。

## 2

龙舟竞渡起源于岳阳，从上世纪八十年代以来，岳阳举办了十次国际龙舟比赛，但千禧年后却停办了五年。去年恢复举行，不但更加隆重，而且把比赛从岳阳的南湖移来汨罗江上，也就是屈原投水的现场，那气氛便更加真切了。

“日落长沙秋色远，不知何处吊湘君？”三湘的名胜古迹，处处都是历史的余韵、传说的回声。即使短短的一条汨罗江吧，岸边就安息着屈原、杜甫，汉族的两大诗魂，同样都忧国忧民，同样都北望怀乡，所以流吧汨水，吟吧罗江，悠悠的安魂曲永不停息。

屈原一死，诗人有节。祭屈的端午节，颂屈的龙舟赛，如此盛典，何须千里迢迢，从海峡对面邀一位老诗人来主风骚？

这是他再度访湘了。六年前中秋的前夕，他应湖南作协邀请，曾经有十日的三湘之行。第一场演讲在岳麓书院，满庭桂花的清香，秋雨空蒙，时落时歇。他站在堂上演讲，四百多位听众一律瑟缩在浅青的雨衣雨帽里，雨势变骤，也无人退席。不敢辜负这一份殊荣，他讲得格外用心，答问也字斟句酌，对冒雨而来的听众也再三致意，深恐朱熹不满，会从那一块匾后传来咳声。

由李元洛、水运宪与其他的湖南作家陪着，他顶礼了汨罗，泛览了洞庭，登了岳阳楼，攀了张家界，并在岳阳师院、常德师院、武陵大学先后讲学，印象很深，感慨无已。只恨回到台湾，立刻陷于杂务，竟无一行半句记其盛况，以报湘人。

当然，上次三湘行旅，他留下的也并非全然白卷。在常德他参观了壮阔的“诗墙”。墙在沅江北岸，依江堤建成，上面刻了从屈原起，历经宋玉、王粲、陶潜、李白、杜甫、刘禹锡、苏轼、范成大以迄秋瑾、柳亚子、鲁迅、郁达夫、徐悲鸿、聂绀弩、俞平伯等人的诗词近一千首。新诗上墙的也有五六十首之多，他的《乡愁》、洛夫的《边界望乡》、郑愁予的《错误》也在其列。主人请他题词，他题了“诗国长城”四字，又添了两句：“外抵洪水，内抗时光。”

赴岳阳途中，祭于屈子祠堂，忽有悲风掠过江面，他为之怅然，题了这么四句：“烈士的终站就是诗人的起点？/昔日你问天，今日我问河/而河不答，只悲风吹来水面/悠悠西去依然是汨罗。”即兴的断句，题过也就忘了，不料元洛有心，竟收在追述的游记里。泓荔在传真信里，也引了这些断句，来印证他的旧游。

忘了的断句回到面前，他觉得大可用来开篇，就将它续成了一首二十四行的新作，题为《汨罗江神》，在出发前夕传去长沙。在国际龙舟赛的现场，只朗诵旧作来吊最早的民族诗宗，未免避重就轻，不够虔敬。为祭屈盛会而另赋新诗，才显得专程的专诚。

但是令湖南人感受最深、因此也引用最频的，却是他多年前讲过的一句话：“蓝墨水的上游是汨罗江。”这句话是何时讲的，究竟出现在什么文章，他自己也记不得了。黄维梁翻遍他的文集，也找不到。但是近年在湘人的文章里，这句话常见引用，不但出现在汨罗市的各种文宣或龙舟赛的场刊，甚至变成红底白字，在街头的标语上招展。

## 3

屈子祠的祭祀一结束，众人便领他急步走到江边，把他送上一艘快艇。艇上挤了五个人，匆匆披上雨衣，戴上雨帽，便向上游疾驶而去。雨势不大，但高速的逆冲硬顶，却招来激动的风浪，浪花飞扬。快艇一共三条，他们的在中间，像三把快剪将水面剪开，只顾向前猛

裁，却不能将裂口缝上。

零零落落有几头母牛带着小牛，在河洲上闲闲吃草，对三条快艇骚动的追逐，并不很在意。二千年前的那一个端午，有牧童或者渔父，见到一位憔悴的老者，远远在江边徘徊的背影吗？

过了这一片空阔的野岸，京广铁路的大桥就压顶而来，罗水也就在此汇入了汨水，合为汨罗江向西北流去。快艇却逆流而上，向东南方的汨罗新市冲去。江面宽约二百多米，水流可算清畅，渔父不但可以濯足，甚至可以濯缨。这时两岸人影渐多，色泽鲜丽的彩船迎面而来，稚气可掬，像是童话里漂来的纸船，不是来迎三条鲁莽的快艇，而是来接从秭归送粽子来的木船。

马达声小了，快艇也慢了，国际龙舟赛的现场到了。观礼台在北岸，衣伞密集，彩旗缤纷，一排排挤满了宾客，有三千人。但比起两岸的观众来，这区区人数又不足道了。他一瞥对岸，大吃一惊。岸坡上人影交叠，层层紧压，找不到一点空隙，隔水眺去，只见人头一片，像一块密密实实的黑芝麻糕，拼成了一道人墙，几里路绵延不断。报上无论是事前预告或事后报道，都说观众有三十万人。

## 4

快艇把他们送到赛舟的码头，开幕典礼已经将近半场。看台前的江边广场，在“祭屈”大幡的招展下，五光十色，排满了舞龙队、划桨手、诵诗学童。锣声的金嗓子、鼓声的肺活量，正尽情地施展，务必将节庆的气氛推向最高潮。

“九龙狂闹汨罗江”的节目已近尾声。龙生九子，九队舞龙蟠蜿作势，正向造船场游去，迎接一条刚完工的新龙舟。二十名赤膊着上身的壮男扛起新生的龙舟向高扬的大幡走去。等到新船上了架，一名壮夫就扛着卸下的龙头，走入江中去浸活水，然后又把它装回龙身。又一人杀了公鸡，将血灌入龙口。巫师上前，挥动艾叶，向龙身洒遍雄黄酒。于是山鬼幢幢，绕船跳起巫舞。最后九龙退场。

接着是高跷队游行进场。颤巍巍踏空而来，领头的人物当然是端午的主角，屈原。当然是高冠岌岌，面容戚戚，黑衣白裳，悲剧的高瘦身影。就是三闾大夫了。每次他见到毕加索画的唐·吉诃德，总是联想到屈原。

接着出场的都是民俗的故事：腾云驾雾而来的，有岳飞、程咬金、薛丁山、穆桂英、苏三、孙悟空、卖油郎、托塔李天王……锣鼓当然不免又卖力助阵。

## 5

这时，在彩船的簇拥下，龙头闪金的运粽木船已经停靠在“祭屈”的高幡下面。高跷游行退场之后，观众纷纷向码头麇集。典礼的节目终于从民俗回归历史，聚焦到屈原本身。看台的麦克风提高分贝，向观众宣布海峡对岸的诗人已来到现场，即将主持祭吊屈原的诵诗。他在金童玉女的伴随下，被引出列，越过广场，登上岸边的祭坛。同时有三百青衣的童男，三百红衣的童女，已在祭坛右侧各自排成三列，每人都舞动手持的艾叶。

六百人的诵诗队齐声朗诵《离骚》的名句：“路曼曼其修远兮，吾将上下而求索。”诵完第二遍，独立祭台的他，便开始朗诵自己为目前这盛典新写的《汨罗江神》：

烈士的终站就是诗人的起点？
昔日你问天，今日我问河

而河不答，只悲风吹来水面
悠悠西去依然是汨罗

一面诵着，他听见自己的嗓音，经过扩音喇叭的提高并推广，掠过空阔的水面，湿湿地，在阴沉的雨云下仿佛有回音。这异样的感觉前所未有。他的声音，此刻，正摇撼着六十万只耳膜。透过现场直播，当然，侧耳还不止此数。可是屈原听见了吗？听见了，又有何感想呢？此刻，他立足的地方正是屈原投江的岸上，而听他诵诗的，正是同样的江湖，同样的鱼虾，还有隔代又隔代，湘楚的后人。

“灵之来兮如云”，真的吗？屈原的灵魂，此刻，正缭绕在高挑的大幡上吗？

他感奋的联想层出不穷，但当时在现场，他一诵完《汨罗江神》的前四句，六百童男童女立刻接了过去，把后面的八句齐声诵完：

鼓声紧迫，百船争先
旗号翻飞，千桨破浪
你仿佛在前面引路
带我们去追古远的芬芳

历史遗恨，用诗来弥补，江神
长发飘风的背影啊
回一回头，挥一挥手吧
在波上等一等我们

《汨罗江神》的原文有三段二十四行，考虑在龙舟比赛的现场，诵诗不宜太长，他行前又将此诗浓缩为十二行，仍是三段，也就是此刻他站在祭坛上领着两岸观众齐诵的版本。

祭屈合诵完毕，他从秭归来人的手中接过黄宣纸一叠叠的祭文，投入火舌抖擞的钵里，算是焚寄给灵均了。接着又接过船上载来的一篮粽子，将自己从台湾带去的五只大粽加了进去，拎到江边，一只只投入水中。那该是他身为诗人，一生中最有象征意义的一个手势了。从台湾带去的五只粽子，是诗友愚溪所赠。诗友绝对没料到，粽子千千万万，那五只真的投进汨罗江水，专程献到屈原面前了。

2006 年 5 月 7 日

# 黄山诧异

徐霞客，华山夏水的第一知音，造化大观的头号密探，早就叹道："薄海内外无如徽之黄山，登黄山天下无山，观止矣！"他是最有资格讲这句绝话的，因为千岩万壑，寒暑不阻，他是一步步亲身丈量过来的，有时困于天时或地势，甚至是一踵踵、一趾趾，踉踉跄跄，颠颠踬踬，局躅探险而跋涉过来的。

## "空山松子落"更添禅趣

黄山不但魁伟雄奇，而且繁富多变，前海深藏，后海瘦削，三十六峰之盛，不要说遍登了，就算大致周览而不错认，恐怕也不可能。既然如此，浅游者或为省时间，或限于体力而选择索道的快捷方式，也就情有可原了。何况索道有如天梯，再陡的斜坡也可以凌空而起，全无阻碍，再高傲的峰头也会为我们转过头来，再孤绝的绝顶也可以亲近，不但让我们左顾右盼，惊喜不断，而且凭虚御风，有羽化登仙的快意。骑鹤上扬州，有这么平稳流畅吗？古人游仙诗的幻境也不过如此了吧？

一切旅程，愈便捷的所见愈少。亲身拾级而上迂回而下的步行，体会当然最多也最深，正是巡礼膜拜最“踏实”的方式。所以清明节前一天，我们终于进入黄山风景区的后门，亦即所谓“西海”景区丹霞峰下。此地的海是指云海，正是黄山动态的一大特色。我们夫妻二人，浙大江弱水教授，弱水的朋友杨晨虎先生（此行全靠他亲驾自用的轿车），都是黄山管委会的客人，由程亚星女士陪同游山。

车停山下，我们在太平索道站上了缆车，坐满人后，车升景移，远近的峰峦依次向我们扭转过来，连天外的远峰，本来不屑理会我们的，竟也竞相来迎，从俯视到平视，终于落到脚底去了。万山的秩序，尊卑的地位，竟绕着渺小的我们重新调整。靠着缆索的牵引，我们变成了鸟或仙，用天眼下觑人寰。李白靠灵感召致的，我们靠力学办到了。

三点七公里的天梯，十分钟后就到丹霞站了。再下车时，气候变了，空气清畅而冷冽，骤降了十度。这才发现山上来了许多游客。午餐后我们住进了排云楼宾馆，准备多休息一会，在太阳西下时才去山行，也许能一赏晚霞。

山深峰峻，松影蟠蟠，天当然暗得较快。迎光的一面，山色犹历历映颊。背光的一面，山和树都失色了。真像杜甫所言：“阴阳割昏晓。”折腾了一天，又山行了一两里路，是有些累了。回到排云楼，刚才喧嚷的旅客，不在山上过夜的，终于纷纷散去，把偌大一整列空山留给了我们，我们继承了茫茫九州岛最庄严的遗产，哪怕只是一夜。“空山松子落”，静态中至小的动态，反而更添静趣、禅趣。

真像歌德所言：“在一切的绝顶。”万籁俱寂，只有我的脉搏，不甘吾生之须臾，还兀自在跳着。那么，河汉永恒的脉搏，不也在跳着么？不逝者如斯乎，不舍昼夜。我悄悄起床，轻轻推门，避开路灯，举头一看，原来九霄无际的星斗，众目睽睽，眼神灼灼，也正在向我

聚焦俯视。猝不及防，骤然与造化打一个照面，能算是天人合一么，我怎么承受得起，除了深深吸一口大气。太清、太虚仍然是透明的，碍眼的只是尘世的浊气。此福不甘独享，回房把我存叫起来读夜。

## “黄山情韵”奇松怪石云海

第二天四人起个大早，在程亚星的引导之下，准备把黄山，至少是后海的一隅半角，瞻仰个够。程亚星在黄山风景区管委会已经任职17年，她的丈夫更是屡为黄山造像的摄影家。有她在一旁指点说明，我们（不包括弱水）对黄山的见识才能够免于过分肤浅。她把自己在1999年出版的一本文集《黄山情韵》送了给我：事后我不断翻阅，得益颇多。

导游黄山的任何小册子，都必会告诉游客，此中有四绝：奇松、怪石、云海、温泉。此行在山中未睹云海，也未访温泉，所见者只有黄山之静。尽管如此，所见也十分有限，但另一方面印象又十分深刻，不忍不记。

语云：看山忌平。不过如果山太不平，太不平凡了，却又难尽其妙。世上许多名山胜景，往往都在看台上设置铜牌，用箭头来标示景点的方向与距离，有时更附设可以调整的望远镜。在黄山上却未见这些：也许是不便，但更是优点。因为名峰已多达72座了，备图识山，将不胜其烦，设置太多，更会妨碍自然景色。黄山广达154平方公里，山径长70公里，石阶有6万多级，管理处的原则是尽量维持原貌，不让人工干扰神工。我去过英国西北部的湖区，也是如此。

## 连嶂迭岭　岩上加岩

黄山之富，仅其静态已难尽述，至于风起云涌，雪落冰封，就更变化万殊。就算只看静态，也要叹为观止。黄山的千岩万壑，虽然博大，却是立体的雕刻，用的是亿年的风霜冰雪，而非平面的壁画，一览可全。陡径攀登，不敢分心看山，就算站稳了看，也不能只是左顾右盼，还得瞻前顾后，甚至上下求索，到了荡胸决眦的地步。那么鬼斧神工的一件件超巨雕刻，怎能只求一面之缘呢？可是要绕行以观，却全无可能：真是人不如鸟，甚至不如猿猴。所以啊，尔等凡人，最多不过是矮子看戏，而且是站在后排，当然难窥项背，更不容见识真面目了。所以连嶂迭岭，岩上加岩，有的久仰大名，更多的是不识、初识，就算都交给相机去备忘，也还是理不出什么头绪。山已如此，更别提松了。

我存拍了许多照片！但是很难对出山名来。这许多石中贵胄，地质世家，又像兄弟，又像表亲，将信将疑，实在难分。可以确定的，是从排云楼沿着丹霞峰腰向西去到排云亭，面对所谓“梦幻景区”，就可纵览仙人晒靴与飞来石。前者像一只倒立的方头短靴，放在一方方淡赭相迭的积木上，任午日久晒。后者状似瘦削的碑石，比塞塔般危倾在悬崖之上，但是从光明顶西眺，却变形为一只仙桃。此石高 12 米，重 365 吨，传说女娲炼石补天，这是剩下的两块之一。它和基座的接触，仅似以趾点地，疑是天外飞来，但是主客的质地却又一致，所以存疑迄今。

从排云楼沿陡坡南下，再拾级攀向东北，始信峰嵯峨的青苍就赫然天际了，但可望而不可即，要跟土地公的引力抗拒好一阵，才走近

一座像方尖塔而不规则的独立危岩，可惊的是就在塔尖上，无凭无据地竟长出一株古松来。黄山上蟠蜿的无数劲松，一般都是干短顶齐，虬枝横出，但这株塔顶奇松却枝柯耸举，独据一峰。于是就名为梦笔生花。弱水免不了要我遥遥和它合影，我也就拔出胸口的笔做出和它相应的姿势，令弱水、晨虎、亚星都笑了。

到了始信峰，石笋矼和十八罗汉朝南海的簇簇锋芒，就都在望中了。所谓十八罗汉，也只是约数，不必落实指认，其中有的危岩瘦削得如针如刺，尤其衬着晴空，轮廓之奇诡简直无理可喻。上了黄山，我的心理十分矛盾。一面是神仙吐纳的空气，芬多精的负离子是城市十多倍，松谷景区负离子之浓，可达每立方厘米 5 万到 7 万个，简直要令凡人脱胎换骨。加上山静如太古，更令人完全放松，放心。但另一方面，超凡入圣，得来何等不易，四周正有那么多奇松、怪石等你去恣赏，怎么能够老僧入定，不及时去巡礼膜拜呢？

## 怪石磊磊　奇松盘盘

奇松与怪石相依，构成黄山的静态。石而无松，就失之单调无趣。松而无石，就失去依靠。黄山之松，学名就称“黄山松”，为状枝干粗韧，叶色浓绿，树冠扁平，松针短硬。黄山多松，因为松根意志坚强，得寸进尺，能与顽石争地。原来黄山的花岗石中含钾，雷雨过后空中的氮气变成了氮盐，能被岩层和泥土吸收，进而渗入松根，松根不断分泌出有机酸，能溶解岩石，更能分解岩中的矿物与盐分，为己所用。因此黄山松之根，当地人叫做“水风钻”，为了它像穿山甲一样，能寻隙攻坚，相克相生，把顽石化敌为友。所以 800 米以上的绝壁陡坡，到处都迸出了松树，有的昂然挺立，有的回旋生姿，有的枝柯横出，有的匍匐而进，有的贴壁求存，更有的自崖缝中水平抽长，与削壁互成垂直，像一面绿旗。

这一切怪石磊磊，奇松盘盘，古来的文人高士，参拜之余，不知写了多少惊诧的诗篇，据说是超过了两万首，那就已将近全唐诗的半数了。我也是一位石奴松痴，每次遇见了超凡的石状松姿，都不免要恣意瞻仰，所以一入黄山就逸兴高举，徘徊难去。尤其是古松枝桠纠虬，就像风霜造就的书法，更令人观之不足。下面且就此行有缘一认的，略加记述。

凤凰松主干径 30 公分，高龄 200 载，有四股平整枝桠，状如凤凰展翅，十分祥瑞，其位置正当黄山的圆心，近于天海的海心亭。黑虎松正对着梦笔生花，雄踞在去始信峰的半途，望之黛绿成荫，虎威慑人，据说寿高已 450 岁。连理松一枝双干，几乎是平行共上，相对发枝，翠盖绸缪，宛如交臂共伞的情侣；弱水为我们摄了好几张。竖琴松的主干弯腰下探，枝柯斜曳俯伸，似乎等仙人或高士去拨弄，奏出满山低调的松涛。

## 迎送客松　几已神化

送客松和迎客松在玉屏峰下，遥相对望，成了游客争摄的双焦点。送客松侧伸一枝，状如挥别远客的背影。迎客松立于玉屏楼南，东望峥峥的天都，位据前海通后海的要冲，简直像代表黄山之灵的一尊知客僧。他的身世历劫成谜，据说本尊早被风雪压毁，枝已不全，今日残存的古树高约 10 米，胸径 64 公分，从 1983 年起派了专人守护。第 10 位守树人谢宏卫自 1994 年任职迄今，就住在此树附近的陋屋之中，每天都得细察枝桠、树皮、松针的状况，并注意有无病虫为害。严冬时期他更得及时扫雪敲冰，解其重负。他曾经一连四五年没回家过年：松而有知，恐怕要向他的家人道歉了。此树名满华夏，几已神化。程

亚星告诉我们：1981 年有挑夫歇于其下，一时兴起，在树身去皮刻字，因此坐牢。

黄山之松，成名者少而无名者多，有名者多在道旁，无名者郁郁苍苍，或远在遥峰，可望而不可即，或高据绝顶，拒人于险峻之上，总之，无论你如何博览遍寻，都只能自恨此身非仙，不能乘云逐一拜访。松之为树实在值得一拜：松针簇天，松果满地，松香若有若无，松涛隐隐在耳，而最能满足观松癖者的美感的，仍是松干发为松枝的蟠蜿之势，回旋之姿，加上松针的苍翠成荫，简直是墨沈淋漓的大手笔书法，令人目随笔转，气走胸臆。

# 辑三　异域风情

# 咦呵西部

## 一

一过米苏里河，内布拉斯卡便摊开它全部的浩瀚，向你。坦坦荡荡的大平原，至阔，至远，永不收卷的一幅地图。咦呵西部。咦呵咦呵咦——呵——我们在车里吆喝起来，是啊，这就是西部了。超越落矶山之前，整幅内布拉斯卡是我们的跑道。咦呵西部。昨天量爱奥华的广漠，今天再量内布拉斯卡的空旷。

芝加哥在背后，矮下去，摩天楼群在背后。旧金山终会在车前崛起，可兑现的预言。七月，这是。太阳打锣太阳擂鼓的七月。草色呐喊连绵的鲜碧，从此地喊到落矶山那边。穿过印第安人的传说，一连五天，我们朝西奔驰，踹着篷车的陈迹。咦呵西部。滚滚的车轮追赶滚滚的日轮。日轮更快，旭日的金黄滚成午日的白热滚成落日的满地红。咦呵西部。美利坚在大陆的体魄裸露着。如果你嗜好平原，这里有巨幅巨幅的空间，任你伸展，任你射出眺望像亚帕奇的标枪手，抖开浑圆浑圆的地平线像马背的牧人。如果你瘾在山岳，如果你是崇石狂的患者米颠，科罗拉多有成亿成兆的岩石，任你一一跪拜。如果你什么也不要，你说，你仍可拥有犹他连接内瓦达的沙漠，在什么也没有的天空下，看什么也没有发生在什么也没有之上。如果你什么也不要，要饥饿你的眼睛。

咦呵西部，多辽阔的名字。一过米苏里河，所有的车辆全撒起野来，奔成嗜风沙的豹群。直而且宽而且平的超级国道，莫遮拦地伸向地平，引诱人超速、超车。大伙儿施展出七十五、八十英里的全速。霎霎眼，几条豹子已经窜向前面，首尾相衔，正抖擞精神，在超重吨卡车的犀牛队。我们的白豹追上去，猛烈地扑食公路。远处的风景向两侧闪避。近处的风景，躲不及的，反向挡风玻璃迎面泼过来，溅你一脸的草香和绿。

风，不舍昼夜地刮着，一见日头，便刮得更烈，更热。几百哩的草原在风中在蒸腾的暑气中晃动如波涛。风从落矶山上扑来，时速三十哩，我们向落矶山扑去。风挤车，车挤风。互不相让，车与风都发脾气地啸着。虽是七月的天气，拧开通风的三角窗，风就尖啸着灌进窗来，呵得你两腋翼然。

霎眼间，豹群早已吞噬了好几英里，将气喘咻咻的犀牛队丢得老远。于是豹群展开同类的追逐，维持高速兼长途的马拉松。底特律产的现代兽群，都有很动听的名字。三四零马力的凯地赖克，三六五马力的科维持，以及绰号野马的麦士坦以及其他，在摩天楼围成的峡谷中憋住的一腔闷气，此时，全部吐尽，在地旷人稀的西部，施出缩地术来。一时圆颅般的草原上，孤立的矮树丛和偶然的红屋，在两侧的玻璃窗外，霍霍逝去，向后滑行，终于在反光镜中缩至无形。只剩下右前方的一座远丘，在大撤退的逆流中作顽固的屹立。最后，连那座顽固也放弃了追赶，绿底白字的路标，渐行渐稀。

“刚才的路标怎么说？”

“Arlington。”

“那就快到 Fremont 了。”

“今天我们已经开了一百七八十哩路了。”

“今晚究竟要在哪里过夜呢?”

“你看看地图吧。开得到 North Platte 吗?”

“开不到。绝对开不到。”

“那至少要开到 Grand Island。今天开不到大岛，明天就到不了丹佛。你累不累?”

“还好。坐惯了长途，就不累了。”

“是啊，一个人的肌肉是可以训练的，譬如背肌。习惯了之后，不一次一口气开个三四百哩，还不过瘾呢。不过一个人开车，就是太寂寞。你来了以后，长途就不那么可怕了。以前，一个人开长途，会想到一生的事情。抗战的事情，小时候的事情。开得愈快，想得愈远。想累了就唱歌，唱厌了就吟唐诗，吟完了又想。有时候，扭开收音机听一会。还有一次，就幻想你坐在我右边，向你独语，从 Ohio 一直嘀咕到 Pennsylvania ……”

“怪不得我在家里耳朵常发烧。”

“算了，还讲风凉话！你们在国内，日子过得快。在国外，有时候一个下午比一辈子还长。”

“太阳又偏西了，晒得好热。”

“其实车外蛮凉的。不信你摸玻璃。”

“真的哪。再说热，还是比台湾凉快。”

“那当然了。你等到九月看，早晚冷得你要命，有时候还要穿大衣。”

“听说旧金山七月也很凉快。”

“旧金山最热最热也不过七十多度。”

“真的啊?我们到旧金山还有好多路?”

“我想想看。呃——大概还有，从 Grand Island 去，大概还有一千——不忙，有人要超车。这小子，开得好快，我们已经七十五了，他至少有八十五哩。你说，这是什么车？”

“——Mustang。”

“Thunderbird。你不看，比野马长多了。从大岛去旧金山，我想，至少至少，还有一千五百多哩，就是说，还有两千五六百公里。”

“那好远。还要开几天？”

“不耽搁的话，嗯，五天吧。不过——你知道吧，从芝加哥到旧金山，在中国，差不多等于汉口到哈密了。在大陆的时候，这样子的长途简直不能想象——”

“绝对不可能！”

“小时候，听到什么新疆、青海，一辈子也不要想去啊。在美国，连开五六天车就到了。哪，譬如内布拉斯卡，不说有甘肃长，至少也有绥远那么大，拼命开它一天，还不是过了。美国的公路真是——将来回国，我最怀念的，就是这种 superhighway ——”

“小心！对面在超车！”

“该死的家伙！莫名其妙！这么近还要超车，命都不要了！我真应该按他喇叭的！”

“可不是！差一点回不了厦门街。真是可恶。有一次在纽约——”

“好热哟，太阳正射在身上。”

“我们去 Fremont 歇一歇吧。”

“也好。”

## 二

七月的太阳，西晒特别长。在佛里芒特吃罢晚餐，又去一家电影

院避暑。再出来时，落日犹曳着满地的霞光，逡巡在大草原的边缘。再上路时，已经快九点了。不久暮色四合，旷野上，只剩下我们的一辆车，独闯万亩的苍茫。捻亮车首灯，一片光扑过去，推开三百呎的昏黑，小道奇轻快地向前窜着，不闻声息，除了车轮卷地，以及小昆虫偶或扑打玻璃的微响。毕竟这是七月之夜，暑气未退的草原上，有几亿的小生命在鼓动翅膀？不到十五分钟，迎着车灯扑来的蚊蚋、甲虫及其他，已经血浆飞溅，陈尸在挡风玻璃上，密密麻麻地，到严重妨碍视域的程度。而新的殉光者，仍不断地拼死扑来。即使喷洒洗涤剂且开动扫雨器，仍不能把虫尸们扫净。普拉特河静静地向东流，去赴边境上，米苏里河的约会。我们沿普拉特河西驶，向分水岭下的河源。内布拉斯卡之夜在车窗外酿造更浓的不透明，且拌和草香与树的鼾息与泥土的鸡尾酒。我们在桑德堡的无韵诗里无声地前进。美利坚在我们的四周做梦。隔了很久，才会遇见东行的车辆，迎面驶来。两个陌生人同时减低首灯的强光，算是交换一个沉默的哈啰。但一瞬间，便朝相反的方向，投入相同的夜，不分州界，也不分国界的黑天鹅绒之夜了。

## 三

大岛之后是丹佛，丹佛之后便是落矶山了。丹佛，芝加哥和西海岸间唯一的大城，落矶山天栈的入口，西部大英雄水牛比尔埋骨之地。昔日篷车队扬尘的红土驿道，铺上了柏油，文明便疾驶而来，疾驶而去。

咦呵西部。我们也是疾驰而来的远游客啊，骑的不是英雄的白驹，是底特律种的白色道奇。饶是底特律种的一四五马力的白兽或雪豹，上了落矶大山，一样得小心翼翼，减速蛇行。于是内布拉斯卡的阳关大道，蜿蜒成一盘接一盘的忍耐和惊险。方向盘也是一种轮盘，赌下一个急转弯的凶吉。现代的车队，紧跟着一辆廿轮的铝壳大卡车，形成一条长长的蜈蚣。如果有谁冒冒失失要超车，千仞下，将有一个黑酋长在等他，名字叫死亡。出了丹佛才二三十哩，七月便赖在底下的红土高原，不肯追上来了。绰号“一哩高城”的丹佛，仍在华氏八十多度中喘气。到了情关（Ioveland Pass），气温骤降二十多度，现代骑士们，在峭达一万二千呎的情土上，皆寒心而颤抖起来。车队在雪线上走钢索，左倾不得，右倾也不得。绕过左边的石壁，视域豁豁敞开，一万四千呎的雪峰群赫赫在望。左面是艾文思山和更高的格雷峰，右面是哈加峰和奇诡的赤峰。森严的气象当顶盖下，扪不到撑不开的皑皑压迫着黷黰与黛青，凛凛俯视我们。万籁在下，火炎炎的酷暑在下。但此地孤峻而冷，矗一座冬之塔。即使全世界在下面齐呼，说夏天来了啊太阳在平原上虐待我们啊怎么你们还是在旁观，你以为哈加峰会扔一粒松子下去，为他们遮阴？事实上，过了情关，世界便关在脚底，冥冥不可闻了。面对聋哑的山岳如狱，呼吸困难，分不清因为空气稀薄，或是一口气吸不进全部的磅礴。睫毛太纤细，怎么挑得起这些沉甸的雄奇？

因为这是落矶大山，最最有名的岩石集团。群峰横行，挤成千排交错的狼牙，咬缺八九州的蓝天。郁郁垒垒，千百兆吨的花岗岩片麻岩，自阿拉斯加自加拿大西境滚滚辗来，龙脉参差，自冰河期自火山的记忆蟠来。有一只手说，好吧，就在此地，于是就劈出科罗拉多州，削成大半个西部。因为这是落矶大山，北美洲的背脊，一切江河的父亲。大陆的分水岭，派遣江河向东海岸向西海岸远征，且分割气候，屏障成迟到的上午和早来的黄昏。因为这是落矶大山，年富而且男性，鼠蹊下，正繁殖热烘烘的黄铜与金。而且，也没有任何剃刀，敢站起来说，它可以为他剃须。

但如果米芾当真要创一个拜石教，我倒要建议他不忙在此地设庙了。情关南北，一万四千呎的高峰交臂叠肩，怕不有数十座，但山势连绵，苍茫一体，这翠连环好难拆。至于奇峰崛起，或是无端端地数石耸然对立，或是从天外凭空插下一柄巨石若斧，或是毫无藉口地从平地长出一根顽石如笋，或是谁莫名其妙切出一整幅的绝壁像切蛋糕，怎么说也不能令人相信，那真是要好怪有好怪——至于这种奇迹，我说，就要过了大分水岭，才朝拜得到了。

科罗拉多西陲，峙立犹他州入口附近，悍然俯觑大站城（Grand Junction）的不毛石山，便是这种奇迹之一。蟠蛟走鳞，饿成爪形的山系，水浸风吹，凿成体魄慑人的雕塑巨构，在平旷的科罗拉多河域上，供数十哩的峥嵘。那气象，全看你怎样去赞叹。欲观其实，则你看见崚嶒竞起的连嶂之上有连嶂。欲观其虚，则连嶂阻隔，形成好深邃好险峭的峡谷。寸草不生的巨幅绝壁上，露出层次判然的地质年代，造石的纹路切得好整齐。氧化铁的砂岩，在湿度近零能见度至远的高原气候里，迎着灿亮但不燠闷的阳光，晃动黄褐欲赤的面容。阔大的肃穆并列着，如一页页开的史前秘密，恐怕连印第安的老祭师也读不出什么暗示。但表情笨拙的岩石，反而令你感到单纯的温暖和亲切。

车在百折的危崖边继续爬行，大气稀薄的高亢之上，引擎温度可忧地在上升。每每转过一个峰头，停在长且宽的峡谷尽处。两个石壁砉然推开如门，一时平原在门外向你匍匐，几个郡伏在你脚下，霎那，你是神。你是米南宫，你面石而坐，坐众石之间。即使红蕃摇旄挥戈鼓声盈耳来追你，米南宫，你也舍不得走了。

至于岩石们自己，应该是无所谓的。面容古朴而迟钝，不悲，不喜，如一列列红人酋长僵坐在那里，在思索一些脑力不能负担的玄学，就这样以相同的沉默接受太阳，接受风雨和一切。高原上，石的哑剧永远在演出，很少观众，也很难见到什么动作。只要太阳有耐性看下去，我想，他们一时还不会就结束。但是我们也不必担心了，米芾。

## 四

滚下落矶山的西坡，就卷起了大半个科罗拉多州了。绝对有毒的太阳，在犹他的沙漠上等待我们。十亿支光的刑询灯照着，就只等我们去自首了。咦呵西部我来了。

咦呵咦呵我来了，没遮没拦的西部。犹他。内瓦达。令人苍老的名字，曳着多空洞多辽阔的母音，而且同韵。犹他犹他内瓦达——令人迷失令人四顾茫然的咒语。冰河期的洪泽大撤退后，一切都距离得很远很远很远。芝加哥在吃奶纽约在换牙之前就是这样子。淘金潮湿不了沙漠。篷车队之前就是，联邦的蓝骑兵之前，呼阵的红蕃武士之前，喝道而来的火车之前就是这样子。风为它沐浴，落日为它纹身。五月花之前哥伦布船长之前早就是这个样子。大智若愚的样子，绝无表情的荒砂台地，兼盲兼聋兼会装死，什么也看不见听不见而且一躺下去就是好几百哩再也别想他爬起来了。说他不毛，他忽然就毛几丛给你看看。紫蕊满地爬的魔鬼指。长颈长茎的龙舌兰。红英烂漫大盏大盏的鹿角羊齿。大球大球的紫针插。以及莫名其妙的抵死不肯剃胡子的那伙仙人掌，绰号沙瓜罗、雀刺、千刺梨以及其他。植物里的Beatniks，名字都蛮好听的，且相信存在主义。也就罢了。以前总觉得沙漠之为物——或者为人，随你怎么说——干净是干净没话说，就是缺那么一点点幽默感。大谬不然。他只是装死罢了。仔细看，他还是在呼吸的。嘘息拂动，不时会有一缕沙，在炎风中螺纹一般盘旋上升，像龙卷风的小型样品。黄沙浩浩，假面具下窝藏多少鼠和狐，蜥蜴和蜘蛛？生命以不同的方式在沙下在沙面在沙上存在而且活动。旱灾到底不是那样不美丽的一种天谴。

去盐湖城的六号公路上，车辆仍然在奔驰，车首灯下挂着水囊。大气炎炎，自沙面蒸起，幻化单调的景象。煎熔了的柏油在轮胎下哭泣。水！水啊水啊哪里有清凉的水？海神在旧金山湾外听不见此地的旱灾。最近的加油站在三十哩外。最近的湖距此两个半小时。水在降低，引擎的热度可忧地在上升。因为这是沙漠的七月，拜火教在焚烧所有的异教徒，且扛着太阳在示威。我们不容于天地之间。辐射热当空炙下来，曲折反射成网。车厢是烤箱，翻过来覆过去是一样不可逃避。深绿的太阳眼镜软弱地抵抗十亿烛光的刑询灯。犹他的太阳鞭笞着我们。一连七小时的疲劳审问，在最白热的牢狱最最黑暗最最隔音的斗室，我已经准备招供了，招认我是拜水教的信徒我私恋水神私恋所有湖泊的溪涧的水神事实上我正企图越境去投奔。

“水壶给我。”

“一滴水都没有了。”

“该死的犹他！除了沙，什么也没有！科罗拉多只有一堆红石。犹他，穷得剩一把黄沙。”

“骂也没有用，还有一百多哩才到盐湖城呢。”

“就不要提盐湖了。想想都令人喉痛。”

“真是。这样热！四面都是黄沙。”

“我们在西部片里了。你看，那边一列红土岗子。应该冒出红蕃在上面列阵才对。”

“只要他们给我水喝，就被他们捉去也甘心。”

“算了吧。先剥我的头皮，再俘你去给酋长生小红蕃。”

“不要瞎说！”

“你看看自己。不是晒得跟红蕃一样红通通油光光的？这种沙漠里的太阳最毒辣。狠狠熬上三天，这两条臂膀准烙上犹他的州徽。回国去，可以向人炫耀，看哪，我是从犹他的炼狱里逃出来的，这便是我的惩罚。"

"你不是崇拜阿拉伯的劳伦斯吗？才这么几天，又不是骑骆驼，就满口炼狱炼狱的了。"

"我倒觉得你煨得更腴了，雌得一塌糊涂！女人本来就应该晒得红一截白一截的，那样特别诱——"

"Oh，shut up！看！前面的火车！好长好长！你说是不是去盐湖城的？啊，是吗？真像西部片子一样！火车走得好快！你说，就凭骑马追得上火车吗？我倒不信。"

"我也不信。骑马最多四十哩。这火车怕不有七十多哩。"

"我们追追看。"

"咦呵西部！劫火车的来了！"

## 五

那天我们一路追那辆火车，追到盐湖城。那确是一场够刺激的比赛，尽管对方不知道它是假想敌。在平野上，看那种重吨而长的现代兽呼啸踹奔，黑而漂亮，是令人振奋且诱人追逐的。几度它窜进了山洞，令我们奇怪它怎么忽然失踪了。

三天后，我们闯过了这一大片荒原，驰近加州的边境。会施术的太阳还不肯放过我们。每天从背后追来，祭起火球。每天下午他都超过我们，放起满地的火，企图在西方的地平拦截。幸而我们都闯过来了，没有归化为拜火的蜥蜴和蜘蛛，但我们的红肤泄漏了受刑的经过。我们想，一进加州就安全了。水。我们在梦里总是看见水，清凉而汪洋而慷慨的蓝色，蓝色的生命。我们想，有一个湖就好了。

我们果然有了一个湖。

湖在内瓦达的西部。由于它在派犹特印第安人的保护区内，虽然

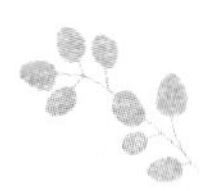

柔丽得像一个印第安小公主，到底还没有出嫁，有勇气闯进去幽会的单身汉一直不多。由于她的诱惑不是公开的，我说，没有白人游客成群来去，像他们集体蹂躏尼亚加拉大瀑布那样，因此我们更有理由认为，她是我们的。我们相互保证，无论将来是战争或是和平，她永远属于我们。就这样将她留在寂天寞地的内瓦达山国，虽然没有什么不放心，究竟有些难于分割。尽管有一天，我们可能回去看她，只怕她还是那样年轻，而我们却老得狼狈了。

派犹特族人叫她金字塔湖（Pyramid Lake），倒令我们想起尼罗河畔，另一种沙漠熏成的暗媚。而无论是爱伊达或者波卡杭达，她给人的印象，总是一种丰满的沃艳，一种茶褐色的秘密，被湛湛的蓝水汪汪的蓝所照亮。内瓦达的大盆地，比犹他更阔大。原子武器的试验场，不毛的大漠中闪闪怒开炸弹的死亡昙花昙花幻化成有毒的菌啊膨胀得多诡谲的白菌。任你蹂躏人造的炼狱，此地的山中一无所闻。世界很少闯进来过。越战和东柏林，像凯撒的战争一样不现实。华尔街的股票涨起又落下，你以为平滑的湖面会牵动一条波纹？站在金字塔湖边，我们恍然了，面对这隔音的隔世的隔音。山静着公元前的静。湖蓝着忘记身世的蓝。不知名的白水禽，以那样的蓝为背景，翔着一种不自知的翩翩，不芭蕾给谁看也不看我们。

因为那是金字塔湖，冰河期的洪泽龙潭（Lake Lahontan）浸吞之地。大半个内瓦达泡在淼淼的龙潭之中，直到冰河期宣告大退却，仅留下零零落落的几汪小湖。金字塔湖便是遗孤之一。困在内瓦达的犬齿山阵里，已经是高海拔的湖面，倒映海拔更高的山峰。七千八百呎的拔伦峰蔽于北。八千一百呎的托哈肯阻于东。更高的马拉山和土垒峰围成西南的崇峻。整块内瓦达结成一片咸咸的台地，黏着西犹他的大盐湖沙漠。说那是沙漠，并不正确，因为不毛的童山之间，尽是含盐甚浓的白沙黏土。寸绿不生，氯化纳的荒原有一种死亡的美。白色的死亡散布在金字塔湖四周，像一块块病态的白癣皮，形成了烟涧沙和黑石沙漠，形成了威原和亨伯特洼地，和涸了的温尼缪加湖。

最大的一块，南北百哩，东西四十哩，横阻在盐湖城和内瓦达之间。那便是险恶的大盐湖沙漠，我们曾在其上抛锚。地质学家说，此地原是古代的庞巍泽（Lake Bonneville），渐渐干去，留下了沙漠，未干的部分，形成有名的大盐湖。站在金字塔湖的洁蓝之上，我们想起那夜在大盐湖泛舟的经验，胃里泛起一股酸涩。多狰恶的水之汇合！七十五哩长，五十哩阔，十三呎深的巨盐池，西半球的死海，盛多少万吨的盐！平底船在腥咸的黑波间颠踬前进，沙漠的热风吹来，拂我们满脸满臂的盐花，像为了悲悼什么而刚刚哭过。鼻孔如煽，火辣辣的喉头难咽口水。黑舌黑舌舐过的地方，以手扶舷，立刻黏上薄薄的一层粗盐。无月夜。岸上也无光。四周吮吸有声的是黑波不可测的黑波黑涛黑波涛，浴几匹轮廓可疑的岛。众人在昏茫中交换忧虑的面容，似乎在说，今夜大概是难以幸免了。不是水鬼，也溺为阴诈的腌鱼。

“水里是没有鱼的，”向导安慰我们，“这大盐湖含盐量五分之一，除了死海，便是最咸的海了。所以一条鱼也没有。可是水里还是有生命的——”

“什么生命？”一个声音不安地说。

“哦，没有什么，只是一种极小极小的虾，淡红色的，叫盐虾，满湖都是。今晚浪是大些。放心，船没事。就算有人要跳水自杀，也沉不下去的。”

“那不是可以放心大胆游到对岸去吗？”

“是有人试过。死了。”

“死了？为什么？”

“湖好宽，你不看？游到半路，力尽了，灌了太多咸水。”

那真是一次自虐的死亡航行。想起来，犹有余悸。大分水岭的晕

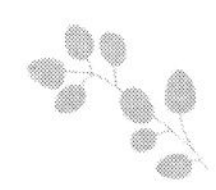

眩之后沙漠的煎烤之后是盐池的腌渍之后，才遁入金字塔原始的静谧，安全。从南方进入印第安保护区，一路是空廓廓的平台地。山路渐渐斜下去，视野向前向下作纵深的推移。忽然，我说是忽然，因为在你来得及准备之前，一汪最抒情的蓝便向你车首卷了过来。谁能一口气咽下这么开阔的静呢？下一瞬，十哩的清澄便匍匐在你脚了。停车在阔软如双人床的沙岸上。我们向完整的纯蓝奔去，拨开被高原的太阳晒得又干又松的空气。已然是七月中旬了，湖水却冰得踝骨发痛。遂在水边的凝灰岩上坐下来怔怔地望湖。古代热喷泉的遗迹，多孔如海绵的凝灰岩，像一些笨重的哑谜，散乱成堆地在湖边排成费解的阵图。纯净的阳光照在上面，增加多少阴影的侧面。我们倚坐的一块特别大，玲珑的白珊珊凝结成一具巨型的螺壳，壳缘回旋，我们立在螺中，探出头去，望远处崚嶒的瘦石，僵立成贾可美蒂的画廊，排出参差的小小列屿，迤逦入水，止于一座圆锥形的褐色小峰。那便是金字塔了。

忽然有异声来自背后。回头眺寻，发现有波动的褐色曳成一线，自巴拉山下的牧场向这边蜿蜿游来。“是马群！是马群！”我们跳出螺壳，向上面跑去。不久我们便看清楚，那是十几匹栗色马中间夹一匹白驹，正向我们扬尾奔驰。兴奋的等待中，马群已经踢起滚滚的尘埃，首尾相衔，十码外，正超越前面的公路。一时马蹄拨地，艳阳下，晒得汗光生油的黄褐肌腱澎湃如涨潮，长颈和丰臀起伏流动，修鬣和尾巴飏在风中。白驹紧随母亲，通体纯白，对照鲜明地在褐流中浮沉前进，栗色的騂披着黑鬣，黄色的駓曳着金鬣，奔腾中，一匹比一匹俊逸，不能决定最喜欢哪一匹神骏。但那只是几分钟的过程，褐波如泻，一转瞬便只见消逝中的背影了。金字塔湖更显得寂静。

但我们不能久留。今晚我们必须到雷诺。世界在外面现代在外面等待我们，等我们去增加拥挤去忍受现代街道的喧嚷和寂寞和摩天大厦千窗漠视的冷酷。美仅仅是一种迷信，是否永恒，还很难说，因为谁也不能跳出时间之流。也许地球有一天会化成一阵烟，不预先寄一套莎剧给火星人保管，怎能确知莎士比亚为永恒？也许有禽兽比马比孔雀更美丽，当时未登诺亚的方舟。也许疑来疑去，龙并非一种显赫的传说。蛇鼠遍地，蚊蝇繁殖，虎在亚洲日减，鹰在西部可能要绝迹。也许我们不该诉苦，说美是如何短暂。也许恰恰相反，我们该庆祝，因为美仍然可能，即使仅仅是一瞬。咦呵西部，天无碍，地无碍，日月闲闲，任鸟飞，任马驰，一任牛羊在草原上咀嚼空旷的意义。但我们不能久留。有一条海船在洛山矶等我，东方，有一个港在等船。九命猫。三窟兔。五分尸。因为我们不止生活在一个世界，虽然不一定同时。因为有一个幼婴等待认她的父亲，有一个父亲等待他的儿子。因为东方的大蛛网张着，等待一只脱网的蛾，一些街道，一些熟悉的面孔织成的网，正等待你投入，去呼吸一百万人吞吐的尘埃五千年用剩的文化。而俯仰于其中，而伤风于其中，而患得患失于其中，今晚我们必须到雷诺，雷诺，西部的后门，扑克牌搭成的赌都。咦呵西部。但我们必须回去，没有选择。咦呵爱奥华。咦呵内布拉斯卡。咦呵科罗拉多。咦呵犹他和内瓦达。咦呵西部。

# 红与黑

## ——巴塞罗那看斗牛

1

四月下旬，去巴塞罗那参加国际笔会的年会，乃有西班牙之旅。早在七年前的夏天，就和我存去过爱比利亚半岛，这次已是重游。不过上次的行踪，从比斯开湾一直到地中海，包括自己驾车，从格拉纳达经马拉加到塞维利亚，再经科尔多巴回到格拉纳达，广阔得多了。这次会务在身，除了飞越比利牛斯山壮丽的雪峰之外，一直未出巴塞罗那，所以谈不上什么壮游。我最倾心的西班牙都市，既非马德里，也非巴城，而是格拉纳达、托雷多那样令人屏息惊艳的小镇。

尽管如此，这一回在巴塞罗那却有三件事情，是我上回未曾身历，而令我的“西班牙经验”更为充实。其一是两度瞻仰了建筑大师高帝设计的组塔，圣家大教堂（La Sagrada Familiadd’ Antoni Gaudi），不但在下面仰望，而且直攀到塔顶俯观。

其二是正巧遇上四月二十三日的佳节，不但是天使长圣乔治的庆典，更是浪漫的玫瑰日，所以糕饼店的橱窗里都挂着圣乔治在马上挺矛斗龙的雕像，蛋糕上也做出相似的图形，广场的花市前挤满了买玫瑰的男人，至于书摊前面，则挤满了买书给男友的女子。躬逢盛会，我们追逐着人潮，也沾了节日的喜气。不过那一天也是塞万提斯的忌辰，西方两大作家，莎士比亚与塞万提斯，都在一六一六年四月二十三日逝世，但是就我在巴塞罗那所见，那一天对《唐·吉诃德》的作者，似乎并无纪念的活动。

巴塞罗那是西班牙第一大港、第二大城，人口近二百万。中世纪后期，它是阿拉贡王国的京都。二次大战之前昙花一现的卡塔罗尼亚共和国，也建都于此。当地人说的不是以加斯提尔为主的正宗西班牙语，而是糅合了法语和意大利语的卡塔朗语（Cata-lan），把圣乔治叫做 Sant Jordi。市政府宫楼的拱门上，神龛供着一尊元气淋漓的石雕，正是屠龙的天使圣乔治。

但那是中世纪的传说了。这一次在巴城，我看到的，是另一种的人与兽斗。

## 2

斗牛，可谓西班牙的“国斗”，不但是一大表演，也是一大典礼。这件事英文叫 bullfighting，西班牙人自己叫 corrida de toros，语出拉丁文，意谓“奔牛”。牛可以斗，自古已然。早在罗马帝国的时代，已经传说拜提卡（Baetica，安达露西亚之古称）有斗牛的风俗，矫捷的勇士用矛或斧杀死蛮牛。五世纪初，日尔曼蛮族南侵，西哥德人据西班牙三百年，此风不变，而且传给了路西塔诺人（Lusita-nos，葡萄牙人古称）。其后爱比利亚半岛陷于北非的摩尔人，几达八世纪之久（711 至 1492）；因为伊斯兰教徒善于骑术，便改为在马背上持矛斗牛，且命侍从徒步助斗，一时蔚为风气。于是在塞维利亚、科尔多巴、托雷多等名城，古罗马所遗的露天圆场，纷纷改修为斗牛场。至于小

镇，则多半利用城内的广场（plaza），所以后来斗牛场就叫做 plaza de toros。

一四九二年是西班牙人最感自豪的一年，因为就在这一年，联姻了二十三载的阿拉贡国王费迪南与加斯提尔女王伊莎贝拉，终于将摩尔人逐出格拉纳达，结束了伊斯兰教漫长的统治，而且在女王的支持下，哥伦布抵达了西印度群岛。此事迄今恰满五百年，所以西班牙今年在巴塞罗那举办奥运，更在塞维利亚展开博览会，特具历史意义。不过，伊斯兰教徒虽被赶走，马上斗牛的风俗却传了下来，成为西班牙贵族之间最流行的竞技。十六世纪初年，神圣罗马帝国的皇帝查理五世，更在王子的生日不惜亲自挥矛屠牛，以博取臣民的爱戴。

后来斗牛的方式迭经演变，先是杀牛的长矛改成短矛，到了一七〇〇年，贵族竟然改成徒步斗牛，却叫侍从们骑马助阵。十八世纪初年，饲养野牛成了热门生意，不但西班牙、葡萄牙、法国、意大利的皇室，甚至西班牙的天主教会，也都竞相饲养特佳的品种，供斗牛之用。终于教廷不得不出面禁止，说犯者将予驱逐出教。贵族们这才怕了，只好让给专业的下属去斗。这些下属为了阶级的顾忌，乃弃矛用剑。

今制的西班牙斗牛，已有将近三百年的历史。现今的主斗牛士（matador，亦称 espada）一手持剑（estoqtue），一手执旗（mule-ta），即始于十八世纪之初。所谓的旗，原是一面哔叽料子的红毛披风，对折地披在一根五十六公分的杖上。早在一七〇〇年，著名的斗牛士罗美洛（Frandsco Romero）在安达露西亚出场，便率先如此使用旗剑了。

## 3

有人不禁要问了：“凭什么斗牛会盛行于西班牙呢？”原来这种剽

悍的蛮牛是西班牙的特产，尤以塞维利亚的缪拉饲牛场（Gana-deria de Miura）所产最为勇猛，触死斗牛士的比率也最高。大名鼎鼎的曼诺雷代（Manolete），才三十岁便死于其角下。公认最伟大的斗牛士何赛利多（Joselito）也死在这样的沙场。其实每一位斗牛士每一季至少会被牛牴伤一次，可见周旋牛角尖的生涯终难幸免。据统计，三百年来成名的一百二十五位主斗牛士之中，死于碧血黄沙的场中者，在四十人以上。

最幸运的要推贝尔蒙代（Juan Belmonte）了，一生被牴五十多次，却能功成身退，改业饲牛。贝尔蒙代之功，当然不在屡牴不死，而在斗牛风格之提升。在他之前，一场斗牛的高潮全在最后那致命的一剑。而他，瘦小的安达露西亚人，却把焦点放在“逗牛”上，红旗招展之际，把牛头上那两柄阿拉伯弯刀引近身来，成了穿肠之险，心腹之患，却在临危界上，全身而退。万千观众期望于斗牛士的，不仅是艺高、胆大，还要临危不乱的雍容优雅（skill，daring，and grace），这便有祭拜死神的典礼意味了。所以斗牛这件事，表面是人兽之斗，其实是人与自己搏斗，看还能让牛角逼身多近。

拉丁美洲盛行斗牛的国家，从北到南，是墨西哥、委内瑞拉、哥伦比亚、秘鲁。墨西哥城的斗牛场可坐五万观众。最盛的国家当然还是发源地西班牙，二世纪中叶以来，斗牛场之多，达四百座，小者可坐一千五百人，大者，如马德里和巴塞罗那的斗牛场，可坐两万人。

## 4

此刻我正坐在巴塞罗那的“猛牛莽踏”斗牛场（Plaza de Toros-Monumental），等待开斗。正是下午五点半钟，一半的圆形大沙场还曝在西晒下。我坐在阴座前面的第二排，中央偏左，几乎是正朝着沙场

对面艳阳旺照着的阳座。一排排座位的同心圆弧，等高线一般层叠上去，叠成拱门掩映的楼座，直达圆顶，便接上卡塔罗尼亚的蓝空了。观众虽然只有四成光景，却可以感到期待的气氛。

忽然掌声响起，斗牛士们在骑士的前导下列队进场，绕行一周。一时锦衣闪闪，金银交映着斜晖，行到台前，市长把牛栏的钥匙掷给马上的骑士。于是行列中不斗第一头牛的人一齐退出场去，只留下几位斗士执着红旗各就岗位。红栅门一开，第一头牛立刻冲了出来。

海报上说，今天这一场要杀的六头牛，都是葡萄牙养牛场出品的“勇猛壮牛”（bravos novillos）。果然来势汹汹，挺着两把刚烈的弯角，刷动长而遒劲的尾巴，结实而坚韧的背肌肩腱，掠过鲜血一般的木栅背景，若黑浪滚滚地起伏，转瞬已卷过了半圈沙场。这一团狞然墨黑的盛怒，重逾千磅，正用鼓槌一般的四蹄疾践着黄沙，生命力如此强旺，却注定了若无“意外”，不出二十分钟就会仆倒在杀戮场上。

三个黑帽锦衣的助斗士扬起披风，轮番来挑逗怒牛。这虽然只是主斗士上场的前奏，但是身手了得的助斗士仍然可以一展绝技，也能博得满场彩声。不过助斗士这时只用一只手扬旗，为了主斗士可以从旁观察，那头牛是惯用左角或右角，还是爱双角并用来牴人。不久主斗士便亲自来逗牛了，所用的招数叫做 Verónica，可以译为“立旋”。只见他神闲气定，以逸待劳，立姿全然不变，等到奔牛近身，才把那面张开的大红披风向斜里缓缓引开，让仰挑的牛角扑一个空。几个回合（pass）之后，号角响起，召另一组助斗士进场。

两位轩昂的骑士，头戴低顶宽边的米黄色大帽，身穿锦衣，脚披护甲，手执长矛，缓缓地驰进场来。真刀真枪、血溅沙场的斗牛，这才正式开始。野牛屡遭逗戏，每次扑空，早已很不耐烦了，一见新敌人场，又是人高马大，目标鲜明，便怒奔直攻而来。牛背比马背至少矮上二尺，但凭了蛮力的冲刺，竟将助斗士的长矛手（picador）连人带马推顶到红栅墙下，狠命地牴住不放。可怜那马，虽然戴了眼罩，仍十分惊骇。为了不让牛角破肚穿肠，它周身披着过膝的护障，那是厚达三寸的压缩棉胎，外加皮革与帆布制成。正对峙间，马背上的助斗士奋挺长矛，向牛颈与肩胛骨的关节猛力搠下，但因矛头三四寸处装有阻力的铁片，矛身不能深入，只能造成有限的伤口。只见那矛手把长矛抵住牛背，左右扭旋，要把那伤口挖大一些，看得人十分不忍。

“好了，好了，别再戳了！”我后面的一些观众叫了起来。人高马大，不但保护周全，且有长矛可以远攻，长矛手一面占尽了便宜，一面又没有什么优雅好表演，显然不是受欢迎的人物。号角再起，两位长矛手便横着沾血的矛，策马出场。

紧接着三位徒步的助斗士各据方位，展开第二轮的攻击。这些投枪手（banderillen）两手各执一支投枪（banderilla），其实是一支扁平狭长的木棍，缀着红黄相间的彩色纸，长七十二公分，顶端三公分装上有倒钩的箭头。投枪手锦衣紧扎，步法轻快，约在二十多码外猛挥手势加上吆喝，来招惹野牛。奔牛一面冲来，他一面迎上去，却稍稍偏斜。人与兽一合即分，投枪手一挫身，跳出牛角的触程，几乎是相擦而过。定神再看，两支投枪早已颤颤地斜插入牛背。

牛一冲不中，反被枪刺所激，回身便来追牴。投枪手在前面奔逃，到了围墙边，用手一搭，便跳进了墙内。气得牛在墙外，一再用角撞那木墙，砰然有声。如果三位投枪手都得了手，牛背上就会披上六支投枪，五色缤纷地摇着晃着。不过，太容易失手了，加以枪尖的倒钩也会透脱，所以往往牛背上只披了两三支枪，其他的就散落在沙场。

铜号再鸣，主斗士（matador）出场，便是最后一幕了，俗称“真象的时辰”。这是主斗士的独脚戏，由他独力屠牛。前两幕长矛手与投枪手刺牛，不过是要软化孔武有力的牛颈肌腱，使它逐渐低头，好让主斗士施以致命的一剑。这时，几位助斗士虽也在场，但绝不插手，

除非主斗士偶尔失手，红旗被牴落地，需要他们来把牛引开。

主斗士走到主礼者包厢的正下方，右手高举着黑绒编织的平顶圆帽，左手握着剑与披风，向主礼者隆重请求，准他将这头牛献给在场的某位名人或朋友，然后把帽抛给那位受献人。

接着他再度表演逗牛的招式，务求愤怒的牛角跟在他肘边甚至腰际追转，身陷险境而临危不乱，常保修挺倜傥的英姿。

这时，重磅而迅猛的黑兽已经缓下了攻势，勃怒的肩颈松弛了，庞沛的头颅渐垂渐低，腹下的一绺鬣毛也萎垂不堪。而尤其可惊的，是反衬在黄沙地面的黑压压雄躯，腹下的轮廓正剧烈地起伏，显然是在喘气。投枪猬集的颈背接榫处，正是长矛肆虐的伤口，血的小瀑布沿着两肩腻滞滞地挂了下来，像披着死亡庆典的绶带。不但沙地上，甚至在主斗士描金刺绣的紧身锦衣上，也都沾满了血。

其实红旗上溅洒的血迹更多，只是红上加红，不明显而已。许多人以为红色会激怒牛性，其实牛是色盲，激怒它的是剧烈的动作，例如举旗招展，而非旗之色彩。斗牛用红旗，因为沾上了血不惹目，不显腥，同时红旗本身又鲜丽壮观，与牛身之纯黑形成对比。红与黑，形成西班牙的情意结，悲壮得多么惨痛、热烈。

那剧喘的牛，负着六支投枪和背脊的痛楚，吐着舌头，流着鲜血，才是这一出悲剧，这一场死亡仪式的主角。只见它怔怔立在那里，除了双角和四蹄之外，通体纯黑，简直看不见什么表情，真是太玄秘了。它就站在十几码外，一度，我似乎看到了它的眼神，令我凛然一震。

斗牛士已经裸出了细长的剑，等在那里。最终的一刻即将来到，死亡悬而不决。这致命的一搠有两种方式：一是“捷足”（volapié），人与兽相对立定，然后互攻；二是“待战”（recibiendo），人立定不动，待兽来攻。后面的方式需要手准胆大，少见得多。同时，那把绝命剑除了杀牛，不得触犯到牛身，要是违规，就会罚处重款，甚至坐牢。

第一头牛的主斗士叫波瑞罗（Antonio Borrero），绰号小伙子（Chamaco），在今天三位主斗士里身材确是最小，不过五英尺五六的样子。他是当地的斗牛士，据说是吉普赛人。他穿着紧身的亮蓝锦衣，头发飞扬，尽管个子不高，却傲然挺胸而顾盼自雄。好几个回合逗牛结束，只见他从容不迫地走到红栅门前，向南而立。牛则向北而立，人兽都在阴影里，相距不过六七英尺。他屏息凝神，专注在牛的肩颈穴上，双手握着那命定的窄剑，剑锋对准牛脊。那牛，仍然是纹风不动，只有血静静在流。全场都憋住了气，一片睽睽。蓦地蓝影朝前一冲，不等黑躯迎上来，已经越过了牛角，扫过了牛肩，闪了开去。但他的手已空了。回顾那牛，颈背间却多了一截剑柄。噢，剑身已入了牛。立刻，它吐出血来。

我失声低呼，不知如何是好。不到二十秒钟，那一千磅的重加黑颓然仆地。

满场的喝彩声中，我的胃感到紧张而不适，胸口沉甸甸的，有一种共犯的罪恶感。

后来我才知道，那致命的一剑斜斜插进了要害，把大动脉一下子切断了。紧接着，蓝衣的斗牛士巡场接受喝彩，一位助斗士却用分骨短刀切开颈骨与脊椎。一个马夫赶了并辔的三匹马进场，把牛尸拖出场去。黑罩遮眼的马似乎直觉到什么不祥，直用前蹄不安地扒地。几个工人进场来推沙，将碍眼的血迹盖掉。不久，红栅开处，又一头神旺气壮的黑兽踹入场来。

## 5

这一场斗牛从下午五点半到七点半，一共屠了六头牛，平均每二十分钟杀掉一头。日影渐西，到了后半场，整个沙场都在阴影里了。每一头牛的性格都不一样，所以斗起来也各有特色。主斗士只有三位，依次轮番上场与烈牛决战，每人轮到两次。第一位出场的是本地的波瑞罗，正是刚才那位蓝衣快剑的主斗士。他后面的两位都是客串，依次是瓦烈多里德来的桑切斯（Manolo Sanchez），瓦伦西亚来的帕切科（Jose Pacheco）。两人都比波瑞罗高大，但论出剑之准，屠牛手法之利落，都不如他。所以斗牛士不可以貌相。

斗第二头牛时，马上的长矛手一出场，怒牛便汹汹奔来，连人带马一直推牴到红栅门边，角力似的僵持了好几分钟。忽然观众齐声惊叫起来，我定睛一看，早已人仰马翻，只见四只马蹄无助地戟指着天空，竟已不动弹了。

“一定是死了！”我对身边的泰国作家说，一面为无辜的马觉得悲伤，一面又为英勇的牛感到高兴。可是还不到三四分钟，长矛手竟已爬了起来，接着把马也拉了起来。这时，三四位助斗士早已各展披风，把牛引开了。

斗到第三头牛，主斗士帕切科在用剑之前，挥旗逗牛，玩弄坚利的牛角，那一对死神的触须，于肘边与腰际，却又屹立在滔滔起伏的黑浪之中，镇定若一根砥柱。中国的水牛，弯角是向后长的。西班牙这黑凛凛的野牛，头上这一对白角，长近二英尺，恍若伊斯兰教武士的弯刀，转了半圈，刀尖却是向前指的。只要向前一冲一牴，配合着黑头一俯一昂，那一面大红披风就会猛然向上翻起，看得人心惊。帕切科露了这一手，引起全场彩声，回过身去，锦衣闪金地挥手答谢。

不料立定了喘气的败牛倏地背后撞来，把他向上一掀，腾空而起，狼狈落地。惊呼声中，助斗士一拥而上，围逗那怒牛。帕切科站起来时，紧身袴的臀上裂开了一尺的长缝。幸而是双角一齐托起，若是偏了，裂缝岂非就成了伤口？

那头牛特别蛮强，最后杀牛时，连搠两剑，一剑入肩太浅，另一剑斜了，脱出落地。那牛，负伤累累，既摆不脱背上的标枪，又撞不到狡猾的敌人，吼了起来。吼声并不响亮，但是从它最后几分钟的生命里，从那痛苦而愤怒的黑谷深处勃然逼出，沉洪而悲哀，却令我五内震动，心灵不安。然而它是必死的，无论它如何英勇奋斗，最后总不能幸免。它的宿命，是轮番被矛手、枪手、剑手所杀戮，外加被诡谲的红旗所戏弄。可是当初在饲牛场，如果它早被淘汰而无缘进入斗牛场，结果也会送进屠宰场去。

究竟，哪一种死法更好呢？无声无息，在屠宰场中集体送命呢，还是单独被放出栏来，插枪如披彩，流血如挂带，追逐红旗的幻影，承当矛头和刀锋的咬噬，在只有入口没有出路的沙场上奔踹以终？西班牙人当然说，后一种死法才死得其所啊：那是众所瞩目，死在大名鼎鼎的斗牛士剑下，那是光荣的决斗啊，而我，已是负伤之躯，疲奔之余，让他的了。在所谓 corrida de toros 的壮丽典礼中，真正的英雄，独来独往而无所恃仗，不是斗牛士，是我。

想到这里，场中又响起了掌声。原来死牛的双耳已经割下，盛在绒袋子里，由主礼者抛赠给主斗士。据说这也是典礼的一项：斗得出色，获赠一只牛耳；更好，赠耳一双；登峰造极，则再加一条牛尾。同时，典礼一开始就接受主斗士飞帽献牛的受献人，也把这顶光荣之帽掷回给主斗士，不过帽里包了赏金或礼品。

夕阳西下，在渐寒的晚凉之中，我和同来的两位泰国作家回到哥伦布旅馆，兴奋兼悲悯笼罩着我们。

“这种事，在泰国绝对不准！”妮姮雅说。

整个晚上我的胸口都感到重压，呼吸不畅。闭上眼睛，就眩转于红旗飘展，黑牛追奔，似乎要陷入红与黑相衔相逐的漩涡。更可惊的，是在这不安的罪咎感之中，怎么竟然会透出一点嗜血的滋味？只怕是应该乘早离开西班牙了。

1992 年 5 月

# 圣乔治真要屠龙吗？

## 1

出发前夕，气象报告说莫斯科的高温不过十七度，低温只有两度。茵西的传真也警告，气候不好，刚下过雪，正在下雨，要带伞来。

此刻，我们竟已身在红场，踩着干爽的褐灰色砖地，戴着豪蓝的晴空，一行九人，向广场尽头那一簇——什么呢，奇迹吗，走过去。

桃园、曼谷、阿姆斯特丹、莫斯科，二十二小时的长途之后，得以放步畅行，活动筋骨，天气又好得不可思议，我们只有兴奋，更无疲劳。想想看，这曾是“铁幕”的心脏啊，有多深不可测，仅仅是十年前，这里还是杀气腾腾的阅兵重地，头顶感得到隆准的鼻息，肩后摆不掉鹰眼的注视，谁想得到竟能让我们在此逍遥窥张？

已经五点多了，高纬的太阳还没有下到半坡，金艳艳的像是东正教最高最亮的一球酷泼辣（cupola）圆顶，晒得人右肩发烫。但风来广场，却扑面清凉，若走进墙影，更有点冷意。这干爽而带凉，有如台湾难得的冬晴天，令遭受时差的我们保持清醒。但四周的景色如此奇特，跟我去过的欧洲城市迥然不同，倒有点近东甚至中东的风光，

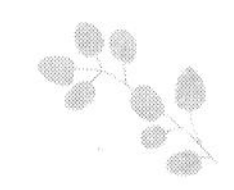

却令人感到迷幻。

我们住的拉迪松旅馆在河西，搭地铁“进城”，从基辅站（Kievskaya）经斯摩棱斯克站（Smolenskaya）、阿尔伯特站（Arbatskaya）到革命广场（Ploshchad Revolyutsii）下车，只走一条闹街，就可以穿过复活门，从北面进入红场。忽然间壮阔加上壮丽，那样没遮没拦的广角镜头就赫赫为你推开，要吸一大口气才回得过神来。神是回过来了，但庞大而多姿的那许多建筑，一眼难尽，有见无识，却需要再三对图索骥。在我背后，矗起于红场北端、有双塔对峙而屋顶陡峻的红砖高楼，是历史博物馆，据说收藏品超过四百万件。在我右侧升起、沿着红场一直向前延伸然后右转不见的，是十九米高的赭色城墙，墙头雉堞严整，作燕尾形状，并有枪眼眈眈。墙内，就是克里姆林宫了。这红墙把沙皇故宫、俄共旧堡围成一个二十七公顷半的三角形，帝俄、苏联以至今日俄罗斯联邦的命运，就在其中决定。这克里姆林宫的围墙最初是用橡木筑成，十四世纪中叶改用白石，十五世纪末终于用厚重的红砖建造，全长是两千三百多米。为了护城，三面共砌了二十座塔楼。朝西的三一塔（Trinity Tower）共有七层，高七十六米，帝俄时代只供大主教及沙皇的女眷出入；一八二一年九月，拿破仑的大军就由此门入宫，一个月后莫斯科焚城，又从此门退出。

其实俄文的Kremlin原意是“堡垒”，别的俄国城市也有其“克里姆林”。莫斯科的这一座山堡，原来只有一片松林，今日的宫内从旧俄款式到意大利文艺复兴风格到新古典形象的壮丽建筑，除了总统府与国会之外，尚有四座教堂、五座宫殿、一座沙皇宝库、一座军械库、一座钟楼。至于所谓“红场”，俄文原为Krasnyy，意指“美丽”，后来又指“红色”。这响当当的红场，长约五百公尺，南端有座圆台，古时供沙皇与主教登台对人民宣示。宗教的节庆常在此地举行，例如在棕树主日，大主教惯于骑驴从救世主塔（Savior's Tower）的正门到圣巴索教堂（St. Basil's Church），以纪念耶稣在受难前入过耶路撒冷。苏联时代禁止一切宗教游行，红场上就只见森严的阅兵盛典了，观察家也就乘此推测权贵升黜的形势。自从开放以后，红场才用来开音乐会或放烟火，总算真正属于人民了。

和克里姆林宫墙巍然对峙，用深褐的尖塔与浅鹅黄的宫殿来回答密实的红砖的，是红场另一边的明艳建筑，原来不是宫殿，而是规模宏大装饰堂皇的“国家百货公司”，俄文叫做GUM。这家三层的超级大公司，长逾红场之半，气派当真不凡，与对面红墙下方神圣的列宁陵寝，形成尖锐的反讽。

但此刻吸引我的，不是资产阶级的豪店，更非无产阶级的圣君，而是红场之大的尽头，那一簇五色缤纷众妙竞奇的——是教堂吗？这世界著名的建筑杰作，在书上不知见过多少遍了，没有一次看清楚过，因为太繁富、太多彩多姿、太层出不穷、太不可思议，令人不知道究竟该怎么看才好，所以每次也只留下一个印象：美不胜收。在图上看来，这一簇建筑顶天立地，神秘之中有庄严，庄严之中又带着稚气：它崖岸自高，拥塔自重，显然大有来头，绝对是一座宗教的重镇，但你面对着法像，又不禁感到好笑，因为实在有点像玩具，啊哈，原来圣徒也竟然可以顽皮！

而此刻，我终于踏踏实实地站在红场上，仰瞻着这峻峭的本尊。这是真的了，旅行书、明信片没有骗我。我喜悦的目光小飞侠似的顺着几何学能想出来的一切线条与轮廓向上疾攀，又扫过调色盘能调出来的各色光彩翩翩地飘落下来。我兴奋的眼神蝴蝶一般绕着，好密啊，那八个美丽的圆顶飞来飞去，不知究竟该栖息在哪一球上。说它们是球也不正确，因为那形状像一只大南瓜头上长出尖角来，又像是倒置的陀螺，所以绰号叫做“扭洋葱”（twisting onion），又称“洋葱圆顶”（onion dome）。

这些拔尖的圆顶各有各的妙趣。正面偏左的圣席普伦敦堂上，绿白相间的经线自尖顶辐射而下，像一只分了瓤的什么异果。在正右方与其对峙的耶稣入耶路撒冷教堂，却顶着一只用青红间隔条纹来文身的麻壳荔枝。左后方三一教堂戴的，是一只拔尖的南瓜披着斜条的绿带，尽管是那么庞硕，却像在向右飘摆；而躲在它背后的一只矮了一头，小了几号，乖巧可爱，色调相似，斜带却向左旋转。还有一只娇小的，绿底金刺，像一球仙人掌。最鲜丽夺目的，是在中央主堂后面的圣尼克拉斯教堂，圆顶的条纹像红白相间的纬线，但因球面又割成经线般纵走的棱脊，所以横走的红白纬线起伏有韵，竟变成一把旋转的花阳伞了。

这一簇密集而富丽的圣堂，除了八个圆顶簇拥着中央的帐篷高顶，共仰其拔萃之姿外，更用半圆的饰墙与椭圆的拱门等等来调剂面貌，而配色的机心，布局的妙想，也在在令人仰之弥高，观之不尽。这一簇建筑的奇迹乃超大的雕塑，立体的宏大之美必须前后绕行，上下观赏，才能得其大势。这一座神奇的艺术品，整齐中有变化，变化中有呼应，比起我习见的西欧大教堂来迥然不同。刺痛西欧天空的，是地平线上一簇簇一丛丛森严峻峭的哥特式尖塔，气象诚然是孤高的。莫斯科的晴空却被满城圆浑浑胖嘟嘟的金顶、绿顶加蓝顶逗得满面笑容，就算顶上的十字架吧，也不过把天色触得微微发痒。

罗马帝国自公元五世纪起分裂，形成东西对峙。东罗马帝国定都拜占庭，成为千年大邦，国祚之长纵贯了整个中世纪，直到一四五三年始灭于土耳其。当其盛时，拜占庭的艺术与宗教曾深入东欧各地，并远及俄罗斯。所谓希腊东正教也在五世纪与罗马天主教廷分裂，观念与仪式和天主教均有分歧，例如仪式是依拜占庭的规矩，而祈祷文是用希腊文。今日东欧各国的东正教会，以俄国的为最重要。基辅的大公伏拉地米尔一世（Vladimir I）于公元九八八年受洗入东正教，成为俄罗斯第一位基督徒君主，他更娶了东罗马皇帝之妹为妻，从此东正教成为俄国的国教，以迄于今。最初俄罗斯的东正教会是以基辅的大主教为首，隶属拜占庭；后来基辅古都衰落，莫斯科兴起，大主教便迁去新都。这就说明了莫斯科的教堂何以有如此浓厚的拜占庭风味，但因建筑师往往是从意大利聘来，又如此富于文艺复兴的精神。拜占庭既为欧亚桥梁，也说明了何以莫斯科的教堂会令人联想到回教寺院，而最具特色的洋葱圆顶又叫做波斯圆顶。

一五四三年，基督教的千年古国东罗马灭于回教的土耳其。这是基督教空前的大劫，东欧的基督教国家可想有多惊惶。莫斯科大公伊凡三世首当其冲，更可忧的是其时鞑靼的马蹄达达，早已从乌拉山上一直践踏到黑海之滨，把蒙古帝国的西陲拓展到伏尔加河两岸，建立了一个金帐汗国（Golden Horde）。一三一四年，鞑靼人开始奉回教为正教。一百年后，金帐汗国渐渐衰落，分裂成几个汗邦，其中的喀山（Kazan）乃伏尔加河的一大港城，近在莫斯科大公国之东七百多公里，仍是一大威胁。

伊凡大公三世于一四六二年即位，正当拜占庭沦陷后九年。他十分奋发，摆脱了鞑靼的统治，又娶了东罗马末代皇帝的侄女为妻，遂以罗马帝国的传人自许。其子伊凡大公四世，亦即“可怖的伊凡”（Ivan the Terrible），于一五四七年将自己的名号从“莫斯科大公”改称“全俄之沙皇”，次年又将克里姆林的宫墙改用厚砖围建，以防鞑靼来攻。一五五二年，他终于光复鞑靼人久据的重镇喀山。为了庆祝大捷，新沙皇乃建我眼前高耸的这一丛教堂，名之为圣巴索大教堂（St. Basil's Cathedral）。圣巴索乃公元四世纪东正教的创教高僧，首订希腊修道院的守身清规，人称“圣傻”（Holy Fool）。不知是否因此，才建了这么多傻得可爱的圆颅，不是戴着花头巾，就是戴着七彩帽。一五六一年兴建大功告成，传说可怖的伊凡惊喜赞叹之余，竟令将建

筑师雅可甫列夫刺瞎，免得他再设计出可以与之比美的圣堂。又据说当初这些顶饰原来状如铁盔，后因一五八三年焚于大火，才改成现在所见的分瓣式或多面体的洋葱圆顶；至于这一丛七彩争辉，也是后来才添加的，原先只是白底金顶。

## 2

> “这是一个粗鄙不文而又心事重重的都市，非我族类的亚细亚京城。四周的大道尽是丑陋的建筑。标示着斯大林时代的品位是怎样说不出的空虚……厚衣密裹的人群劲道十足地向前冲。谁也比不上莫斯科人这么会推挤；但排起队来却又都沉闷而耐烦，不论是排在中央市场的牛奶柜台前，或是在歌剧散场时，为了领回帽子与套鞋，挤得密不通风，人人的鼻息呼噜都吹到前人的颈背。”

这是一九五七年英国女作家莫丽丝（Jan Morris）访问莫斯科后的印象，当时斯大林刚死了四年，防腐的遗骸还陈于列宁的陵寝。斯大林死后三年，亦即一九五六年，他的继任人赫鲁晓夫在第二十届共党大会上痛斥他的罪状。一九六一年，斯大林的尸体就从那陵寝移了出去。也就在那一年，南方的重镇伏尔加格勒（Volgograd，意即伏尔加城），因个人崇拜而改名斯大林格勒（Statingrad，意即斯大林城）历三十六年之久，终于恢复了原名。

巴黎有一个地铁站，也以斯大林格勒命名：一九八五年我在巴黎住了一个多月，搭地铁常从那里起站，总觉得不太舒服。看来法国人还不如俄国人认真。斯大林奉高尔基为文坛大师，表扬不遗余力，不但在莫斯科河边建了宽阔的高尔基公园，更将莫斯科城中最繁华的特维尔大街（Tverskaya Ulitsa）拓宽四十二米，并改称高尔基大街（Ulitsa Gorkovo），但现在又恢复了旧名。同样的，莫斯科东方的尼日尼·诺夫格勒（Nizhni Novgorod）也在斯大林任内改称高尔基，到了一九九一年苏联解体，又改了回去。至于更神圣的列宁同志，也不得不把易名了六十七年的列宁城（Leningrad）还给彼得堡（Petrogorod）。这次我去莫斯科，从机场进城虽然得经由宽大的列宁格勒大道驶入特维尔大街，却没有见到一座秃顶短髭的列宁像。相反的，倒是在莫斯科河边仰见彼得大帝巍然立在船头的巨像。这雕像建于一九九七年，是市长鲁日可夫（Yuri Luzhkov）的新政。鲁日可夫大力塑造新莫斯科，往往就会卯上旧莫斯科的斯大林阴魂，而回到老莫斯科的东正教神旨。例如近在克里姆林宫南边的河岸，原有一座拜占庭风格的救世主基督大教堂，当初是为了纪念莫斯科在拿破仑之战劫后重生而建，乃十九世纪全城最高的建筑。斯大林任内，破四旧的独裁者竟下令将它炸毁。鲁日可夫排除万难，兼用公帑与民间捐献，终将这四个金顶的圣堂重建落成。

自从九年前苏联瓦解以来，莫斯科已变了很多，一方面当然是朝向未来，向民主与自由经济；另一方面，“去共产化”的过程却落实于恢复东正教的传统信仰。恺撒躺进墓里，基督再临人间。历史终于追上了莫斯科，带来了宗教。多刺的红星不再监视着这座历经苦难的八百岁古城，悠悠云天还给了轮廓圆畅的金顶、绿顶、蓝顶。年轻的一代又回到金碧辉煌的大教堂里去，对着古拜占庭的圣像（icon）栩栩，香火穆穆，结婚、受洗，迎接正教的节庆。从十月革命以来，叶利钦是第一位上教堂的俄国元首。

在东北郊外圣赛尔吉斯的三一修道院中，我们亲睹俄罗斯的教徒扶老携幼，排队向苍老的主教行礼，先吻主教右手握住的黑十字架上的金色耶稣，然后吻主教的手，鞠躬虔敬之状令我深深感动。甚至幼

童也都听从母亲的引导认真学样。

## 3

我们在莫斯科逗留了七天，在台大俄文兼德文教授欧茵西女士的向导下，巡礼了红场，参观了克里姆林宫、两座美术馆、两位作家故居和无数教堂，还看了两场芭蕾舞，又搭了十几次地铁。我们看到的莫斯科，三年前刚庆祝过建城八百五十周年，虽然仍是“心事重重”，却远非“粗鄙不文”。一个人稍谙俄国历史，只要站到气吞东欧与北亚的红场上来，古今多少事就会出祟在他的眼前：红旗虽不再迎风招展，列宁的阴魂似乎还附着那积木堆成的石陵，只等有一个冬阴的晚上；隔着雉堞森肃，红墙陡峻，是谁啊在克宫深处哪一扇窗里咳嗽，是僭臣古多诺夫吗还是妖僧拉斯面亭；忽然间每一块装睡的地砖都醒了过来，听步履杂沓，人声沸滚，“伪君德米特里”被愤恨的群众分尸而死；但南边那一丛戴花帽子的四百岁老顽童却把圆头凑在一起，只顾听着“圣傻”在笑些什么。

莫斯科大大小小的博物馆超过八十座，收藏了这古都的记忆深深，心事重重。即使不进那些历史的肺腑，仅仅站在街头或广场，各种风格的建筑时光错乱地纷呈在面前，也足以令人悠然怀古。只因苏联时代压制宗教，不少教堂在苏联解体后才恢复其金碧辉煌，得以“重光”反而历久弥新。倒是斯大林时代的建筑，在所谓“社会主义的写实主义”指导之下造成，一律显得单调、笨重、空虚，大而无当。斯大林当年下令毁掉救世主基督大教堂，原意是要在旧址盖一座高达三百一十五公尺的苏维埃文化宫，顶上再镇以一百公尺的列宁巨像。幸而没有实现，但是今日莫斯科上空却留下了不少类似的样品，巍然俯临阿尔拔特大街的外交部大厦就是代表作：其状方形无趣，重楼层叠，尖塔呼应，毫无意外的对称，不容变化的整齐，到了最高处，自然是中央集权的一塔独秀，镇住全城。瞻仰这种意识赤裸想象贫乏的虚张声势，正如读一首健康又正确的口号诗，除了排比与对仗之外，更无其他。这种建筑风格叫做“斯大林哥特式”，俄国人笑它是“结婚蛋糕”。华沙市中心也有这么一座文化宫，是苏联为波兰盖的，我乘车经过，波兰司机指给我看，挖苦了一顿。

莫丽丝说莫斯科是“非我族类的亚细亚京城”，不免带点西欧本位的心情，更因当时仍是冷战的年代，共产世界铁幕低垂，令人觉得倍加恐怖。沙皇与苏维埃的前后帝国，加上斯拉夫种、东正教、俄文，再加上地理阻隔、内陆冰封，俄国人对西欧确是“非我族类”。至于说莫斯科是一座“亚细亚京城”，当然也有点“见外”，不过莫斯科统治的版图，无论在苏联或俄联的时代，都像土耳其一样，是亚洲部分远大于欧洲部分：西伯利亚抱着半个北冰洋，几乎要接上阿拉斯加了，欧洲哪一个国家的尾巴有那么长呢？其实，说俄国是一个远东国家，也不算离谱。契诃夫曾经就横越冰天雪地，远探过库页岛上的监牢。

俄国人对中文的熟悉大出我的意外。那天下午我站在红场上，正目迷于圣巴索教堂的鬼斧神工，竟发觉附近有两位俄国少年跟女友约会，却不时含笑地向我瞅来。不久两人竟走来我面前，对我说话。我怕是来意不善，又想反正是俄文，懂不了的。不料再听之下，竟然是不错的中文，问我：“你是中国人吗？”我笑说：“是啊，你们怎么会说中文？”他们答称自己是莫斯科大学的学生，于是就和我谈了起来。朱炎、我存、人慧、天恩、沈谦、义芝等见状，也走了过来，加入交流。两少年能讲的中文不多，但发音大致可解，不会输给台湾大学生的英文。最后茵西也赶了过来，她一开口说流利的俄文，就轮到两少年吃一惊了。

后来在参观三一修道院时，有一群中国大陆的游客来到我们背后，

接着就听到清脆悦耳的京片子为他们讲解圣像的来历。我以为是哪个行家讲给自己人听，一回头，竟发现是一位斯拉夫少女。甚至向我们兜售邮票或画册的小贩，也会用中文说“只要三百卢布”。这却是在美国及西欧未有的事情。

## 4

俄国的学童对英语也很有兴趣，想必是学校有这一课了。去北郊三一修道院参观的那一天，正好遇见一群学童在排队，等老师买票进场。个个都血色饱满，活泼可爱。女孩子大都高挑纤秀，直立亭亭，天生芭蕾的修颀与灵巧，只等有一天成熟为美人。甚至连男孩里也难找出一个丑童，更难得的是没有一个戴眼镜，而且虽然有说有笑，却不喧嚣、打闹。我们真给迷住了，他们也朝我们微笑，并好奇打量。忽然一个浅棕头发的女孩对我们说：My name is Anna. What's your name？她的英语说得很纯，把我们逗笑了。我们跟她交谈了几句，又为群童照了几张相，觉得他们颇有教养，面对陌生人甚至还有点害羞。

俄国的老年人退休之后仍需要打工过日子，在博物馆、衣帽间、地铁站服务的几乎都是老妪，也几乎都趋于臃肿，但工作却很认真。我们去参观契诃夫故居时，大家正坐在门廊的阶前留影，守馆的老妪忽然冲出来对我们大声嚷嚷，手势激动。我们以为是犯了什么禁忌，遭她呵斥，一时呆了。相持了三分钟，幸而茵西从馆内赶出来，问明原委；原来她是好意，要我们去靠近大门的诊所前拍照，因为契诃夫的专业是医生，诊所门上才挂有“契诃夫医师”的铜牌，足为来此一拜的见证。后来我们多次发现，这些面容严峻的老妇人其实都很良善。

但是偶尔也有不幸的老妪，站在街头行乞。这情形我在圣彼得堡也见过：普希金与托尔斯泰的同胞竟然沦落至此，令天恩和我都很难过。不过俄国的乞妇倒是衣着干净，神情庄重，并不伸手钉人，只在脚边放一只空盘，俯首而立。天恩心慈，遇丐必施，那老妪也必然在胸口画十字，并合掌祈祷。我们非常感动，却不好意思摄影。

自从一九九一年开放以来，外来的投资造成了一批暴富的“新俄罗斯人”，街上的车多了几倍，夜总会经常客满，但是一般人民并未得益，却要承担物价上涨，对戈尔巴乔夫推倒苏联帝国的壮举并不领情。当地人告诉我们：一个中学教师的月薪不过五六百卢布。卢布只比台币略大而已。我们去大剧院（Bolshoi Theater）看芭蕾舞剧《睡美人》，票价四十卢布，黄牛票却抬到二百五十卢布。又告诉我们：教师的待遇还是倒数第二，医师才是第一。茵西在去三一修道院途中说，尽管如此，俄国的教授与医师却相当敬业。

带我们去修道院的导游小姐叫做安娜，在当地的旅游专科读书，妩媚中带点娇羞，不过十七八岁，像个村姑。她的英文显然不够用，但凭天真的笑容也已够了。显然入世也浅，问她俄国不少情况，她几乎都要去请教前面的司机。尽管如此，这小小导游却让我们自得其乐，诸如纠缠劝歌、停车诱购等等的台湾陋习，一概省了。我们请她吃零食，她也一再笑拒。

可爱的安娜，高挑修挺的个子在莫斯科街头的丽人行中，不算最高，也不算最美。不是她不美，而是满城的佳人太多了。昔年在布拉格街头，和天恩、镜禧、隐地每每惊艳于斯拉夫之佳丽，曾被行家嗤为孤陋寡观，并谓：“等你们去了俄国再说！”

莫斯科的佳丽不像北欧的健硕、西欧的倩雅、南欧的妖艳丰秾，眉眼如画。其美多在风姿修颀，神采自若，举臂欲飞，举步若泳：芭蕾舞的美学、冰上操的力学，全是从这样轻灵的肢体发挥出来的。《天鹅湖》天生应该由俄罗斯的笔尖来写，由俄罗斯的脚尖来跳。

俄罗斯的菜市场有点脏乱，也颇拥挤，但因为气候凉爽，又半在户外，并不如台湾的闷热。摊位不用扩音器，人声也不算嚣闹，挤来挤去，亲身体验，正可近观市井风情。菜市场上常有花店，七色缤纷，鲜丽超过台湾，卖花女也每是亭亭佳人。莫斯科的人口九百三十万，在我的听觉里，却比台湾的都市安静得多：餐馆、商店、车站，甚至广场上都不播音乐。我们搭过几次公车，司机也只顾开车，不听收音机。有一次九个人进麦当劳用餐，全店客满，却没有音乐，足见生意好并不靠噪音逼人。

莫斯科人不但吃麦当劳，也吃街头贩卖的热狗，并用俄文拼音（ХОТ-ПОГ）来标示。街头的广告偶尔也径用英文，招牌上用俄文拼出诸如 supermarket 的字样：只要你通俄文发音，就可以触类旁通，恍然解码。例如 PECTOPAH 一字，如果你知道在俄文里，P 读如 R，C 读如 S，H 读如 N，就不难拼出 restaurant 了。因文法身份不同而引起字尾变化，只要多加留意，也可悟出几分。例如莫斯科地图上的地铁站名，不论专有名词是名城基辅或斯摩棱斯克，抑是名作家契诃夫或屠格涅夫，一律在字尾加上阴性所有格，成为 Kievskaya，Smolenskaya，Chekhovskaya，Turgenevskava，因为地铁站 stantsiya 阴性。又因为火车站 vokzal 是阳性，所以站名要加上阳性所有格 sky，例如白俄罗斯站叫做 Belorussky Vokzal，喀山站叫做 Kazansky Vokzal。

以前我到过捷克与波兰，俄罗斯该是第三个斯拉夫族的国家了。前年也去过圣彼得堡，还为此写了两首诗，但毕竟匆匆三日，所见不多。可是那次倒是去俄国人家里做了一次客，因为那家的长女玛丽亚是我家二女儿幼珊在曼彻斯特大学的同学。尽管玛丽亚自己当时不在圣彼得堡，却安排她家人务必接我们夫妻和幼珊去她家晚餐。她父亲库推夫教授（Prof. Kuteev）颇有国际声誉，曾与四川大学合作研究，英语说得不错。太太和二女儿任雅（Zhenya）也殷勤待客，一家人都斯文而有礼。住家在公寓的高楼，环境也还空旷宁静。户内则两房一厅，均颇狭小，客厅里挤着沙发与钢琴，用膳时还临时搭起“克难”餐桌。那简单朴素的情况，只相当于台湾五十年代的后期。那时俄国正值饥荒，但那天上桌的晚餐却有鲜美的蘑菇鱼汤，还有一道须佐以面包的咸鱼。我们感激主人好客，同时也觉得不安。

圣彼得堡之行，已让我发现分歧的斯拉夫语有其互似。例如“街道”，捷克文叫 ulice，波兰文叫 ulica，俄文叫 úlitsa。例如“茶”，欧洲各国几乎都依闽南话发音，斯拉夫这三个国家依次却是 ĉaj，ĉaj，cháy。发音近“菜”，倒像普通话了。至于“桥”，则无论在捷克、波兰或俄罗斯的语文里，都一致拼成 most。所以有了布拉格、华沙、圣彼得堡的浅薄经验之后，再去莫斯科就不致沦为全然的文盲了。

## 5

从莫斯科回来，外文研究所的“村姑”们围观我此行的照片，看到有几张显示灯火辉煌的厅堂，两旁有椭圆拱门，壁上有五彩巨画，问我：“这是什么皇宫？”我哈哈大笑说：“才不是呢，是地铁！”

斯大林生前造了许多孽，但至少做了一件天大，不，地大的好事，而且泽及现今。在第一个“五年计划”（一九二八——一九三二）里，他推动了兴建莫斯科地铁（MoscowMetro）的大工程。男女工人自全国各地征调而来，成为工程的主力，复以红军为辅，并有共青团员（Komsomol）一万三千人志愿加入。斯大林更派了两位优秀青年同志负责其事，其一便是日后他的继承人赫鲁晓夫。

最早的一段一九三五年完工，长十一公里半，自文化公园起站，可通十三个站。隧道挖得极深，二次大战期间斯大林就将指挥总部移入其中。建筑的工程还在进行，迄今轨道已长达二百五十公里，车站

已有一百二十座，车速高达每小时九十公里，每天发车七千八百辆，载客量超过六百万人，多于伦敦加纽约的地铁。

这两个名城与巴黎、东京的地铁都难和莫斯科的相比。莫斯科的地铁不但是近千万市民日常交通的大动脉，更因宏伟而壮丽的建筑、多彩多姿的壁饰、璀璨夺目的吊灯而成为与现实生活充分配合的一大艺术殿堂，令各国游客惊喜赞叹，永难忘怀。

最难得的是许多地铁站在建筑风格上，从古典到现代，从华美到清新，各具特色，而厅堂两边的弧形墙壁上，无论是绘画或浮雕，也都每站各有主题，甚至隧顶下垂的繁蕊大吊灯也穷极变化。相形之下，民主之城纽约的地铁反而显得单调又寒酸了。例如距我们旅馆最近因而成为我们地下之旅起点的基辅站，乃以乌克兰首都命名。基辅建于公元五世纪，早于莫斯科七百年，是俄罗斯最早的古都，俄人称之为“万城之母”。基辅站的壁画斑斓迷人，全为镶嵌作品，主题旨在鼓吹当年苏联的农业，并强调俄罗斯与乌克兰之友谊。马耶科夫斯基站（Mayakovskaya）则为纪念革命初期因精神分裂而自杀夭亡的诗人，供有诗人雕像。建筑之设计妙在厅堂：纵观时呈现重叠成行的层层大拱门，横观时又呈现并列成排的小拱门，而支撑的门柱均用不锈钢与大理石建造，至于明艳的大灯则都嵌入隧顶。这样的设计单纯而又气派，曾获纽约世界博览会的大奖。

## 6

莫斯科博物馆之多，超过八十座。其中的美术馆我们参观过两座：一座非常有名，收藏极富，是为普希金美术馆；另一座名字很怪，就叫做“私人收藏馆”（Museum of Private Collections）。普希金是俄国人最崇拜的诗人，以他命名的莫斯科名胜，除美术馆之外，还有故居、文学馆、地铁站、广场，广场上更竖着他的青铜立像。我们在普希金美术馆中观赏了西欧的许多名画，从波提且利到毕卡索，美不胜收，但最令我惊喜的，是终于看到了梵谷生前唯一有人购买的油画《红色葡萄园》。此画算不上梵谷的杰作，但是多年来深藏于俄国，连梵谷的专家也不易看到，即使十年前阿姆斯特丹的“梵谷百年回顾大展”，竟也未能借展。

“私人收藏馆”所展，多为十九世纪及二十世纪俄国画家的名作，在西欧也属罕见。其中最令我注目的一幅是写实名家列宾（Ilya Repin）的大幅作品，主题竟是普希金为了娇妻娜塔丽亚（Natalya Goncharova）与人决斗的场面。只见诗人已经重伤欲倒，正由朋友们两旁相扶，夕阳照入林中，余晖与血迹相映，而成悲怆之美。

## 7

从柴可夫斯基到高尔基，音乐家和文学家的故居保存为博物馆的，也有十几处。茵西带我们去参观了托尔斯泰与契诃夫的故居。

托尔斯泰的故居在莫斯科市中心的西南，从文化公园地铁站出来，只要走两条街就到了。雕花的酱红色木栅围住两英亩半的大院子，一座宽大的两层楼木屋，里面大大小小有二十个房间，便是小说大家托尔斯泰伯爵与伯爵夫人索菲亚，外加九个子女，住了二十个冬天的故居。

托尔斯泰的家乡在莫斯科南方二百公里的亚斯纳雅·波里安纳（Yasnaya Polyana）。他在三十四岁时娶了莫斯科的十八岁淑女索菲亚，婚后二十年两人一直住在乡下。索菲亚不但是城里的淑女，还是一位才女，能写诗与小说，对艺术、音乐、哲学都有造诣。尽管她也认真管家，有心做一个贤妻，并且为丈夫誊录《战争与和平》及《安娜·

卡列尼娜》的初稿，却不甘心长此放弃莫斯科风雅的社会。

终于在一八八一年托翁全家搬进莫斯科城，在卡莫夫尼基区（Khamovniki）定居。此举兑现了托尔斯泰夫人回城做贵族才女的梦想，当然也有益于众多子女的教育，但托翁心底其实不愿意离开农村。这时他已经五十三岁，两部杰作早已出版，天下闻名，但是这位文豪的志趣已渐从艺术趋向宗教与哲学，认为“世上该学的事情很多，但真正重要的只有一件，那便是如何生活”。

他更认定：“要认识真理，端赖力行”；又说“生活不正，定非善人。”他的城居虽然宽敞，也有仆人伺候，但是并不豪华，没有电，也没有水管，更无自来水。他每天七点起身，先整理自己的书房与工作室，然后去院中的小棚锯柴，拿进屋里，为工作室生火。接着再去井边汲一大桶水，用雪橇或手拖车运去厨房。

每天他都写作，总是九点开始，一直写到下午三点才离桌。一代文豪却习用四开的糙纸，把字母写得很大，每天写满二十张。纸用完了，无论是账单、纸条或信笺的留白，都会顺手取用。他显然是一位苦思的作家，常常改稿，即使夫人辛苦抄录之后，他仍再三修正。

托尔斯泰认为在劳动与思考之外，还应该习一门手艺，便拜了一位鞋匠为师，然后备足工具，又特制了一张板凳，就像学徒一样做起鞋来。每天晚餐后，他就伛在板凳上与皮革搏斗，终于学成。今日他故居的工作室中，那凳上仍然陈列着他做的两双皮靴。

老而不懈的托翁一面厉行他的健康新生活，一面在摸索中修正了他的艺术观与人生观，不惜以今我否定故我。在写作中他曾经追求过美，现在他要追求善了。他开始悔恨少作，断定自己的名作《战争与和平》及《安娜·卡列尼娜》都无益人心。自一八九一年起，他不再接受十年来自己著作的版税。在莫斯科居住的漫长二十年，他虽然也写了《复活》等小说，但是创作少了而议论多了，所论则多为人生的终极问题，例如《简论福音四书》《我的信仰》《何为艺术?》等等均为名篇。他鼓吹的哲学是戛戛独造的基督教人本主义，以素食、禁欲、反对暴力为主。一九〇一年，东正教会认定他离经叛道，将他逐出教门。他就在那一年离开莫斯科，全家迁回故乡。自此他更返璞归真，一心求道，并教化自己农庄上的农民。

论者多敬佩托翁追求真理并刻苦力行的精神，也不免有朋友如屠格涅夫者惋惜他抛弃了艺术。我愿从另一个角度来看这件事情。我的尊敬给予托尔斯泰，但我的同情却要给予他的夫人。我常觉得，出一个天才，是民族之幸，却常是家庭的不幸。托翁是不世的天才，更是旷古的伟人。天才坚持自我，伟人必坚持原则，所以就难以照顾家人。托翁要生活得像农民，夫人被迫放弃高雅的社交。托翁否定艺术，宣扬宗教，夫人热爱艺术，觉得说教的文章没有美感，却不得不为丈夫辛苦抄稿。托翁为了原则拒收版税，夫人却要为家计操心。托翁要禁欲，夫人势必失去一个亲密的丈夫。为了自己成圣成贤，夫人就得忍受这一切吗?

托翁故居的画册印得小巧精美，十分清晰，但我们走进去后，户内却是影多于光，满是沧桑之感。也许为了省电，许多房间都未装灯，保持十九世纪末无电古宅的阴翳。守馆的老媪要我们套上大布拖鞋才上楼去。二楼的大客厅是托府宴客之地，年轻的拉赫曼尼诺夫曾在此为男低音沙里亚宾钢琴伴奏。

书房相当宽敞，却远在走廊尽头，明窗对着花园，市声无由侵扰。最令人低回的当然是文豪的书桌，因为那正是一个伟大的心灵面对全世界诉说自己终极关怀的地方。桌当明窗的右方，我估计长约一百八十公分，宽约八十公分，四沿均有十公分高、用整齐的细柱支撑的纤长围栏，只在作者座前空出一百公分，让他搁肘书写。

桌上并无饰物，只摆了两具木制的插笔架、一个孔雀石墨水瓶、一个有把手的木背吸墨章、四个信盒，和两座青铜烛台。最引人遐想

的该是古色斑斓的烛台了，一左一右，百多年前曾照着《复活》的作者，灰白的须发在夜色深处飘蓬，浓眉压住低睫，左肘支桌，戴指环的右手握着沾墨水笔，正向粗糙的大稿纸上，把俄文的三十三个奇异字母，一排排向右刻划过去。笔尖沙沙，那一对烛台高擎的清辉，曾经照彻了帝俄的文坛。

然而托尔斯泰绝非文弱书生，他每天都要骑马或者长程散步，冬天还要溜冰。连他的夫人索菲亚也是溜冰健将，常在市中心的溜冰场迎风回旋，后面一长串跟着七个子女。在书房隔壁的盥洗室里，还陈列着一对哑铃、一辆脚踏车：老作家用哑铃来练身，至于脚踏车，则是他六十七岁才开始学骑的。

## 8

托尔斯泰的故居在城之西南，已经是近郊了，那条街也就叫托尔斯泰街。契诃夫的故居远在城西，却还算市中心的西缘。不知为何，从契诃夫地铁站出来，竟要走七八条街才到他故居。

契诃夫是农奴的后人，父亲是一个失意的店主。二十四岁时他医科毕业，这故居是他二十六岁到三十岁的寓所，同住的是他的父母与弟妹。家计主要靠他维持，所以要在看病之余他才有暇写作。诊所就设在靠近大门的一间，挂有铜牌，上刻“A. P. 契诃夫医师”。

契诃夫是帝俄后期杰出的短篇小说家兼剧作家，但和托尔斯泰相比，不但是年轻三十二岁的晚辈，而且出身平民，又因久患肺病，四十四岁便病故了，不像托翁那么长寿，所以生前的名望没有那么显赫。何况他在莫斯科城西的故宅不过住了四年，也不像托翁故宅定居之久，是以馆内所陈，当年的文物不多，未能保留令人悠然思古的气氛。

那四年中，年轻的契诃夫还正起步，只写了《伊凡诺夫》等作品，真正的名剧，例如《海鸥》及《樱桃园》等，尚有待来日，所以为了加强陈列的内容，馆方就把日后这些名剧的海报、与许多作品的初版珍本，加添进去。

墙上挂了契诃夫不少照片，都颇动人：年轻时的相当俊美，开始并不蓄须，后来髭须渐密，显得有点花白，眉间皱纹乃有沧桑之气，带着一股清愁。有一张常在书上见到，温柔而略带笑意的眼神从夹鼻眼镜后望出来，白浅领上整洁地系着斜纹的领结，但上面的髭须更形蓬松，以四十岁的人说来是老得早些，但不失为一中年美男子，和托翁老而益壮的气概全然不同。

## 9

俄罗斯是变了，比我们预期的变得更快，也变得更多。莫斯科的云天不再飘扬红旗，东正教的古教堂举向初夏的凉风中的，是一球球数不清的亮金圆顶。圣像在圣堂里全都醒了过来，神眼灼灼，但街头的列宁、斯大林、杰尔辛斯基（国安会，俗称 KGB，的首领）等的布尔什维克圣像，全不见了。这些苏维埃圣迹多半给拖去莫斯科河边，堆在克灵桥下的“废像坟场”（Graveyard of Fallen Monuments）里了。

五月底在莫斯科举行的国际笔会年会，由俄罗斯笔会主办。地主国的会长毕托夫早就向各国作家鼓吹过远去他们首都开会的好处，其中一项是“可以参观我们的监牢”。这黑色幽默令各国作家为之一凛。

现在各国作家都来了，翻开议程，第一案赫然是俄国笔会自己提出，要各国作家一起谴责俄国当局对弱小的车臣再度动武。在开幕典礼上，毕托夫面对媒体，郑重重申此意。去年诺贝尔奖得主葛拉斯也以贵宾身份演说，指出二十世纪以强凌弱的沙文主义并未住手，作家们应效法欧威尔、索尔仁尼琴写书作证，由历史来审判屠夫。

这石破天惊的空前壮举，令全场的作家们震惊、振奋。八十年来这样的场面竟发生在克里姆林的鼻息下，简直不可思议。俄罗斯的良心并未完全尘封在作家故居的阴影里，就在此刻，镁光明灭的会场仍听得见它在剧跳。

会场外，有小贩兜售俄罗斯木偶，沈谦买了一个：最外面的一层是新总统普京的漫画像，夸张得滑稽，上下对分剥开，竟是叶利钦的面貌：如是层层解套，依次剥出来戈尔巴乔夫、布列兹涅夫、赫鲁晓夫、斯大林、列宁……令人脸上发笑，心底发毛。

俄罗斯似乎是解放了：八十年前，它发誓要解放全世界的。但是从莫斯科回来才半个多月，却在报上读到克里姆林宫逮捕古辛斯基的消息。四十七岁的古辛斯基崛起于经济改革，活跃于政商两界，目前主持的"媒体桥"（Media Most）集团，常在电视上讽刺新政府，六月十四日终以侵占公款的罪名被捕。新闻界认为：俄国当局此举其实是在恫吓超然的媒体。

一九九七年，莫斯科刚庆祝建城八百五十年，海报上以新国旗的红蓝白三色为图案，绘出圣乔治马上挥戈、奋力屠龙的英姿。圣乔治是欧洲不少名城的守护神，各国争相祈求他保佑。巴塞隆纳市政厅的门首，也浮雕着他屠龙的形象。在莫斯科，红场北面的入口处，拱形的复活门端，有这位天使长跃马伏龙的镶嵌圣像：只见圣乔治光轮赫赫，红巾飘飘，威武非常。这方牌圣像在一九三一年，正当斯大林独裁时代，曾随复活门一并被毁，到一九九五年才因重建而再度俯佑红场。

基督教的传统以龙为魔鬼之象征，使人联想到基督再临前乱世的反基督（Anti-Christ）。其实欧洲人早已把希特勒、斯大林认做反基督了。然则俯临红场的圣乔治，果真是戈尔巴乔夫吗？

二〇〇〇年六月十六日

# 南太基

从什么时候起甲板上就有风的，谁也说不清楚。先是拂面如扇，继而浸肘如水，终于鼓腋翩翩欲飞。当然谁也不愿意就这样飞走。满船海客，纷纷披上夹克或毛衫。黄昏也说它冷了。于是有更多的鸥飞过来加班，穿梭不停，像真的要把暝色织成更浓更密的什么。不再浮光跃金，落日的海葬仪式已近尾声，西南方兀自牵着几束马尾，愈曳愈长愈淡薄。收回渺渺之目，这才发现原是庞然而踞的大陆，已经夷然而偃，愈漂愈远，再也追不上来了。红帽子，黄烟囱，这艘三层乳白渡轮，正踏着万顷波纹，施施驶出浮标夹道的水巷，向汪洋。

仍有十几只鸥，追随船尾翻滚的白浪，有时急骤地俯冲，争啄水中的食物。怪可怜的芭蕾舞女，黄喙白羽，洁净而且窈窕，正张开遒劲有力的翅膀，循最轻灵最柔美的曲线，在风的背上有节奏地溜冰。风的背很阔，很冰。风的舌有咸水的腥气。乌衣巫的瓶中，夜，愈酿愈浓。北纬四十一度的洋面，仍有一层翳翳的毛玻璃的什么，在抵抗黑暗的冻结。进了公海，什么也摸不到握不着了。我们把自己交给船，船把自己交给虚无，谁也负不了责任的完整无憾的虚无。蓝黝黝的浑沦中，天的茫茫面对海的茫茫面对的仍是天的茫茫，分辨不清，究竟

是天欲掬海，或是海欲溺天。

前甲板风大，乘客陆续移到后甲板来。好几对人影绸缪在那边的角落里。一个年轻的妈妈，抱着幼婴，倚在我左侧的船舷。昏朦中，她的鼻梁仍俏拔地挺出，衬在一张灰白欲溶的脸上。妈妈和婴孩都有略透棕色的金发，母女相对而笑的瞳仁中，映出一些淡淡的波影。一个白发老叟陷在漏空的凉椅内，向自己的烟斗，吞吐恍惚。海客们在各自的绝缘中咀嚼自己的渺小，面对永不可解的天之谜，海之谜，夜之谜。空空荡荡，最单纯的空间和时间最难懂，也最耐读。就像此刻，从此地到好望角到挪威的长长峡湾，多少亿公秉的碧洪咸着同样的咸，从高纬度的防波堤咸到低纬度的船坞，天文数字的鲨、鲸、鲱、鳕和海豚究竟在想些什么？希腊的人鱼老了。西班牙的楼船沉了。海盗在公海上已绝迹，金币未锈，贪婪的眼珠都磨成了珍珠。同样的咸咸了多少世纪，水族们究竟在想些什么？就像此刻，我究竟在想什么？读天，读夜，读海。三本厚厚的空空的书，你读了又读，仍然什么也没有读懂但仍然爱读，即使你念过每一丛珊瑚每一座星。三小时的航程，短暂的也是永恒的过程，从一个海岸到另一个海岸。海岸与海岸间，你伸向过去和未来。把躯体遗在现在，说，陆地不存在，时间静止，空间泯灭，让我从容整理自己的灵魂。因为这只是过渡，逝者已逝，来者犹未来，你是无牵无挂的自己。一切都纯粹而且透明。空间湮灭。时间休止。而且，我实在也很倦了。长沙发陷成软软的盆地，多安全的盆地啊。我想，我实在应该横下去了。

不知道自己究竟睡了好久。只知道醒来时，渡轮的汽笛犹曳着尾音，满港的回声应和着。“南太基到了。”一个中年的美国太太对我笑笑。仓猝间，我提起行囊加入下船的乘客，沿着海藻和蛤蜊攀附的浮桥，踏上了南太基岛。冽冽的海风中，几盏零零落落的街灯，在榆树的浓荫和幢幢古屋之间。微弱地抵抗着四围的黑暗。敞向码头的大街，人影渐稀。我沿着红砖砌成的人行道走过去，走进十七世纪。摸索了十几分钟，我不得不对自己承认是迷路了。对街的消火栓旁，正立着一个警察。我让过一辆五七或五八的老福特，向他走去。

用疑惑的神情打量了我好一会，他才说："要找旅馆吗？前面的小巷子向左转，走到底，再向右转，有一家上等的客栈。"遵循他的指示，我进了那个小巷子，但数分钟后，又迷了路，冷落的街灯和树影里，迷魂阵的卵石路和红砖路，尽皆曲折而且狭窄而且一脚高后是一脚低。这条巷子貌似那条巷子冒充另一条含糊的巷子。一度我闯进了一条窄街，正四顾茫然间，鬼火似的街灯拨出一方朦胧，凑上去细细辨认，赫然 Coffin 六个字母！惶然急退出来，惊疑未定，忆起似乎在《白鲸记》的开头几章见过那条"棺材街"。幸而再转一个弯，便找到一家"殖民客栈"。也幸好，客舍女主人是一个爱笑的棕发碧眼小妇人，可亲的笑容里，找不出任何诡谲的联想。讲妥房价，我在旅客登记簿上签了自己的名字：Pai Ch'in。于是那双碧睛说："派先生，让我带你去你的房间吧。"欣然，我跟她上楼并走过长长的回廊，一面暗暗好笑，那只是中文"白鲸"的罗马拼音。

一切安顿下来，已经是午夜了。好长的一天。从旭日冒红就踹上了新英格兰的公路，越过的州界多于跨过的门槛，三百英里的奔突，两小时半的航行之后，每一片肌肉都向疲乏投降了。淋浴过后，双人床加倍地宽大柔软。不久，大西洋便把南太基摇成了一只小摇篮了。

再度恢复知觉，感到好冷，淅沥的行板自下面的古砖道传来。岛上正在落雨。寒湿的雨气漾进窗来，夹着好新好干净的植物体香。拉上毛毯，贪馋地嗅了好一阵，除了精致得有点餍鼻搔心的蔷薇清芬，辨不出其他成分来。外面，还是黑沉沉的。掏出夜光表，发现还不到四点钟。蔷薇的香气特别醒脑，心念一动，神智爽爽，再也睡不着了。就这样将自己搁浅在夜的礁上，昨天已成过去，今天尚未开始。就这

样孤悬在大西洋里，被围于异国的鱼龙，听四周汹涌着重吨的蓝色之外无非是蓝色之下流转着压力更大的蓝色，我该是岛上唯一的中国人，虽然和中国阻隔了一整个大陆加上一整个大洋。绝缘中的绝缘，过渡中的过渡。雨，下得更大了。寒气透进薄薄的毛毡。决定不能再睡下去，索性起来，披上厚夹克，把窗扉合上。街上还没有一点破晓的消息。坐在临窗的桌前，捻亮壁灯，想写一封长长的航空信，但是信纸不够。便从手提袋里，检出《白鲸记》，翻到“南太基”一章，麦尔维尔沉雄的男低音遂震荡着室内的空气。

“南太基！拿出你的地图来看一看。看它究竟占据世界的哪个角落；看它怎样立在那里，远离大陆，比砥柱灯塔更孤独。你看——只有一座土岗子，一肘湾沙；除了岸，什么背景都没有。此地的沙，你拿去充吸墨纸，二十年也用不完。爱说笑的人曾对你说，岛民得自种野草，因为岛上原无野草；说蓟草要从加拿大运来；说为了封住一只漏油桶，岛民得去海外订购木塞；说他们在岛上把木片木屑携来携去，像在罗马携带十字架真迹的残片一样；说岛民都在门前种草，为了夏天好遮阴；说一片草叶便成绿洲，一天走过三片叶子便算是草原；说岛民穿流沙鞋子，像拉布兰人的雪靴；说大西洋将他们关起来，系起来，四面八方围起来，堵起来，隔成一个纯粹的岛屿，怪不得他们坐的椅子用的桌子都会发现粘着小蛤蜊，像黏附在玳瑁的背甲上那样。这些耸听的危言莫非说明南太基不是伊利诺易罢了。

“莫怪这些出生在岸边的南太基人要向海索取生活了！开始他们在沙滩上捉蟹；胆子大些，便涉水出去网鲭；经验既多，便坐船出海捕鳕；最后，竟遣出整队的艨艟巨舟，去探索水的世界，周而复始地环绕着泽国；或远窥白令海峡；不分季节，不分海域，向《旧约》洪水也淹不死的最雄壮的宏伟兽群无尽止地挑战，最怪异的最嵯峨的兽群！

“就像这样，这些赤条条的南太基人，这些海上隐士，从他们海上的蚁丘出发，去蹂躏去征服水的世界，如众多的亚历山大；且相约分割大西洋，太平洋，印度洋，像海霸三邦瓜分波兰。任美国将墨西哥并入德克萨斯，吞罢加拿大再吞古巴；任英国占领印度，悬他们的火旗在太阳上；我们的水陆球仍有三分之二属南太基人。因为海是南太基人的；他们拥有海，正如帝王拥有帝国；其他的舟子只能过路罢了。南太基的商船只是延长的桥梁；南太基的武装的船只是浮动的堡垒；即使海盗与私掠船员，纵横海上如响马纵横陆上，毕竟掠劫的只是其他的船只，像他们自身一样的飘零的陆地罢了，何曾要直接向无底的海洋讨生活。南太基人，只有他们才住在海上喧嚷在海上；只有他们，如《圣经》所载，是骑舟赴海，往返耕海像耕自己的大农场，海是他们的家；海是他们的生意，诺亚的洪水亦无法使之中断，虽然它淹没中国的亿万生灵……”

这真是《山海经》了。麦尔维尔只解诺亚避洪，未闻大禹治水罢了。窃笑一声。我继续读下去：“南太基人生活在海上，像松鸡生活在平原；他们遁于波间，他们攀波浪像羚羊的猎人攀阿尔卑斯。陆上无家的海鸥，日落时收敛双翼，在波间摇撼入梦；相同地，夜来时，南太基人望不见陆地，卷起船帆卧下来休息，就在他们枕下，成群的海象和鲸冲波来去。”

不知何时雨已经歇了。下面的街上开始有人走动。不久，卵石道上曳过辘辘的车声。壁灯的黄晕，在渐明的曙色里显得微弱起来。阖上厚达八百页的《白鲸记》，捻熄了壁灯，我走向略有红意的曙色，把窗扉推开。蔷薇的嘘息浮在空中，犹有湿湿的雨味自泥中漾起。清晨嫩得簇簇新，没有一条皱纹。当街一排大榆树，垂着新沐的绿发，背光处的丛叶叠着层次不同的翠黑。饫着洗得透明的空气，忽然，我感到饿了。

从“殖民客栈”出来，一个灿亮而凉爽的早晨在外面迎我，立刻感觉头脑清醒，肺叶纯净，每一次呼吸都是一次新生。出了窄巷子，

满身鲜翠的树影，榆树重叠着枫叶的影子，在刚炼出炉的金阳光中，一拍，便全部抖落了。粗卵石铺砌的大街上，晨曦亮得撩人眉睫。两边的红砖人行道，浮着荇藻纵横的树荫，菜贩子，瓜果贩子，卖花童子，在薄雾中张罗各自的摊位。烘出一派朝气。那淡淡的雾氛，要叠叠不拢，要牵牵不破，在无风的空中悬着一张光之网。

大街向港口斜斜敞开，蓝色的水平被高矮不齐的船桅所分割，白漆的船身迎着太阳加倍地晃眼。星条旗在联邦邮局的上空微微拂动。圣玛丽天主堂从殖民式的白屋间巍然升起。终于走进一家海味店，点了一碗蛤蜊浓羹，面海而坐。港内泊着百十来只精巧的游艇和渔船，密樯稠桅之间，船的白和水的蓝对比得鲜丽刺眼。港外，是鸥的跑道鲸的大街，是盛得满满蓝得恍恍惚惚的大西洋。这里是南太基，十九世纪中叶以前，这里是渔人的迦太基帝国，世界捕鲸业的京城。一八四〇年，全盛期的南太基点亮了大半个世界的蜡烛，那时，眼前的这港中，矗立七十艘三桅捕鲸船的幢幢帆影。在那以前，岛上住着四个印第安部落。然后是十七世纪的教友派移民。然后有人用三十金镑外加两顶海狸帽子就把南太基买了下来。但那些都是好久好久以前的事了。阖上厚厚的《白鲸记》，就统统给盖起来了。不信，你可以去问大西洋，它一定蓝成一种健忘的蓝来，把一切一切赖得一干二净。“哪。你点的蛤蜊浓羹！”浆得挺硬的女侍的白衣裙遮住了港景。

食罢蛤粥，沿着已经醒透了的大街缓缓步回市中心，向岛上唯一的租车行租到一辆敞篷汽车。那是一辆老克莱斯勒，车身高耸而轮廓鲁钝，一副方头大耳的土像，叙起年资来，至少至少是一九五六、五七年以前的出品，可以当我那辆小道奇的舅公而有余。只好付了五十元押金，跨上招摇的驾驶台，攲斜倾侧，且吆且喝地一路闯出城去。

过了浸信会教堂，过了曾掀起荷兰风的十七世纪老磨坊，老克莱斯勒转进一条接一条的红砖巷子。从丛盛开的白蔷薇红玫瑰，从乳色的矮围栅里攀越出来，在蜘蛛吐丝的无风的晴朗里，从容地，把上午酿得好香。更灿更烂的花簇，从浅青的斜屋顶上泻落到篱门或夏廊，溅起多少浪沫。已经是九点多钟了，还有好多红顶白墙的漂亮楼房，赖在深邃的榆阴里不出来晒太阳。一出了橙子街，公路便豪阔地展开在沙岸，向司康赛那边伸延过去。我向油门狠狠踩下，立刻召来长长的海风，自起潮的水面。没遮拦的敞篷车在更没遮拦的荒地上迎风而起，我的鬓发，我的四肢百骸千万个汗毛孔皆乘风而起，变成一只怪狼狈的风筝。麦尔维尔所说一草成林的罕象，委实是夸张了。也许百年前确是如此，但眼前的海岸上，虽因岛小风大高树难生。在浅沼和洼地之间，仍有一蓬蓬的蓟和矮灌木。沙地起伏，成缓缓的土丘。除了一座遗世独立的灯塔，和几堆为世所遗的苍黑色块垒，此外，便只有一片蓝蒙蒙的虚无，名字叫大西洋。从此地一直虚无到欧洲。吞吐洋流的硕大海兽，仍在虚无的蓝域中，喷洒水柱，对着太阳和月光和诺亚以前就是那样子的星象。十九世纪似乎从未发生过，《白鲸记》只是一个雄壮的谣言，麦尔维尔的玩笑开得太大了。魁怪客，塔士提哥。依希美尔和阿哈布船长。麦老胡子啊，倒真像有那回事似的。

在纯然的蓝里浸了好久。天蓝蓝，海蓝蓝，发蓝蓝，眼蓝蓝，记忆亦蓝蓝乡愁亦蓝蓝复蓝蓝。天是一个珐琅盖子，海是一个瓷釉盒子，将我盖在里面，要将我咒成一个蓝疯子，青其面而蓝其牙，再掀开盖子时，连我的母亲也认不出是我了。我的心因荒凉而颤抖。台湾的太阳在水陆球的反面，等他来救我时，恐怕我已经蓝入膏肓，且蓝发而死，连蓝遗嘱也未及留下。细沙岸上，曝着被鸥啄空了的鳀骸，连绵数里的腐鱼腥臭。乃知死亡不必是黑色的。巴巴地从纽约赶到这荒岛上来，没有看到充塞乎天地之间的那座白鲸，没有看到鼓潮驱浪的巨鲸队。不，连一扇鲸尾都没有看到，只捡到满湾的小鳀尸骸。我迟来了一百多年。除非敲开一道蓝色的门，观海神于千下，再也看不到十

九世纪的捕鲸英雄了，再也看不到殉宝的海盗船，为童贞女皇开拓海疆的舰队，看不见，滑腻而性感的雌人鱼。海是最富的守财奴，永不泄露秘密的女巫。我迟来了好几千年。

我看我还是回去的好。风渐起。浪渐起。那蓝眼巫的咒语愈念愈凶了。何必调遣那么多海里的深阔，来威胁一个已够荒凉的异乡人？蓝色的宇宙围成三百六十度的隔绝，将一切都隔绝在蓝的那边，将我隔绝在蓝的这边。在一个既不古代也不现代的遗忘里。因为古代已锁在塔里，而我的祖国，已锁在我胸中，肺结核一般锁在我胸中。因为现代在高速而晕眩的纽约，食蚁兽吮人一般的纽约。因为你是不现实而且不成熟的，异乡人，只为了崇拜一支蓝得充血的笔，一种雄厚如斧野犷如碑的风格，甘愿在大西洋的水牢里，做海神的一夕之囚。因为像那只运斤手一样，你也嗜伐嗜斩，总想向一面无表情的石壁上砍出自己的声音来。因为像它一样，你也罹了史诗的自大狂，幻想你必须饮梅止渴嚼山充饥，幻想你的呼吸是神的气候，且幻想你的幻想是现实。

敞篷车在蓝色的吆喝声中再度振翼，向南太基港。所有的浪全卷过来拦截。回程船票仍在我袋中，渡轮仍在港里。这是越狱的唯一机会了。风渐小，浪渐不可闻。进了市区，在捕鲸业博物馆前停下来，不熄引擎，任克莱斯勒喃喃诉苦如一只大号的病猫。仍想在离去前再闯一次十九世纪的单行道。一跨进梁木桠杈的大陈列室，我的心膨胀起来。二十世纪被摒于门外。这是古鲸业史诗的资料室。百年前千年前的潮涨潮落，人与海的争雄与巍巍黑兽群的肉搏，节奏铿然起自每一件遗物。泪，从我的眶中溢出。泪是咸的，泪是对海的一声回答，说，我原自咸中来我不能忘记。在吊空的帆索和锚链下走过去，在四分仪和六分仪之间，在三桅船的模型和航海日志和单筒望远镜之间走过去，向一艘捕鲸快艇的真迹，耳际是十九世纪的风声，是鳕角到好望角到南中国海的涛声。我似乎呼吸着阿哈布船长呼吸过的恐怖和绝望的愤怒。昂起头来，横木板钉成的阔壁上，犀利的短鱼叉排列成严厉的秩序，两柄长铁叉斜交而倚于其间。这是捕鲸人的兵器架；这些嗜血的凶手仍保持金属敌意的沉默，铮铮的沉默，虽然它们熟悉掷叉手的膂力和孤注一掷的意志，熟悉山岳般黑色的惊惶和绝望，和十几英亩的蓝被捣成鼎沸的白的那种混乱。

在一片巨大的阴影下回过头来，赫然，一柱史无前例的双头狼牙棒，头下尾上地倒立着，阻我的去路，石灰色的匙形骨分峙在左右，交合处是柱的根部。目光攀柱而上，越过粗大的梁木，止于柱尖的屋顶。两排巨齿深深地嵌在牙床里，最低的齿间钉着一张硬卡片，上书："世界最大鲸颚，长十八英尺。左右齿数各为二十三。雄鲸身长八十三英尺。"所以这便是鱼类的砧板啊渔人万劫不返的地狱门！塔土提哥们魁怪客们走过去便走不过来了。独脚船长走过去便走不回来了。我走过来了可能走——渡轮的汽笛忽然响起，震动整个海港，而尤重要的是，震破了蓝眼巫咒语的效力，及时震断了我的迷失和晕眩。大陆在砧板和地狱门的那边喊我，未来的一切在门外等我。因为，汽笛又响了。南太基啊，我想我应该走了。

一九六六年九月二十六日

附注：南太基（Nantucket）是美国东北角马萨诸塞州鳕岬之南的一个小岛。长十四英里，宽三英里半，距大陆约三十英里。十七世纪以迄十九世纪中叶，南太基一直是世界捕鲸业及制烛业中心之一。麦尔维尔（Herman Melville）的不朽巨著《白鲸记》（Moby Dick）开卷数章即以该岛为背景。一九六五年六月三十日，特去岛上一游，俾翻译《白鲸记》时，更能把握其气氛。文中所引"南太基"一章各段，原系艺术效果的安排，因此颇有删节，幸勿以译文不全罪我。

# 黄绳系腕

——泰国记游之二

从泰国回来，妻和我的腕上都系了一条黄线。

那是一条金黄的棉线，戴在腕上，像一环美丽的手镯。那黄，是泰国佛教最高贵的颜色，令人想起袈裟和金塔。那线，牵着阿若他雅的因缘。

到曼谷的第三天，泰华作家传文和信慧带我们去北方八十八公里外的阿若他雅，凭吊大城王朝的废都。停车在蒙谷菩毗提佛寺前面，隔着初夏的绿荫，古色斑斓的纪念塔已隐约可窥，幢幢然像大城王朝的鬼影。但转过头来，面前这佛寺却亮丽耀眼，高柱和白墙撑起五十度斜坡的红瓦屋顶，高檐上蟠游着蛇王纳加，险脊尖上鹰扬着禽王格鲁达，气派动人。

我们依礼脱鞋入寺，刚跨进正堂，呼吸不由得一紧。黑暗暗那一座重吨的，什么呢，啊佛像，向我们当顶累累地压下，磅礴的气势岂是仰瞻的眼睫所能承接，更哪能望其项背。等到颈子和胸口略为习惯这种重荷，才依其陡峭的轮廓渐渐看清那上面，由四层金叶的莲座托向高处，塔形冠几乎触及红漆描金的天花方板，是一尊黑凛凛的青铜佛像。他就坐在那高头，右腿交叠在左腿上面，脚心朝上，左手平摊在怀里，掌心向天，右手覆盖在右膝上，手掌朝内，手指朝下，指着地面。从莲座下吃力地望上去，那圆膝和五指显得分外的重大。

这是佛像坐姿里有名的“呼地作证”（Bhumisparsha Mudra），又称为“降妖伏魔”（Maravijaya）。原来释迦牟尼在成正觉之前，天魔玛刺不服，问他有何德业，能够自悟而又度人。释迦说他前身前世早已积善积德，于是便从三昧的坐姿变成伏魔的手势，以手指地，唤大地的女神出来作证。她从长发里绞出许多水来，正是释迦前世所积之德。她愈绞愈多，终于洪水滔滔，把天魔的大军全部淹没。释迦乃恢复三昧的冥想坐姿，而入彻悟。曼谷玉佛寺的壁画上，就有露乳的地神绞发灭火之状，而众多魔兵之中，一半已驯，一半犹在张牙舞爪。

一说此事不过是寓言，只因当日释迦树下跏趺，心神未定，又想成正觉，又想回去世间寻欢逐乐。终于他垂手按膝，表示自己在彻悟之前不再起身的决心。然则所谓伏魔，正是自伏心魔。还是长发生水的故事比较生动。

想到这里，对他右掌按膝的手势更加敬仰而心动，不禁望之怔怔。后来问人，又自己去翻书，才知道这佛像高达二十二公尺半，镀有缅甸的金，铸造的年代约在十五世纪后半，相当于明英宗到宪宗之朝，低眉俯视之态据说是素可泰王朝的风格。一七六七年，缅甸入寇，一举焚灭了四百十七年的大城王朝。据说泰国最大的这尊坐佛当日竟无法掳走，任其弃置野外，风雨交侵。也就因此，这佛像看上去颇有沧桑的痕迹，不像曼谷一带其他的雕像那么光鲜。他太高大，何况像座已经高过人头了，实在看不出那一身是黑漆，或是岁月消磨的青铜本色。只觉得黝黑的阴影里，那高处还张着两只眼睛，修长的眼白衬托着乌眸，正炯炯俯视着我们，而无论你躲去哪里，都不出他的眸光。

佛面上一点鲜丽的朱砂，更增法相的神秘与庄严。但是佛身上还有两种妩媚的色彩。左肩上斜披下来的黄缦，闪着金色的丝光。摊开

的左掌，大拇指上垂挂着一串缤纷的花带，用洁白的茉莉织成，还飘着泰国兰装饰的秀长流苏。这花带泰语叫做斑马来（Puang-Ma-Lai），不但借花可以献佛，也可送人。

“你们要进香吗？”传文走过来说。

“要啊。”我存立刻答道。

“香烛每套十铢。”传文说。

我们向佛堂门口的香桌上每人买了一套。所谓一套，原来就是一枝莲、一枝烛、三根香，还有一方金箔，用两片稍大一些的米黄棉纸包住。我们随着泰国的信徒，走到莲座下面的长条香案，把一尺半长的一枝单花含苞白莲放在一只浅铜盆里，再点亮红烛插上烛台，最后更燃香插入香炉。莲是佛座，烛是觉悟之光，至于三根香，则是献给佛祖、佛法、僧侣，所谓三宝。炉香袅袅之中，我们也与众人合掌跪祷。

“这金箔该怎么办呢？”我问一旁的信慧。

“撕下来，贴在佛身上。”她说。

“泰国人的传统，”传文笑说，“贴在佛头，就得智慧。贴在佛口，就善言辞。贴在佛的心口呢，就会心广体胖。”

我举头看佛，有五六层楼那么高，岂止是“丈二金刚，摸不着头脑”？莲台已经高过我头顶，“临时抱佛脚”都不可能。急切里，分开棉纸，取出闪光的金箔。怎么办呢？一看，也有人干脆贴在莲座底层，就照贴了。回头看我存怎么贴时，她已贴好，正心满意足地走了过来。原来龛下另有一座三尺高的佛像，脸上、身上贴满了金叶。

“你们要是喜欢，”信慧说，“还可以为黑佛披上黄缦。”

她把我们带到票台前面。一只盛着黄线的盒子上写着：“披黄缦，一次一百三十铢。”

那就是台币一百五十多元了。

“怎么披呢，这么高？”我问。

“他们会帮你做的。”信慧说。

我立刻付了泰币。那比丘尼从柜里取出一整匹黄缦，着我守在莲坛下面。不久，有声从屋顶反弹下来。仰望中，人头从佛像的巨肩后探出，一声低呼，金橘色的瀑布从半空泻落下来，兜头泼了我一身。黄洪停时，我抱了一满怀。但是也抱不了多久，因为黄缦的那一端她开始收线了。白带子收尽时，金橘色的瀑布便回流上升。这次轮到我放她收。再举头看时，我捐的黄缦已经飘然披上了黑佛的左肩。典礼完成。

我捐黄缦，不全是为好奇。当天上午，在曼谷的玉佛寺内，我随众人跪在大堂上时，无意间把腿一伸，脚底对住了玉佛。那要算是冒犯神明了，令我蠢蠢不安。现在为佛披缦，潜意识里该是赎罪吧，冥冥之中或许功过能相抵么？

《六祖坛经》里说，梁武帝曾问达摩：“朕一生造寺度僧，布施设斋，有何功德？”达摩答曰：“实无功德。”每次读到这一段，都不禁觉得好笑。岂知心净即佛，更无须他求。韦刺史以此相问，六祖答得好：“武帝心邪，不知正法。造寺度僧，布施设斋，名为求福，不可将福便为功德。功德在法身中，不在修福。”只要心净，无意之间冒犯了玉佛，并不能算是罪过。另一方面，烧香拜叩，捐款披袈，连梁武帝都及不上，更有什么功德？

想到这里，坦然一笑。走去票台，向满盛黄线的盒中取出四条。一条为我存系于左腕，一条自系，余下的两条准备带回台湾给两个女儿。

这美丽的纤细手镯，现在仍系在我的左腕，见证阿若他雅的一梦。

一九八八年五月三十一日

# 辑四　师友风貌

# 文章与前额并高

自从十三年前迁居香港以来，和梁实秋先生就很少见面了。屈指可数的几次，都是在颁奖的场合，最近的一次，却是从梁先生温厚的掌中接受时报文学的推荐奖。这一幕颇有象征的意义，因为我这一生的努力，无论是在文坛或学府，要是当初没有这只手的提掖，只怕难有今天。

所谓“当初”，已经是三十六年以前了。那时我刚从厦门大学转学来台，在台大读外文系三年级，同班同学蔡绍班把我的一叠诗稿拿去给梁先生评阅。不久他竟转来梁先生的一封信，对我的习作鼓励有加，却指出师承囿于浪漫主义，不妨拓宽视野，多读一点现代诗，例如哈代、浩斯曼、叶慈等人的作品。梁先生的挚友徐志摩虽然是浪漫诗人，他自己的文学思想却深受哈佛老师白璧德之教，主张古典的清明理性。他在信中所说的“现代”自然还未及现代主义，却也指点了我用功的方向，否则我在雪莱的西风里还会飘泊得更久。

直到今日我还记得，梁先生的这封信是用钢笔写在八行纸上，字大而圆，遇到英文人名，则横而书之，满满地写足两张。文艺青年捧在手里，惊喜自不待言。过了几天，在绍班的安排之下，我随他去德惠街一号梁先生的寓所登门拜访。德惠街在城北，与中山北路三段横交，至则巷静人稀，梁寓雅洁清幽，正是当时常见的日式独栋平房。梁师母引我们在小客厅坐定后，心仪已久的梁实秋很快就出现了。

那时梁先生正是知命之年，前半生的大风大雨，在大陆上已见过了，避秦也好，乘桴浮海也好，早已进入也无风雨也无晴的境界。他的谈吐，风趣中不失仁蔼，谐谑中自有分寸，十足中国文人的儒雅加上西方作家的机智，近于他散文的风格。他就坐在那里，悠闲而从容地和我们谈笑。我一面应对，一面仔细地打量主人。眼前这位文章巨公，用英文来说，体型“在胖的那一边”，予人厚重之感。由于发岸线（Hairline）有早退之像，他的前额显得十分宽坦，整个面相不愧天庭饱满，地阁方圆，加以长牙隆准，看来很是雍容。这一切，加上他白皙无斑的肤色，给我的印象颇为特殊。后来我在反省之余，才断定那是祥瑞之相，令人想起一头白象。

当时我才二十三岁，十足一个躁进的文艺青年，并不很懂观相，却颇热中猎狮（Lion-hunting）。这位文苑之狮，学府之师，被我纠缠不过，答应为我的第一本诗集写序。序言写好，原来是一首三段的格律诗，属于新月风格。不知天高地厚的躁进青年，竟然把诗拿回去，对梁先生抱怨说：“您的诗，似乎没有特别针对我的集子而写。”

假设当日的写序人是今日的我，大概狮子一声怒吼，便把狂妄的青年逐出师门去了。但是梁先生眉头一抬，只淡淡地一笑，徐徐说道：“那就别用得了……书出之日，再给你写评吧。”

量大而重诺的梁先生，在《舟子的悲歌》出版后不久，果然为我写了一篇书评，文长一千多字，刊于 1952 年 4 月 16 日的《自由中国》。那本诗集分为两辑，上辑的主题不一，下辑则尽为情诗；书评认为上辑优于下辑，跟评者反浪漫的主张也许有关。梁先生尤其欣赏《老牛》与《暴风雨》等几首，他甚至这么说：“最出色的要算是《暴

风雨》一首，用文字把暴风雨的那种排山倒海的气势都描写出来了，真可说是笔挟风雷。”在书评结论里有这样的句子：

> 作者是一位年青人，他的艺术并不年青，短短的《后记》透露出一点点写作的经过。他有旧诗的根底，然后得到英诗的启发。这是很值得我们思考的一条发展路线。我们写新诗，用的是中国文字，旧诗的技巧是一份必不可少的文学遗产，同时新诗是一个突然生出的东西，无依无靠，没有轨迹可循，外国诗正是一个最好的借镜。

在那么古早的岁月，我的青涩诗艺，根底之浅，启发之微，可想而知。梁先生溢美之词固然是出于鼓励，但他所提示的上承传统旁汲西洋，却是我日后遵循的综合路线。

朝拜缪思的长征，起步不久，就能得到前辈如此的奖掖，使我的信心大为坚定。同时，在梁府的座上，不期而遇，也结识了不少像陈之藩、何欣这样同辈的朋友，声应气求，更鼓动了创作的豪情壮志。诗人夏菁也就这么邂逅于梁府，而成了莫逆。不久我们就惯于一同去访梁公，有时也约王敬羲同行，不知为何，记忆里好像夏天的晚上去得最频。梁先生怕热，想是体胖的关系；有时他索性只穿短袖的汗衫接见我们，一面笑谈，一面还要不时挥扇。我总觉得，梁先生虽然出身外文，气质却在儒道之间，进可为儒，退可为道。可以想见，好不容易把我们这些恭谨的晚辈打发走了之后，东窗也好，东床也罢，他是如何地坦腹自放。我说坦腹，因为他那时有点发福，腰围可观，纵然不到福尔斯塔夫的规模，也总有约翰逊或纪晓岚的分量，足证果然腹笥深广。据说，因此梁先生买腰带总嫌尺码不足，有一次，他索性走进中华路一家皮箱店，买下一只大号皮箱，抽出皮带，留下箱子，扬长而去。这倒有点《世说新语》的味道了，是否谣言，却未向梁先生当面求证。

梁先生好客兼好吃，去梁府串门子，总有点心招待，想必是师母的手艺吧。他不但好吃，而且懂吃，两者孰因孰果，不得而知。只知他下笔论起珍馐名菜来，头头是道。就连既不好吃也不懂吃的我，也不禁食指欲动，馋肠若蠕。在糖尿病发之前，梁先生的口福委实也饫足了。有时乘兴，他也会请我们浅酌一杯。我若推说不解饮酒，他就会作态佯怒，说什么“不烟不酒，所为何来?”引得我和夏菁发笑。有一次，他斟了白兰地飨客，夏菁勉强相陪。我那时真是不行，梁先生说“有了”，便向橱顶取来一瓶法国红葡萄酒，强调那是 1842 年产，朋友所赠。我总算喝了半盅，飘飘然回到家里，写下《饮 1842 年葡萄酒》一首。梁先生读而乐之，拿去刊在《自由中国》上，一时引人瞩目。其实这首诗学济慈而不类，空余浪漫的遐想；换了我中年来写，自然会联想到鸦片战争。

梁先生在台北搬过好几次家。我印象最深的两处梁宅，一在云和街，一在安乐街。我初入师大（那时还是省立师范学院）教大一英文，一年将满，又偕夏菁去云和街看梁先生。谈笑及半，他忽然问我：“送你去美国读一趟书，你去吗?”那年我已三十，一半书呆，一半诗迷，几乎尚未阅世，更不论乘飞机出国。对此一问，我真是惊多喜少。回家和我妻讨论，她是惊少而喜多，马上说：“当然去!”这一来，里应外合势成。加上社会压力日增，父亲在晚餐桌上总是有意无意地报导：“某伯伯家的老三也出国了!”我知道偏安之日已经不久。果然三个月后，我便文化充军，去了秋色满地的爱奥华城。

从美国回来，我便专任师大讲师。不久，梁先生从英语系主任变成了我们的文学院长，但是我和夏菁去看他，仍然称他梁先生。这时他又迁至安东街，住进自己盖的新屋。稍后夏菁的新居在安东街落成，

他便做了令我羡慕的梁府近邻，也从此，我去安东街，便成了福有双至，一举两得。安东街的梁宅，屋舍俨整，客厅尤其宽敞舒适，屋前有一片颇大的院子，花木修护得可称多姿，常见两老在花畦树径之间流连。比起德惠街与云和街的旧屋，这新居自然优越了许多，更不提广州的平山堂和北碚的雅舍了。可以感受得到，这新居的主人在“家外之家”，怀乡之余，该是何等的快慰。

六十五岁那年，梁先生在师大提前退休，欢送的场面十分盛大。翌年，他的终身大事——莎士比亚戏剧全集之中译完成，朝野大设酒会庆祝盛举，并有一女中的学生列队颂歌；想莎翁生前也没有这般殊荣。师大英语系的晚辈同事也设席祝贺，并赠他一座银盾，上面刻着我拟的两句赞词：“文豪述诗豪，梁翁传莎翁。”莎翁退休之年是四十七岁，逝世之年也才五十二岁，其实还不能算翁。同时莎翁生前只出版了十八个剧本，梁翁却能把三十七本莎剧全部中译成书。对比之下，梁翁是有福多了。听了我这意见，梁翁不禁莞尔。

这已经是二十年前的事了。后来夏菁担任联合国农业专家，远去了牙买加。梁先生一度旅寄西雅图。我自己先则旅美二年，继而去了香港，十一年后才回台湾。高雄与台北之间虽然只是四小时的车程，毕竟不比厦门街到安东街那么方便了。青年时代夜访梁府的一幕一幕，皆已成为温馨的回忆，只能在深心重温，不能在眼前重演。其实不仅梁先生，就连晚他一辈的许多台北故人，也都已相见日稀。四小时的车程就可以回到台北，却无法回到我的台北时代。台北，已变成我的回声谷。那许多巷弄，每转一个弯，都会看见自己的背影。不能，我不能住在背影巷与回声谷里。每次回去台北，都有一番近乡情怯，怕卷入回声谷里那千重魔幻的漩涡。

在香港结交的旧友之中，有一人焉，竟能逆流而入那回声的旋涡，就是梁锡华。他是徐志摩专家，研究兼及闻一多，又是抒情与杂感兼擅的散文家，就凭这几点，已经可以跻列梁门，何况他对梁先生更已敬仰有素。1980 年 7 月，法国人在巴黎举办抗战文学研讨会，大陆的代表旧案重提，再诬梁实秋反对抗战文学。梁锡华即席澄清史实，一士谔谔，力辩其诬。夏志清一语双关，对锡华跷起大拇指，赞他“小梁挑大梁”！我如在场，这件事义不容辞，应该由我来做。锡华见义勇为，更难得事先覆按过资料，不但赢得梁先生的感激，也使我这受业弟子深深感动。

1978 年以后，大陆的文艺一度有了开放之象。到我前年由港返台为止，甚至新月派的主角如胡适 、徐志摩等的作品都有新编选集问世，唯独梁实秋迄今尚未“平反”。梁实秋就是梁实秋，这三个字在文学思想上代表一种坚定的立场和价值，已有近六十年的历史。

梁实秋的文学思想强调古典的纪律，反对浪漫的放纵。他认为革命文学也好，普罗文学也好，都只是把文学当作工具，眼中并无文学；但是在另一方面，他也不赞成为艺术而艺术，因为那样势必把艺术抽离人生。简而言之，他认为文学既非宣传，亦非游戏。他始终标举安诺德所说的，作家应该“沉静地观察人生，并观察其全貌”。因此他认为文学描写的充分对象是人生，而不仅是阶级性。

黎明版《梁实秋自选集》的小传，说作者“生平无所好，惟好交友、好读书、好议论”。季季在访问梁先生的记录《古典头脑，浪漫心肠》之中，把他的文学活动分成翻译、散文、编字典、编教科书四种。这当然是梁先生的台湾时代给人的印象。其实梁先生在大陆时代的笔耕，以量而言，最多产的是批评和翻译，至于《雅舍小品》，已经是四十岁以后所作，而在台湾出版的了。《梁实秋自选集》分为文学理论与散文二辑，前辑占 198 页，后辑占 162 页，分量约为 5 比 4，也可见梁先生对自己批评文章的强调。他在答季季问就说：“我好议论，但是自从抗战军兴，无意再作任何讥评。”足证批评是梁先生早

岁的经营，难怪台湾的读者印象已淡。

一提起梁实秋的贡献，无人不知莎翁全集的浩大译绩，这方面的声名几乎掩盖了他别的译书。其实翻译家梁实秋的成就，除了莎翁全集，尚有《织工马南传》《咆哮山庄》《百兽图》《西塞罗文录》等十三种。就算他一本莎剧也未译过，翻译家之名他仍当之无愧。

读者最多的当然是他的散文。《雅舍小品》初版于 1949 年，到 1975 年为止，二十六年间已经销了 32 版；到现在想必近 50 版了。我认为梁氏散文所以动人，大致是因为具备下列这几种特色：

首先是机智闪烁，谐趣迭生，时或滑稽突梯，却能适可而止，不堕俗趣。他的笔锋有如猫爪戏人而不伤人，即使讥讽，针对的也是众生的共相，而非私人，所以自有一种温柔的美感距离。其次是篇幅浓缩，不务铺张，而转折灵动，情思之起伏往往点到为止。此种笔法有点像画上的留白，让读者自己去补足空间。梁先生深信“简短乃机智之灵魂”，并且主张“文章要深，要远，就是不要长”。再次是文中常有引证，而中外逢源，古今无阻。这引经据典并不容易，不但要避免出处太过俗滥，显得腹笥寒酸，而且引文要来得自然，安得妥帖，与本文相得益彰，正是学者散文的所长。

最后的特色在文字。梁先生最恨西化的生硬和冗赘，他出身外文，却写得一手道地的中文。一般作家下笔，往往在白话、文言、西化之间徘徊歧路而莫知取舍，或因简而就陋，一白到底，一西不回；或弄巧而成拙，至于不文不白，不中不西。梁氏笔法一开始就逐走了西化，留下了文言。他认为文言并未死去，反之，要写好白话文，一定得读通文言文。他的散文里使用文言的成分颇高，但不是任其并列，而是加以调和。他自称文白夹杂，其实应该是文白融会。梁先生的散文在中岁的《雅舍小品》里已经形成了简洁而圆融的风格，这风格在台湾时代仍大致不变。证之近作，他的水准始终在那里，像他的前额一样高超。

# 另一段城南旧事

林海音的小说名著《城南旧事》写英子七岁到十三岁的故事，所谓城南，是指北京的南城。那故事温馨而亲切，令人生怀古的清愁，广受读者喜爱。但英子长大后回到台湾，另有一段“城南旧事”，林海音自己未写，只好由女儿夏祖丽来写了。这第二段旧事的城南，却在台北。

初识海音，不记得究竟何时了。只记得来往渐密是在六十年代之初。我在“联副”经常发表诗文，应该始于一九六一，已经是她十年主编的末期了。我们的关系始于编者与作者，渐渐成为朋友，进而两家来往，熟到可以带孩子上她家去玩。

这一段因缘一半由地理促成。夏家住在重庆南路三段十四巷一号，余家住在厦门街一一三巷八号，都在城南，甚至同属古亭区。从我家步行去她家，越过江州街的小火车铁轨，沿街穿巷，不用十五分钟就到了。

当时除了单篇的诗文，我还在“联副”刊登了长篇的译文，包括毛姆颇长的短篇小说《书袋》和“生活”杂志上报道拜伦与雪莱在意大利交往的长文《缪思在意大利》，所以常在晚间把续稿送去她家。

记得夏天的晚上，海音常会打电话邀我们全家去夏府喝绿豆汤。珊珊姐妹一听说要去夏妈妈家，都会欣然跟去，因为不但夏妈妈笑语可亲，夏家的几位大姐姐也喜欢这些小客人，有时还会带她们去街边“捞金鱼”。

海音长我十岁，这差距不上不下。她虽然出道很早，在文坛上比我先进，但是爽朗率真，显得年轻，令我下不了决心以长辈对待。但径称海音，仍觉失礼。另一方面，要我像当时人多话杂的那些女作家昵呼“海音姐”或“林大姐”，又觉得有点俗气。同样地，我也不喜欢叫什么“夏菁兄”或“望尧兄”。叫“海音女士”吧，又太做作了。最后我决定称她“夏太太”，因为我早已把何凡叫定了“夏先生”，似乎以此类推，倒也顺理成章。不过我一直深感这称呼太淡漠，不够交情。

夏家的女儿比余家的女儿平均要大十二三岁，所以祖美、祖丽、祖葳领着我们的四个小珊转来转去，倒真像一群大姐姐。她们玩得很高兴，不但因为大姐姐会带，也因为我家的四珊，不瞒你说，实在很乖。祖焯比我家的孩子大得太多，又是男生，当然远避了这一大群姐妹淘。

不过在夏家做客，亲切与热闹之中仍感到一点，什么呢，不是陌生，而是奇异。何凡与海音是不折不扣的北京人，他们不但说京片子，更办“国语日报”，而且在“国语推行委员会”工作。他们家高朋满座，多的是卷舌善道的北京人。在这些人面前，我们才发现自己是多么口钝的南方人，Zh、Ch 不卷，Sh、S 不分，一口含混的普通话简直张口便错。用语当然也不道地，海音就常笑我把“什么玩意儿”说成了“什么玩意”。有一次我不服气，说你们北方人“花儿鸟儿鱼儿虫儿”，我们南方人听来只觉得“肉麻儿”。众人大笑。

那时候台北的文人大半住在城南。单说我们厦门街这条小巷子吧，曾经住过或是经常走过的作家，至少就包括潘垒、黄用、王文兴与“蓝星”的众多诗人。巷腰曾经有新生报的宿舍，所以彭歌也常见出没。巷底通到同安街，所以《文学杂志》的刘守宜、吴鲁芹、夏济安也履印交叠。所以海音也不时会走过这条巷子，甚至就停步在我家门口，来按电铃。

就像旧小说常说的，“光阴荏苒”，这另一段“城南旧事”随着古老的木屐踢踏，终于消逝在那一带的巷尾弄底了。夏家和余家同一年搬了家。从一九七四年起，我们带了四个女儿就定居在香港。十一年后我们再回台湾，却来了高雄，常住在岛南，不再是城南了。厦门街早已无家可归。

夏府也已从城南迁去城北，日式古屋换了新式的公寓大厦，而且高栖在六楼的拼花地板，不再是单层的榻榻米草席。每次从香港回台，几乎都会去夏府做客。众多文友久别重聚，气氛总是热烈的，无论是餐前纵谈或者是席上大嚼，那感觉真是宾至如归，不拘形骸到喧宾夺主。女主人天生丽质的音色，流利而且透彻，水珠滚荷叶一般畅快圆满，却为一屋的笑语定调或为众客共享的耳福。夏先生在书房里忙完，往往最后出场，比起女主人来也“低调”多了。

海音为人，宽厚、果决、豪爽。不论是做主编、出版人或是朋友，她都有海纳百川的度量，我不敢说她没有敌人，但相信她的朋友之多，友情之笃，是罕见的。她处事十分果决，而且决定得很快，我几乎没见过她当场犹豫，或事后懊悔。至于豪爽，则来自宽厚与果决：宽厚，才能豪，果决，才能爽。跟海音来往，不用迂回；跟她交谈，也无须客套。

这样豪爽的人当然好客。海音是最理想的女主人，因为她喜欢与人共享，所以客人容易与她同乐。她好吃，所以精于厨艺，喜欢下厨，更喜欢陪着大家吃。她好热闹，所以爱请满满一屋子的朋友聚谈，那

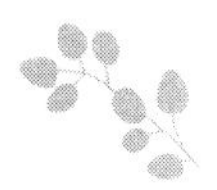

场合往往是因为有远客过境，话题新鲜，谈兴自浓。她好摄影，主要还是珍惜良会，要留刹那于永恒。她的摄影不但称职，而且负责。许多朋友风云际会，当场拍了无数照片，事后船过无纹，或是终于一叠寄来，却曝光过度，形同游魂，或阴影深重，疑是卫夫人的墨猪，总之不值得保存，却也不忍心就丢掉。海音的照片不但拍得好，而且冲得快，不久就收到了，令朋友惊喜加上感佩。

所以去夏府做客，除了笑谈与美肴，还有许多近照可以传观，并且引发话题。她家的客厅里有不少小摆设，在小鸟与青蛙之外，更多的是象群。她收集的瓷象、木象、铜象姿态各殊，洋洋大观。朋友知道她有象癖，也送了她一些，总加起来恐怕不下百头。这些象简直就是她的“象征”，隐喻着女主人博大的心胸，祥瑞的容貌。海音素称美女，晚年又以“资深美女”自嘲自宽。依我看来，美女形形色色，有的美得妖娆，令人不安；海音却是美得有福相的一种。

这位美女主编，不，资深美女加资深主编，先是把我的稿子刊在“联副”，继而将之发表于“纯文学月刊”，最后又成为我好几本书的出版人。我的文集《望乡的牧神》《焚鹤人》《听听那冷雨》《青青边愁》，诗集《在冷战的年代》，论集《分水岭上》都在她主持的“纯文学出版社”出书，而且由她亲自设计封面，由作者末校。我们合作得十分愉快：我把编好的书稿交给她后一切都不用操心，三四个星期之后新书就到手了。欣然翻玩之际，发现封面雅致大方，内文排印悦目，错字几乎绝迹，捧在手里真是俊美可爱。那个年代书市兴旺，这六本书销路不恶，版税也付得非常爽快，正是出版人一贯的作风。

“纯文学出版社”经营了廿七年，不幸在一九九五年结束。在出版社同人与众多作者的一片哀愁之中，海音指挥若定，表现出“时穷节乃见”的大仁大勇。她不屑计较琐碎的得失，毅然决然，把几百本好书的版权都还给了原作者，又不辞辛劳，一箱一箱，把存书统统分赠给他们。这样的豪爽果断，有情有义，有始有终，堪称出版业的典范。当前的出版界，还找得到这样珍贵的品种吗？

海音在“纯文学出版社”的编务及业务上投注了多年的心血，对台湾文坛甚至早期的新文学贡献很大。祖丽参预社务，不但为母亲分劳，而且笔耕勤快，有好几本访问记列入“纯文学丛书”。出版社曲终人散，虽然功在文坛，对垂垂老去的出版人仍然是伤感的事。可是海音的晚年颇不寂寞，不但文坛推重，友情丰收，而且家庭幸福，亲情洋溢。虽然客厅里挂的书法题着何凡的名句“在苍茫的暮色里加紧脚步赶路”，毕竟有何凡这么忠贞的老伴相互“牵手”，走完全程。而在她文学成就的顶峰，《城南旧事》在大陆拍成电影，赢得多次影展大奖，又译成三种外文，制成绘图版本。

在海音七十大寿的盛会上，我献给她一首三行短诗，分别以寿星的名字收句。子敏领着几位作家，用各自的乡音朗诵，颇为叫座。我致词说：“林海音岂止是常青树，她简直是常青林。她植树成林，我们就在那林阴深处……常说成功的男人背后必有一位伟大的女性。现在是女强人的时代，照理成功的女人背后也必有一位伟大的男性。可是何凡和林海音，到底谁在谁的背后呢？还是台语说得好：夫妻是‘牵手’。这一对伉俪并肩携手，都站在前面。”

暮色苍茫得真快，在八十岁的寿宴上，我们夫妻的座位安排在寿星首席。那时的海音无复十年前的谈笑自若了。宾至的盛况不逊当年，但是热闹的核心缺了主角清脆动听的女高音，不免就失去了焦聚。美女再资深也终会老去，时光的无礼令人怅愁。我应邀致词，推崇寿星才德相侔，久负文坛的清望，说一度传闻她可能出任“文化部长”：“可是，一个人做了林海音，还希罕做文化部长吗？”这话突如其来，激起满堂的掌声。

四年后时光的无礼变成绝情。我发现自己和齐邦媛、痖弦坐在台

上，面对四百位海音的朋友追述她生前的种种切切。深沉的肃静低压着整个大厅。海音的半身像巨幅海报高悬在我们背后，熟悉的笑容以亲切的眸光、开朗的齿光煦照着我们，但没有人能够用笑容回应了。刚才放映的纪录片，从稚龄的英子到耄年的林先生，栩栩的形貌还留在眼睫，而放眼台下，沉思的何凡虽然是坐在众多家人的中间，却形单影只，不，似乎只剩下了一半，令人很不习惯。

我长久未流的泪水忽然满眶，觉悟自己的“城南旧事”，也是祖丽姐妹和珊珊姐妹的“城南旧事”，终于一去不回。半个世纪的温馨往事，都在那幅永恒的笑貌上停格了。

二〇〇二年八月十一日

# 铜山崩裂

——追念亡友吴望尧

## 上

诗人吴望尧晚年多病，几近失明。很久没有通讯，只知他远在中美洲，等到他客终他乡的噩耗辗转传来，虽为新闻，却已非近事了。我的难过就像隐隐的内伤，难以指认确在何处；尽管疼痛没有焦点，却牵连到半个世纪的回忆。

故事虽已结束，但怎么开始的，竟记不起了。只记得 1954 年蓝星诗社成立之初，创社的五位诗人并不包括望尧，所以他的出现当在蓉子之后，而稍早于黄用。等到我在 1956 年 9 月结婚的时候，他已经是来厦门街按我家门铃最频的常客，远较夏菁、黄用为频，更不提创世纪那些豪杰了。

我这一生从未入党，对于组社结派也无兴趣。当年参加共组蓝星，是因为钟鼎文、覃子豪两位前辈忘年枉顾，联袂相邀，令我有些受宠若惊。但他们毕竟长我十五六岁，可以结成文友，却不便腻成诗弟诗兄。真正常泡在一起高谈阔论、褒贬人物的，是四个人：其中夏菁长我三岁，望尧和黄用各小我四岁到八岁，可以算是同辈。黄用年纪最

轻，反而知性最强，善于理论分析，评人最苛，来我家最大的兴趣在坐而论道，而对世事的繁复不太关心。夏菁年纪最长，性情最宽厚，即使论到“文敌”，也只轻描淡写，谈笑用兵，从未见他剑拔弩张。他另有入世的一面，不会只顾跟我谈诗而冷落了我的家人，疏忽了我的新娘，可说是理想的客人。望尧在谈诗之外，更乐于融入我的家庭，跟我们夫妻玩在一起。他在台湾似乎没有家庭，可以确定的是只有一个哥哥，叫吴望汲，乃“国大代表”之类。我们很少追问他的身家，只知道他曾在淡江英专肄业，而他也很少自述家世。

无羁无绊，这么一个单身汉，又是任侠善感的性情中人，喜欢常来我家，而且不一定唯诗可谈，所以很自然就成了玩伴，不但点子多多，而且往往夜深才散。望尧的诗有其阳刚雄奇的一面，与我同一类型的风格可以呼应。两人有不少同好，从观星到闹鬼到欣赏古典音乐，我们都能共享；吾妻我存也纵而容之，顾而乐之，参而加之，留下了不少同乐的回忆。

当时台北的夜空，大气尚未污染，光害也还不剧，星象有时历历可观。我们不一定要去开旷的河堤上才能观星，就算厦门街的巷子里，也可以在冬夜仰望猎户星座，像天启神谕一般，那么壮阔而璀璨，堂堂自东南方升起。望尧总是兴致勃勃，一手电筒，一手星图，不断俯仰参照，求识天颜，神游乎光年之外。两个星迷就这么夜复一夜，共游于宇宙之大，光程之远，忘情于天文学与神话之虚实绸缪。那段时间我们写太空幻境的诗因此也就不少。1957 年 8 月，我的《羿射九日》一诗在《中央副刊》发表，有“拉开乌号的神弓，搭一枝棋卫的劲矢”之句。望尧当天从南部赶回台北，特别为之买了一把黑漆的长弓来送我，令我深感知己的知音。

另一同好便是鬼神的灵异世界。我们常在夜深述说或编造鬼故事来互相惊吓。有时会忽然关掉电灯，用电筒由下照上，露出明暗易位的一脸狰狞。我们夫妻本来不看日本电影，却在望尧的劝诱之下去看了《四谷怪谭》《独立愚联队》，当然还有《宫本武藏》。有一次我们上街，望尧昂昂然独步于前，我走中间，我存则落单拖在最后。事后我存抗议，望尧却说："日本片里的武士都是这样的。"

望尧酷嗜古典音乐，入迷之深胜过我们夫妻，尤其听到高潮入神，总会情不自已，做出打拍子应节的手势，一面闭目忘我，随着曲调陶然地哼哼唧唧。受到他的感染，我们更加兴奋。他的记性很好，即使不听乐曲，也会大段哼出李斯特的《匈牙利狂想曲》或是贝多芬的《皇帝钢琴协奏曲》。我则不甘示弱，也会哼出林姆斯基·科萨柯夫的《天方夜谭》来较量。

望尧乃浙江东阳人，该是初唐诗人骆宾王的同乡。当年蓝星这"四人帮"的少年游，正醉心于西方的缪斯，并未认真追究彼此的籍贯。其实夏菁与望尧都是浙江人。我和黄用都是闽南人，原则上均为南方人，也许可以另组闽浙诗派了。四人之中，黄用最高，依次递降是夏菁、望尧和我。望尧剪小平头、额宽颌窄、嘴比较小、闭紧时爱鼓起下唇，脸色经常灰沉，两颊有些瘦削，皮肤较粗如橘面，发声近于男中低音，鼻音与喉音较浓。他的表情以阴郁为基调，但在兴头上也会意气风发，一时豪放，浪漫到不行。

有一次一连好多天他未来我家，我们不放心，辗转打电话找到他。果然有了意外。他租屋独居，生活不守常规，某次深夜回去，进不了门，便攀竹篱入内，不料跨越失手，被一根竹尖狠狠戳进胁下。我们立刻赶去探伤，见他果然纱布吊臂又裹胁，状若伤兵。不过又发现他非但没有沮丧自怜，反而引以为傲，仿佛做了一次落难英雄，我们也就释然，苦笑以对了。

我和望尧尽管相交莫逆，但是来往的场景多在厦门街我家。至于他的日子平常是怎么过的，跟哥哥的关系又是如何，我们并不清楚，

只觉得这位朋友向往的虽是武士气概，真正过的却是吉普赛生活。有一点却可断定：不管他写过多少情诗，当时他应该没有女友，否则总会带来我家。我存怜他浪荡无主，就把自己一女中的一位同学介绍给他。望尧约会了她几次，甚至还同去郊游，不过后来并无结果。也许那女孩并非诗人的知音，加以对方的家长一听是什么诗人，就反对他们交往下去了。不过望尧也并非毫无收获，例如《骑士的忧悒——给叶洛·芙瑛》和《乃有我铜山之崩裂》，就是事后留下的情诗："叶洛"影射的，正是那女孩姓黄。

我和望尧深交，是在1955至1958那三年。1958年的夏末秋初，短短三个月里，母亲火化，珊珊降生，我自己更远赴美国：人生的三大变化接踵逼来，先是悲喜交加，而终于被寂寞领走。等到1959年秋天从美国回台，幼珊却继珊珊而来，我在师大英语系新任讲师，又忙于备课，遂无法像从前那样和望尧频密来往。望尧大概误会我在疏远他，意有不释。其实我留美一年，他先后赠诗两首：一为送别的《半球的忧郁》，一为催归的《四方城里的中国人——给光中》，都真情流露而诗艺精巧。而幼珊出生，也是他第一个飞邮去美国报喜的。如此情义，绝非泛泛。

1959年11月，我回台一年后，望尧也毅然决然，连根拔起，远征越南而去。这一去，连他自己一定也没想到，竟是漫长的18年，直到1977年9月才从越共统治的西贡重返台湾。其间他在西贡创业，专利经营他所研发的清洁剂而致富，生活稳定后重拾诗笔，颇为多产，不幸最后越战令他的巨富化为乌有。当时我已转任香港中文大学中文系教授，先后写了两首诗给他：前一首写于他身陷乱城，题为《西贡——兼怀望尧》，后一首写于他重获自由之际，题为《赤子裸奔——迎望尧回国》。我们相互赠诗，都是远阻两岸：他赠我诗，还在偏安之局；我赠他诗，却在兵燹之世。

望尧一家能从易手后的西贡逃出来，我家也出了一份力量。我父亲久任侨委会常委，乃促成侨委会联络台湾驻泰国代表沈克勤，向越方证明望尧的户籍本在台湾。如此望尧始得先飞曼谷，再转台北。后来望尧惊完忆惊，才对我们追述。他带家人登机之后，起飞之前，深恐临时还有变故，那一刻长于千年，是怎样焚心的焦虑。

但是台北居亦大不易，望尧的化工企业已经毁于越战，他破产了，身心俱疲。三年之后他鼓起余勇，带了全家再别台湾，去一个比越南更远而且全然陌生的异国。他去了马雅古国洪都拉斯，一举而要融入中美洲的人情地理和西班牙语的日常生活，更不提还得全神创业。压力之重当然容不得诗人吴望尧再顾缪斯。渐渐他与台湾失去了联络。尤其到了晚年，久患的“老年视网膜退化症”更加恶化，就算把两架放大镜叠在一起，也只能勉强辨识字形，而尽管如此，稍一久读也会眼痛。至于写字，也苦于举笔维艰，所以难于和朋友通信。如此困境，当然更败坏诗兴。

这便是曾经与我友情共鸣诗兴相通的杰出诗人吴望尧。在交会时他曾经与我如此地亲近，而错过后却又与我如此地疏远。他是蓝星星座漂泊得最远的一刹流星。金属疲劳的肉身啊终于埋骨在马雅的青山，曾经歌哭于斯焕发于斯的福岛，再也回不了了，而用诗句牵过系过缠过的神州，更无缘再践。但是他的魂魄，他那无所不入、入而无所不透的想象力，曾经兼探东方与西方，贯穿美学与科学，并且用敏感的触角伸向未来，则将长久驰骋于他的诗篇。可憾者他的诗名今已不彰，连张默主编的《新诗三百首》也吝于为他留一页半页。我相信，吴望尧留给现代诗史的丰美遗产，仍有待耐心的史家、论者仔细清点。棺虽已盖，论犹待定，诗友学朋们，看一看后视镜吧。

## 下

吴望尧的诗作产量丰富，风格多元，佳作不少。大致分来，约有三类。第一类是少作。受了新月派和西方浪漫派的影响，轻倩柔美，意浅情浓，和我早年的情况相似。第二类仍是抒情的小品，但命意转深，个性转强，感性独特，风格渐向现代诗接轨，看得出大有发展的潜力。第一类可以下列的《竖琴》为代表：

我的心是只小小的竖琴
久久没有人来弹奏
如今拨出了优美的声音
被你一双纤纤的手
你切莫把琴弦弹得太重
因为弦丝已经陈旧
也不要尽管轻轻地抚弄
那将撩起我的忧愁

第二类的佳作应该包括下列的《铜雀赋》：

若你有铜雀锁不锁得住春天
若你有春天　锁不锁得住二乔
若我有东风便把东风一股脑儿借你
借与你漫天的花雨　千树的桃花
逐水流　可是江南不是千山的江南
任十里的春江向晚　凝目处堆烟砌霞

汉朝的楼台不见楼台　荒芜的庭院深深
谁还知道千年的往事　又散入了谁家？
若你有春天锁不锁得住东风
若你有桃花　染不染得红半壁的天涯
百代下　若你在铜雀遇见了二乔
且问她　若三月的东风不来　你嫁是不嫁

这种诗真是尖新可口，用现代的口语来传古典的风流：徐志摩无此自如，何其芳无此飒爽。节奏太滑利时，已懂得将“千树的桃花逐水流”分在两段，顿挫来得突然，乃收变速、变调之功。又如“染不染得红半壁的天涯”，既有口语的自然流畅，又有“半壁天涯”的化虚为实，巧铸新词，诚然是推陈出新的。又如《醒睡之间》这一首：

睁眼泅泳于黑海湾的菱角线上
听心的帮浦在压缩，
呼吸如蛇之在我鼻穴中游动
四壁墙上有十六只眼睛在交换眼色
手术台上躺着待割的鱼吧
可以掀去我的鳞片了，
流白色的血液而无感于痛的
所以一群戴口罩的木乃伊在私语着
我是被压在这灰色光的金字塔下的
躺在一方冷寂的沙漠，
千年的岁月奔泻直下
我感到，有仙人掌的利剑在刺我
向生命的暗弱处

而我已是长了翅膀的，我可以飞了！

主题当然是写手术台上的病人正接受开刀，在麻药的半昏迷状态，经历了成串的幻觉与联想，从鱼到沙漠，从金字塔到仙人掌，最后到鸟，真能直探魔幻写实的奥妙。这主题，我在自己的《割盲肠记》一首中，亦曾处理，句法比他精练，想象却不及他神奇。在这类诗中，望尧已经摆脱了早年的浪漫纯情，像下面这首《中文横写》就另具机智与谐趣：

地球向东转　太阳向西爬
四千年的文化　突然
变成喝醉酒的螃蟹　在
台北的街头　五光十色的招牌上
迷路！

左顾而右盼　好像都一样
好像都不一样
(这是左右逢源　还是左右为难?)

妈妈爱我　我爱妈妈
那倒没有关系　总是一家人
爸爸的舅舅　舅舅的爸爸
这本账　可就有点糊涂

有人说　左道就是旁门
行人靠右走　就不会撞车

确是有点哲学 可是我觉得
还是挺直了腰杆走路最好

纯论诗艺，此诗失之散文化，而排列也嫌零碎，但若论命意与造境，却很高明。此意由我借来经营，相信会较胥策。可见望尧虽多才而多产，有时却得鱼忘筌，不拘小节，不耐细改。第二类中另有一首，题为《乃有我铜山之崩裂》，原是一首情诗。开始两句是：

乃有我铜山之崩裂了
你心上的洛钟也响着吗？

当年望尧写好后示我，只看起句就震撼了我。太有气象了，动情，就应该如此的。古谚有云，“铜山西崩，洛钟东应”，根据东方朔的解说：铜者山之子，山者铜之母。洛阳的铜钟无故响了三天，是因为远在西方有山崩的关系。这典故我那时并不请楚，否则也会用到《莲的联想》中去。足见望尧涉猎杂书比我广博，而又眼明手巧，竟能用来象征情人之间心心相印，不，心心交撼之状。可惜接下来的句子望尧却写得太缠绵太浅白，未能接住庄重的古典，落得有句而无篇。《我打今天走过》是一首组诗，写诗人走过晨、午、暮、夜，各为一副题。单看第四段《夜》，便可见作者想象之奇诡：

紫昌杯中尚存着些残酒
我是迟归的浪子吗？
啊！何以星子摒我于门外个
我欲叩月的门环
却错抓了大熊的尾巴

末三行的一连串隐喻转位得既快又妙，既单纯又繁复，却又秩序井然。望尧的许多高超之作，常以太空为舞台，而成就其宇宙剧场（cosmicdrama），但也可以观察入微，以人心人体为微观戏院（micro-cosmic theater）。在他的诗艺中，回归新古典与探险超现代可以同时进行。他的不少新古典之作，又像歌剧，又像宋词长调，反复咏叹，令人击节。下面是八行的《大宇如网——赠所有在台的诗人们》：

大宇如网，星横黯天，南国初夏
念十载浪迹，廿年浮名，方圆纵横，已成烟霞
琴棋残落，书剑飘零，那只身又是天涯
莫回头，看野荷如诗，新月如画

且罢，愁如泻，负长剑四海如走马
待北窗高卧，东篱锄菊，不谈风雅
去去何处，渺渺山河，莫非是猿鹤虫沙
到如今，问新诗三千，是谁天下？

可惜望尧虽然多产，却尽为短制，并无气贯百行的扛鼎力作。他的第三类诗也没有长篇，都以组诗的结构建成，有一种辐辏聚焦的引力。这一系列的巨构展现出作者壮阔的雄心，善变的机心，值得诗评家认真评定。从道家的《太极组曲》和《东方组曲》到现代感的《都市组曲》和《二十世纪组曲》，再到动力美学的《力的组曲》，他的想象简直有意将回忆、当今、展望镕于一炉。这一类组诗格局宏大，设想奇诡，虚实相应，文白互补，为现代诗开拓了既能化古又能求新的领域。我认为吴望尧的潜力并未充分开发，若非时代多灾再加晚年多

病，当能炼就更醇厚的诗艺，完成更精美的作品。限于篇幅，我无法在此大量引证，却忍不住要让读者窥豹见斑。下面先引《都市组曲》十首之三《银行》：

红墨水，蓝墨水，吸墨纸，钢笔，尺
算盘与算盘的咒骂，计算机们数字的接力赛
账簿上有许多阿拉伯数字，许多许多——
收入和支出摔交，借方与贷方抗衡
争论着庞大的保险库之地狱锁着的银行的灵魂
骄傲的，千万个人所追求的，不屑于一顾穷人的
从冷冰冰而阴沉的，保险库的大地狱
在大理石的阴阳界上，从铁丝网的小门
投胎于朱门大腹贾的大口袋中

与此都市文明冷酷理性形成对照的，是《力的组曲》十一首之末，《骑驼者》所营造的古代文化的神秘气氛：

颤抖的铜铃震撼着沙的波纹
啊！夜冷了，幽邃的铃声更冷
风的手指扯乱了司芬克斯的头发
狂嗅着骆驼的尸骸，倒毙者的红头巾
疯狂地诉说它横行于大漠的骄傲
得意地吹动着尖锐的黑管
而狂笑，隐身于金字塔的阴影

我并不怀疑我的骆驼是沙漠的方舟

我是驼峰的征服者，我仰首
哲人星在顶上放光，向无垠的沙漠指路
青冷的月光撩乱我怀中匕首的锋刃
呵！我要以它插进腐朽的历史的——心
远处，远处传来古老的木乃伊的歌声
我骑着骆驼，按着匕首，向它昂然而去

这样的诗句，在语言上我还能够修炼得更简洁，但是在想象与风格上已经无法更提升了。

2009.2.9 于西子湾

附注：本文所举之诗均见于《巴雷诗集》，希孟编2000年由天卫文化公司出版。巴雷是吴望尧笔名。

# 不朽，是一堆顽石？

那天在悠悠的西敏古寺里，众鬼寂寂，所有的石像什么也没说。游客自纽约来，游客自欧陆，左顾右盼，恐后争先，一批批的游客，也吓得什么都不敢妄说。岑寂中，只听得那该死的向导，无礼加上无知，在空厅堂上指东点西，制造合法的噪音。十个向导，有九个进不了天国。但最后，那卑微断续的噪音，亦如历史上大小事件的骚响一样，终于寂灭，在西敏古寺深沉的肃穆之中。游客散后，他兀自坐在大理石精之间，低回久不能去。那些石精铜怪，百魄千魂的噤嘿之中，自有一种冥冥的雄辩，再响的噪音也辩它不赢；一层深似一层的阴影里，有一种音乐，灰扑扑地安抚他敏感的神经。当晚回到旅舍，他告诉自己的日记："那是一座特大号的鬼屋。徘徊在幽光中，被那样的鬼所祟，却是无比的安慰。大过瘾。大感动。那样的被祟等于被祝福。很久，没有流那样的泪了。"

说它是一座特大号的鬼屋，一点也没错。在那座嵯峨的中世纪古寺里，幢幢作祟的鬼魂，可分三类。掘墓埋骨的，是实鬼。立碑留名的，是虚鬼。勒石供像的一类，有虚有实，无以名之，只好叫它做石精了。而无论是据墓为鬼也好，附石成精也好，这座古寺里的鬼籍是

十分杂乱的。帝王与布衣，俗众与僧侣，同一拱巍巍的屋顶下，鼾息相闻。高高低低，那些嶙峋的雕像，或立或坐，或倚或卧，或镀金，或敷彩，异代的血肉都化为同穴的冷魂，一圹的顽块。李白所说“屈平词赋悬日月，楚王台榭空山丘”，在此地并不适用。在西敏寺中，诗人一隅独拥，固然受百代的推崇，而帝王的墓穴，将相的遗容，也遍受四方的游客瞻仰。一九六六年，西敏寺庆祝立寺九百年，宣扬的精神正是“万民一体”。

西敏寺的位置，居伦敦的中心而稍稍偏南，诗人斯宾塞笔下的“风流的泰晤士河”在其东缓缓流过，华兹华斯驻足流留的西敏寺大桥凌乎波上，在寺之东北。早在公元七世纪初年，这块地面已建过教堂。一〇六五年，敕建西敏寺的英王，号称“忏悔的爱德华”。次年诺曼第公爵威廉北渡海峡，征服了大不列颠，那年的耶诞节就在西敏寺举行加冕大典，成为法裔的第一任英王。从此，在西敏寺加冕，成了英国宫廷的传统，而历代的帝王卿相高僧名将皇后王子等等，也纷纷葬在寺中，不葬在此地的，也往往立碑勒铭，以志不忘。西敏寺，是一座大理石砌的教堂，七色的玻璃窗开向天国，至今仍是英国人每日祈祷的圣殿，但同时是一座石气阴森阳光罕见的博物巨馆，石椁铜棺，拱门回廊，无一不通向死亡，无一不通向幽暗的过去。

对于他，西敏古寺不止是这些。坐在南翼大壁画前的古木排椅上，两侧是历代诗人的雕像，凌空是百英尺拱柱高举的屋顶，远眺北翼，历代将相成排的白石立像尽处是所罗门的走廊，其上是直径二十英尺的蔷薇圆窗。七彩斑斓的蔷瓣上，十一使徒的绘像，染花了上界的天光——这么坐着，仰望着，恍恍惚惚，神游于天人之际，西敏寺就是一部立体的英国历史，就是一部，尤其是对于他，石砌的英国文学史。

不敢高声语，恐惊天上人。诗人之隅，他是屏息敛气，放轻了脚步走进来的。忽然他已经立在诗魂蠢动的中间，四周，一尊尊的石像，顶上，一方方的浮雕，脚下，一块接一块的纪念碑平嵌于地板，令人落脚都为难。天使步踌躇，妄人踹莫顾，他低吟起颇普的名句来。似曾相识的那许多石像，逼近去端详，退后来打量，或正面瞻仰，或旁行侧望，或碑文喃喃以沉吟，或警句津津而冥想。诗人虽一角，竟低回了两个小时。终于在褐色的老木椅上坐下来，背着哥德斯密司的侧面浮雕，仰望着崇高的空间怔怔出神。六世纪的英诗，巡礼两小时。那么多的形象，联想，感想，疲了，眼睛，酸了，肩颈，让心灵慢慢去调整。

最老的诗魂，是六百多岁的乔叟。诗人晚年贫苦，曾因负债被告，乃戏笔写了一首谐诗，向自己的阮囊诉穷。亨利四世读诗会意，加赐乔叟年俸。不到几个月，乔叟却病死在寺侧一小屋中，时为一四〇〇年十月二十五日。寺方葬他在寺之南翼，尸体则由东向的侧门抬入。但身后之事并未了结。原来乔叟埋骨圣殿，不是因为他是英诗开卷的大师，或什么“英诗之父”之类的名义——那都是后来的事——而是因为他做过朝官，当过宫中的工务总监，死前的寓所又恰是寺方所赁。七十多年后，凯克斯敦在南翼墙外装置了英国第一架印刷机，才向寺方请准在乔叟墓上刻石致敬，说明墓中人是一位诗人。又过了八十年的光景，英国人对自己的这位诗翁认识渐深，乃于一五五六年，把乔叟从朱艾敦此时立像的地点，迁葬于今日游客所瞻仰的新墓。当时的诗人名布礼根者，更为他嵌立一方巨碑，横于硕大典丽的石棺之上，赫赫的诗名由是而彰。其后又过百年，大诗人朱艾敦提出“英诗之父，或竟亦英诗之王”之说，乔叟的地位更见崇高。所谓寂寞身后事，看来也真不简单。盖棺之论论难定，一个民族，有时要看上几十年几百年，才看得清自己的诗魂。

乔叟死后二百年，另一位诗人葬到西敏寺来。一五九八年的耶诞前夕，斯宾塞从兵燹余烬的爱尔兰逃来伦敦，贫病交加，不到一月便

死了。亲友遵他遗愿，葬他于乔叟的墓旁，他的棺木入寺，也是经由当年的同一道侧门。据说写诗吊他的诗友，当场即将所写的诗和所用的笔一齐投入墓中陪葬。直到一六二〇年，杜赛特伯爵夫人才在他墓上立碑纪念，可见斯宾塞死时，诗名也不很隆。

其实盛名即如莎士比亚，盖棺之时，也不是立刻就被西敏寺接纳的。英国最伟大的诗人，死于一六一六年，却要等到一七四〇年，在寺中才有石可托。一六七四年弥尔顿死时，清教徒的革命早已失败，在政治上，弥尔顿是一个失势的叛徒。时人报导他的死讯，十分冷淡，只说他是“一个失明的老人，书写拉丁文件维生”。六十三年之后，他长发垂肩的半身像才高高俯临于诗人之隅。

西敏寺南翼这一角，成为名诗人埋骨之地，既始于乔叟与斯宾塞，到了十八世纪，已经相沿成习。一七一一年，散文家艾迪生在《阅世小品》里已经称此地为“诗人之苑”。他说：“我发现苑中或葬诗人而未立其碑，或有其碑而未葬其人。”至于首先使用“诗人之隅”这名字的，据说是后来自己也立碑其间的哥德斯密司。

诗人之隅的形成，是一种缓慢的传统而且不规则。说它是石砌的一部诗史吧，它实在建得不够严整。时间那盲匠运斤成风，鬼斧过处固然留下了骇目的神工，失手的地方也着实不少。例如石像罗列，重镇的诗魁文豪之间就缭绕着一缕缕虚魅游魂，有名无实，不，有石无名，百年后，犹飘飘浮浮没有个安顿。雪莱与济慈，有碑无像。柯勒律治有半身像而无碑。相形之下，普赖尔（Matthew Prior）不但供像立碑，而且天使环侍，独据一龛，未免大而无当了。至于谢德威尔（Thomas Shadwell）不但浮雕半身，甚且桂冠加顶，帷饰俨然，乍睹之下，不禁哑然失笑，想起的，当然是朱艾敦那些断金削玉冷锋凛人的千古名句。朱艾敦的讽刺诗犹如一块坚冰，谢德威尔冥顽的形象急冻冷藏在里面，透明而凝定。谢德威尔亦自有一种不朽，但这种不朽不是他自己光荣挣来的，是朱艾敦给骂出来的，算是一种反面的永恒，否定的纪念吧。跟天才吵架，是没有多大好处的。

诗人之隅，不但是历代时尚的记录，更是英国官方态度的留影。拜伦生前名闻全欧，时誉之隆，当然有资格在西敏寺中立石分土，但是他那叛徒的形象，法律，名教，朝廷，皆不能容，注定他是要埋骨异乡。浪漫派三位前辈都安葬本土，三位晚辈都魂游海外，叶飘飘而归不了根。拜伦死时，他的朋友霍普浩司出面呼吁，要葬他在西敏寺里而不得。其后一个半世纪，西敏寺之门始终不肯为拜伦而开。十九世纪末年，又有人提议为他立碑，为住持布瑞德礼所峻拒，引起一场论战。直到一九六九年五月，诗人之隅的地上才算为这位浪子奠了一方大理石碑，上面刻着："拜伦勋爵，一八二四年逝于希腊之米索朗吉，享年三十六岁。"英国和她的叛徒争吵了一百多年，到此才告和解。激怒英国上流社会的，是一个魔鬼附身的血肉之躯。被原谅的，却是一堆白骨了。

本土的诗人，魂飘海外，一放便是百年，外国的诗客却高供在像座上，任人膜拜，是诗人之隅的另一种倒置。莎士比亚，弥尔顿，布莱克，拜伦，都要等几十年甚至百年才能进寺，新大陆的朗费罗，死后两年便进来了。丁尼生身后的柱石上，却是澳洲的二流诗人高登（A. L. Gordon）。颇普不在，他是天主教徒。洛里爵士也不在，他已成为西敏宫中的冤鬼。可是大诗人叶慈呢，他又在哪里？

甚至诗人之隅的名字，也发生了问题。南翼的这一带，鬼籍有多么零乱。有的鬼实葬在此地，墓上供着巍然的雕像，像座刻着堂皇的碑铭，例如朱艾敦，约翰逊，江森。至于葬在他处的诗魂，有的在此只有雕像和碑铭，例如华兹华斯和沙翁；有的有像无碑，例如柯勒律治和史考特；有的有碑无像，例如拜伦和奥登。生前的遭遇不同，死后的待遇也相异。这些幽灵之中，除诗魂之外，尚有散文家，小说家，

戏剧家，批评家，音乐家，学者，贵妇，僧侣，和将军，诗人的一角也不尽归于诗人。大理石的殿堂，碑接着碑，雕像凝望着雕像，深刻拉丁文的记忆英文的玄想。圣乐绕梁，犹缭绕韩德尔的雕像。哈代的地碑毗邻狄更斯的地碑，麦考利偏头侧耳，听远处，历史迂缓的回音？巧舌的名伶，贾礼克那样优雅的手势，掀开的绒幕里，是哪一出悲壮的莎剧？

而无论是雄辩滔滔或情话喃喃，无论是风琴的圣乐起伏如海潮，大理石的听众，今天，都十分安宁，冷石的耳朵，白石的盲瞳，此刻都十分肃静。游客自管自来去，朝代自管自轮替，最后留下的，总是这一方方、一棱棱、一座座，坚冷凝重的大理白石，日磋月磨，不可磨灭的石精石怪永远祟着中古这厅堂。风晚或月夜，那边的老钟楼当当敲罢十二时，游人散尽，寺僧在梦魇里翻一个身，这时，石像们会不会全部醒来，可惊千百对眼瞳，在暗处矍矍复眈眈，无声地旋转，被不朽罚站的立像，这时，也该换一换脚了。

因为古典的大理石雕像，在此地正如在他处一样，眼虽睁而无瞳如盲。传神尽在阿堵，画龙端待点睛。希腊人放过这灵魂的穴口，一任它空空茫茫面对着大荒，真是聪明。因为石像所视不是我们的世界，原不由我们向那盈寸间去揣摩，妄想。什么都不说的，说得最多。倚杖支颐，莎翁的立姿，俯首沉吟，华兹华斯的坐像，朱艾敦的儒雅，弥尔顿的严肃，诗人之隅大大小小的石像，全身的，半身的，侧面浮雕的，全盲了那对灵珠，不与世间人的眼神灼灼相接。天人之间原应有一堵墙，哪怕是一对空眶。

死者的心声相通，以火焰为舌，
活人的语言远不可接。

所以隐隐他感到，每到午夜，这一对对伪装的盲睛，在暗里会全部活起来，空厅里一片明灭的青磷。但此刻正是半下午，寺门未闭，零落的游客三三两两，在厅上逡巡犹未去。

也就在此时，以为览尽了所有的石魂，一转过头去，布莱克的青铜半身像却和他猛打个照面！刚强坚硬的圆头颅光光，额上现两三条纹路像凿在绝壁上，眉下的岩穴深深，睁两只可怖的眼睛，瞳孔漆漆黑，那眼神惊愕地眺出去，像一层层现象的尽头骤见到，预言里骇目的远景，不忍注目又不能不逼视。雕者亦惊亦怒，铜像亦怒亦惊，鼻脊与嘴唇紧闭的棱角，阴影，塑出瘦削的颊骨沉毅的风神。更瘦更刚是肩胛骨和宽大的肩膀，头颅和颈项从其上挺起矗一座独立的顽岗。先知就是那样。先知的眼睛是两个火山口近处的空气都怕被灼伤。惶惶然他立在那铜像前，也怕被灼伤又希望被灼伤。于是四周的石像都显得太驯服太乖太软弱太多脂肪，锁闭的盲瞳与盲瞳之间唯有这铜像瞋目而裂眦。古典脉脉。现代眈眈。

铜像是艾普斯坦的杰作。千座百座都兢兢仰望过，没一座令他悸栗震动像这座。布莱克默默奋斗了一生，老而更贫，死后草草埋彭山的荒郊，墓上连一块碑也未竖。生前世人都目他为狂人，现在，又追认他为浪漫派的先驱大师，既叹其诗，复惊其画。艾普斯坦的雕塑，粗犷沉雄出于罗丹。每出一品，辄令观者骇怪不安。这座青铜像是他死前两年的力作，那是一九五七年，来供于诗人之隅，正是布莱克诞生的两百周年。承认一位天才，有时需要很久的时间。

诗人之隅虽为传统的圣地，却也为现代而开放。现代诗人在其中有碑题名者，依生年先后，有哈代，吉普林，梅士菲尔，艾略特，奥登。如以对现代诗坛的实际影响而言，则尚有布莱克与霍普金斯。除了布莱克立有雕像之外，其他六人的长方形石碑都嵌在地上。年代愈晚，诗人之隅要供置石像便愈少空间。鬼满为患，后代的诗魂只好委

屈些，平铺在地板上了。哈代的情形最特别：他之入葬西敏寺，小说家的身份恐大于诗名，同时，葬在寺里，是他的骨灰，而他的心呢，却照他遗嘱所要求，是埋在道且斯特的故乡。艾略特和奥登，死后便入了诗人之隅，足证两人诗名之盛，而英国的政教也不厚古人而薄今人。奥登是入寺的最后一人。他死于一九七三年九月，葬在奥地利。第二年十月，他的地碑便在西敏寺揭幕，由桂冠诗人贝吉曼献上桂冠。

下一位可轮到贝吉曼自己？奥登死时才六十六岁。贝吉曼今年却已过七十。他从东方一海港来乔叟和莎翁的故乡，四十多国的作家也和他一样。自热带自寒带的山城与水港，济慈的一笺书，书中的一念信仰，群彦倜傥要仔细参详。七天前也是一个下午，他曾和莎髯的诗苗诗裔分一席讲坛：右侧是白头怒发鹰颜矍然的史班德，再右，是清瘦而易愠的罗威尔，半被他挡住的，是贝吉曼好脾气的龙钟侧影。罗威尔是美国人，虽然西敏寺收纳过朗费罗，亨利·詹姆斯，艾略特等几位美国作家，看来诗人之隅难成为他的永久户籍。然则史班德的鹰隼，贝吉曼的龙钟，又如何？两人都有可能，贝吉曼的机会也许更大。但两人都不是一代诗宗。史班德崛起于三十年代，一度与奥登齐名，并为牛津出身的左翼诗人。四十年的文坛和政局，尘土落定，愤怒的牛津少年，一回头已成历史——出征时那批少年誓必反抗法西斯追随马克思，到半途旗摧马蹶壮士齐回头，遥挥手，别了那炫目而不验的神。The God That Failed！奥登去花旗下，作客在山姆叔叔家，弗洛伊德，祈克果，一路拜回去回到耶稣。戴路易斯继梅士菲尔做桂冠诗人，死了已四年。麦克尼斯做了古典文学教授，进了英国广播公司，作古已十三载。牛津四杰只剩下茕茕这一人。老矣，白发皑皑的诗翁坐在他右侧，喉音苍老迟滞中仍透出了刚毅。四十年来，一手挥笔，一手麦克风，文坛政坛耗尽了此生。而缪斯呢是被他冷落了，二十年来已少见他新句。诗名，已落在奥登下，传诵众口又不及贝吉曼，史班德最后的地址该不是西敏寺。诗人之隅，当然也不是缪斯的天秤，铢两悉称能鉴定诗骨的重轻，里面住的诗魂，有一些，不如史班德远甚。诗人死后，有一块白石安慰荒土，也就算不寂寞了，有一座大教堂峥嵘而高，广蔽历代的诗魂把栩栩的石像萦绕，当然更美好，但一位诗人最大的安慰，是他的诗句传诵于后世，活在发烫的唇上快速的血里，所谓不朽，不必像大理石那样冰凉。

可是那天下午，南翼那高挺的石柱下坐着。四周的雕像那么宁静地守着，他回到寺深僧肃的中世纪悠悠，缓缓地他仰起脸来仰起来，那样光灿华美的一扇又一扇玻璃长窗更上面，猗猗盛哉是倒心形的蔷薇巨窗，天使成群比翼在窗口飞翔。耿耿诗魂安息在这样的祝福里，是可羡的。十九世纪初年，华兹华斯的血肉之身还没有僵成冥坐的石像，丁尼生，勃朗宁犹在孩提的时代，这座哥特式的庞大建筑已经是很老很老了——烟熏石黑。七色斑斑黑线勾勒的厚窗蔽暗了白昼。涉海来拜的伊尔文所见的西敏寺，是“死神的帝国：死神冠冕俨然，坐镇他宏伟而阴森的宫殿，笑傲人世光荣的遗迹，把尘土和遗忘满布在君王的碑上”。今日的西敏寺，比伊尔文凭吊时更老了一百多岁，却已大加刮磨清扫：雕门镂扉，铜像石碑，色彩凡有剥落，都细加髹绘，玻璃花窗新镶千扇，烛如复瓣的大吊灯，一蕊蕊一簇簇从高不可仰的屋顶拱脊上一落七八丈当头悬下来，隐隐似空中有飘渺的圣乐，啊这永生的殿堂。

对诗人自己说来，诗，只是生前的浮名，徒增扰攘，何足疗饥，死后即使有不朽的远景如蜃楼，墓中的白骸也笑不出声来。正如他，在一个半岛的秋夜所吟：

倘那人老去还不忘写诗
灯就陪他低诵又沉吟

但对于一个民族，这却是千秋的盛业，诗柱一折，文庙岌岌乎必将倾。无论如何，西敏寺能辟出这一隅来招诗魂，供后人仰慕低回，挹不老桂枝之清芳，总是多情可爱的传统。而他，迢迢自东方来，心香一缕，来爱德华古英王的教堂，顶礼的不是帝后的陵寝与偃像，世胄的旌旗，将相的功勋，是那些漱齿犹香触舌犹烫的诗句和句中吟啸歌哭的诗魂。怅望异国，萧条异代，伤心此时。深阒隔世的西敏古寺啊，寺门九重石壁外面是现代，卫星和巨无霸，Honda 和 Minolta 的现代。车塞于途，人囚于市，鱼死于江海的现代。所有的古迹都陷落，蹂躏于美国的旅行团去后又来日本的游客。天罗地网，难逃口号与广告的噪音。月球可登火星可探而有面墙不可攀有条小河不可渡的现代。但此刻，他感到无比的宁静。一切乱象与噪音，纷繁无定，在诗人之隅的永寂里，都已沉淀，留给他的，是一个透明的信念，坚信一首诗的沉默比所有的扩音器加起来更清晰，比机枪的口才野炮的雄辩更持久。坚信文字的冰库能冷藏最烫的激情最新鲜的想象。时间，你带得走歌者带不走歌。

西敏寺乃消灭万籁释尽众嫌的大堂，千载宿怨在其中埋葬，史家麦科利如此说。此地长眠的千百鬼魂，碑石相接，生前为敌为友，死后相伴相邻，一任慈蔼的遗忘覆盖着，浑沌沌而不分。英国的母体一视同仁，将他们全领了回去，冥冥中似乎在说："唉，都是我孩子，一起都回来吧，愿一切都被饶恕。"弥尔顿革命失败，死犹盲眼之罪人。布莱克殁时，忙碌的伦敦太忙碌，浑然不知。拜伦和雪莱，被拒于家岛的门外，悠悠游魂无主，流落在南欧的江湖。有名的野鬼阴魂总难散，最后是母土心软，一一招回了西敏寺去。到黄昏，所有的鸦都必须归塔。诗人的南翼对公侯的北堂，月桂擎天，同样是为栋为梁，西敏寺兼容的传统是可贵的。他想起自己的家渺渺在东方，昆仑高，黄河长，一百条泰晤士的波涛也注不满长江；他想起自己的家里激辩正高昂，仇恨，是人人上街佩戴的假面，所有的扩音器蝉噪同一个单腔单调，桂叶都编成扫帚，标语贴满屈原的额头。

出得寺来，伦敦的街上已近黄昏，八百万人的红尘把他卷进去，汇入浮光掠影的街景。这便是肩相摩踵相接古老又时新的伦敦，西敏寺中的那些鬼魂，用血肉之身爱过，咒过，闹过的名城。这样的街上曾走过孙中山，丘吉尔，马克思，当伦敦较小较矮，满地是水塘，更走过女王的车辇和红氅披肩的少年。四百年后，执节戴冕的是另一个伊丽莎白在白金汉宫，但谁是锦心绣口另一个威廉？在一排犹青的枫树下他回过头去。那灰扑扑的西敏寺，和更为魁伟的国会，夕照里，俊拔的钟楼，高高低低的尖塔纤顶，正托着天色迴蓝和云影轻轻。他向前走去，沿着一排排黑漆的铁栅长栏，然后是斑马线和过街的绿灯，红圈蓝杠的地下车标志下，七色鲜丽的报摊水果摊，纪念品商店的橱窗里，一列列红衣黑袴的卫兵，玻璃上映出的却是两个警伯的侧像，高盔岌岌而束颈。他沿着风车堤缓缓向南走，逆着泰晤士河的东流，看不厌堤上的榆树，树外的近桥和远桥，过桥的双层红巴士，游河的白艇。

——水仙水神已散尽。
泰晤士河啊你悠悠地流，我歌犹未休。

从豪健的乔叟到聪明的奥登，一江东流水奶过多少代诗人？而他的母奶呢，奶他的汨罗江水饮他的淡水河呢？那年是中国大地震西欧大旱的一年，整个英伦在喘气，惴惴于二百五十年未见的苦旱。圣杰姆斯公园和海德公园的草地，枯黄一片，恰如艾略特所预言，长靠背

椅上总有三两个老人，在亢旱的月份枯坐待雨。而就在同时一场大台风，把小小的香港笞成旋转的陀螺，暴雨急湍，冲断了九广铁路。那晚是他在伦敦最后的一晚，那天是八月最后的一天。一架波音七〇七在盖特威克机场等他。不同的风云在不同的领空，东方迢迢，是他的起点和终点。他是西征倦游的海客，一颗心惦着三处的家：一处是新窝，寄在多风的半岛；一处是旧巢，偎在多雨的岛城，多雨而多情；而真正的一处那无所不载的后土，倒显得生疏了，纵乡心是铁砧也经不起三十载的捶打捶打，怕早已忘了他吧，虽然他不能忘记。

当晚在旅馆的台灯下，他这样结束自己的日记："这世界，来时她送我两件礼物，一件是肉身，一件是语文。走时，这两件都要还她，一件，已被我用坏，连她自己也认不出来，另一件我愈用愈好，还她时比领来时更活更新。纵我做她的孩子有千般不是，最后我或许会被宽恕，欣然被认做她的孩子。"

一九七六年十月追记

# 凡·高的向日葵

凡·高一生油画的产量在八百幅以上，但是其中雷同的画题不少，每令初看的观众感到困惑。例如他的自画像，就多达四十多幅。阿罗时期的《吊桥》，至少画了四幅，不但色调互异，角度不同，甚至有一幅还是水彩。《邮差鲁兰》和《嘉舍大夫》也都各画了两张。至于早期的代表作《食薯者》，从个别人物的头像素描到正式油画的定稿，反反复复，更画了许多张。凡·高是一位求变、求全的画家，面对一个题材，总要再三检讨，务必面面俱到，充分利用为止。他的杰作《向日葵》也不例外。

早在巴黎时期，凡·高就爱上了向日葵，并且画过单枝独朵，鲜黄衬以亮蓝，非常艳丽。一八八八年初，他南下阿罗，定居不久，便邀高更从西北部的布列塔尼去阿罗同住。这正是凡·高的黄色时期，更为了欢迎好用鲜黄的高更去“黄屋”同住，他有意在十二块画板上画下亮黄的向日葵，作为室内的装饰。

凡·高在巴黎的两年，跟法国的少壮画家一样，深受日本版画的影响。从巴黎去阿罗不过七百公里，他竟把风光明媚的普罗汪斯幻想成日本。阿罗是古罗马的属地，古迹很多，居民兼有希腊、罗马、阿

拉伯的血统，原是令人悠然怀古的名胜。凡·高却志不在此，一心一意只想追求艺术的新天地。

到阿罗后不久，他就在信上告诉弟弟："此地有一座柱廊，叫做圣多芬门廊。我已经有点欣赏了。可是这地方太无情，太怪异，像一场中国式的噩梦，所以在我看来，就连这么宏伟风格的优美典范，也只属于另一世界：我真庆幸，我跟它毫不相干，正如跟罗马皇帝尼罗的另一世界没有关系一样，不管那世界有多壮丽。"

凡·高在信中不断提起日本，简直把日本当成亮丽色彩的代名词了。他对弟弟说：

"小镇四周的田野盖满了黄花与紫花，就像是——你能够体会吗？——一个日本美梦。"

由于接触有限，凡·高对中国的印象不正确，而对日本却一见倾心，诚然不幸。他对日本画的欣赏，也颇受高更的示范引导；去了阿罗之后，更进一步用主观而武断的手法来处理色彩。向日葵，正是他对"黄色交响"的发挥，间接上，也是对阳光"黄色高调"的追求。

一八八八年八月底，凡·高去阿罗半年之后，写信给弟弟说："我正在努力作画，起劲得像马赛人吃鱼羹一样；要是你知道我是在画几幅大向日葵，就不会奇怪了。我手头正画着三幅油画……第三幅是画十二朵花与蕾插在一只黄瓶里（三十号大小）。所以这一幅是浅色衬着浅色，希望是最好的一幅。也许我不止画这么一幅。既然我盼望跟高更同住在自己的画室里，我就要把画室装潢起来。除了大向日葵，什么也不要……这计划要是能实现，就会有十二幅木版画。整组画将是蓝色和黄色的交响曲。每天早晨我都乘日出就动笔，因为向日葵谢得很快，所以要做到一气呵成。"

过了两个月，高更就去阿罗和凡·高同住了。不久，两位画家因为艺术观点相异，屡起争执。凡·高本就生活失常，情绪紧张。加以一生积压了多少挫折，每天更冒着烈日劲风出门去赶画，甚至晚上还要在户外借着烛光捕捉夜景，疲惫之余，怎么还禁得起额外的刺激？耶诞前两天，他的狂疾初发。耶诞后两天，高更匆匆回了巴黎。凡·高住院两周，又恢复作画，直到一八八九年二月四日，才再度发作，又卧病两周。一月二十三日，在两次发作之间，他写给弟弟的一封长信，显示他对自己的这些向日葵颇为看重，而对高更的友情和见解仍然珍视。他说：

> 如果你高兴，你可以展出这两幅《向日葵》。高更会乐于要一幅的，我也很愿意让高更大乐一下。所以这两幅里他要哪一幅都行，无论是哪一幅，我都可以再画一张。
>
> 你看得出来，这些画该都抢眼。我倒要劝你自己收藏起来，只跟弟媳妇私下赏玩。这种画的格调会变的，你看得愈久，它就愈显得丰富。何况，你也知道，这些画高更非常喜欢，他对我说来说去，有一句是："那……正是……这种花。"
>
> 你知道，芍药属于简宁（Jeannin），蜀葵归于郭司特（Quost），可是向日葵多少该归我。

足见凡·高对自己的《向日葵》信心颇坚，简直是当仁不让，非他莫属。这些光华照人的向日葵，后世知音之多，可证凡·高的预言不谬。在同一封信里，他甚至这么说："如果我们所藏的蒙提且利那丛花值得收藏家出五百法郎，说真的也真值，则我敢对你发誓，我画的向日葵也值得那些苏格兰人或美国人出五百法郎。"

凡·高真是太谦虚了。五百法郎当时只值一百美金，他说这话，是在一八八八年。几乎整整一百年后，在一九八七年的三月，其中的一幅《向日葵》在伦敦拍卖所得，竟是画家当年自估的三十九万八千

五百倍。要是凡·高知道了，会有什么感想呢？要是他知道，那幅《鸢尾花圃》售价竟高过（向日葵》，又会怎么说呢？

一八九〇年二月，布鲁塞尔举办了一个“二十人展”（Les Vingt）。主办人透过西奥，邀请凡·高参展。凡·高寄了六张画去，《向日葵》也在其中，足见他对此画的自信。结果卖掉的一张不是《向日葵》，而是《红葡萄园》。非但如此，《向日葵》在那场画展中还受到屈辱。参展的画家里有一位专画宗教题材的，叫做德格鲁士（Henry de Groux），坚决不肯把自己的画和“那盆不堪的向日葵”一同展出。在庆祝画展开幕的酒会上，德格鲁士又骂不在场的凡·高，把他说成“笨瓜兼骗子”。罗特列克在场，气得要跟德格鲁士决斗，众画家好不容易把他们劝开。第二天，德格鲁士就退出了画展。

凡·高的《向日葵》在一般画册上，只见到四幅：两幅在伦敦，一幅在慕尼黑，一幅在阿姆斯特丹。凡·高最早的构想是“整组画将是蓝色和黄色的交响曲”，但是习见的这四幅里，只有一幅是把亮黄的花簇衬在浅蓝的背景上，其余三幅都是以黄衬黄，烘得人脸颊发燠。

荷兰原是郁金香的故乡，凡·高却不喜欢此花，反而认同法国的向日葵，也许是因为郁金香太秀气、太娇柔了，而粗茎糙叶、花序奔放、可充饲料的向日葵则富于泥土气与草根性，最能代表农民的精神。

凡·高嗜画向日葵，该有多重意义。向日葵昂头扭颈，从早到晚随着太阳转脸，有追光拜日的象征。德文的向日葵叫Sonnenblume，跟英文的sunflower一样。西班牙文叫此花为girasol，是由girar（旋转）跟sol（太阳）二字合成，意为“绕太阳”，颇像中文。法文最简单了，把向日葵跟太阳索性都叫做soleil。凡·高通晓西欧多种语文，更常用法文写信，当然不会错过这些含义。他自己不也追求光和色彩，因而也是一位拜日教徒吗？

其次，凡·高的头发棕里带红，更有“红头疯子”之称。他的自画像里，不但头发，就连络腮的胡髭也全是红焦焦的，跟向日葵的花盘颜色相似。至于一八八九年九月他在圣瑞米疯人院所绘的那张自画像（也就是我中译的《凡·高传》封面所见），胡子还棕里带红，头发简直就是金黄的火焰；若与他画的向日葵对照，岂不像纷披的花序吗？

因此，画向日葵即所以画太阳，亦即所以自画。太阳、向日葵、凡·高，圣三位一体。

另一本凡·高传记《尘世过客》（Stranger on the Earth：by Albert Lubin）诠释此图说："向日葵是有名的农民之花；据此而论，此花就等于农民的画像，也是自画像。它爽朗的光彩也是仿自太阳，而众生之珍视太阳，已奉为上帝和慈母。此外，其状有若乳房，对这个渴望母爱的失意汉也许分外动人，不过此点并无确证。他自己（在给西奥的信中）也说过，向日葵是感恩的象征。"

从认识凡·高起，我就一直喜欢他画的《向日葵》，觉得那些挤在一只瓶里的花朵，辐射的金发，丰满的橘面，挺拔的绿茎，衬在一片淡柠檬黄的背景上，强烈地象征了天真而充沛的生命，而那深深浅浅交交错错织成的黄色暖调，对疲劳而受伤的视神经，真是无比美妙的按摩。每次面对此画，久久不甘移目。我都要贪馋地饱饫一番。

另一方面，向日葵苦追太阳的壮烈情操，有一种知其不可为而为之的志气，令人联想起中国神话的夸父追日，希腊神话的伊卡瑞斯奔日。所以在我的近作《向日葵》一诗里我说：

你是挣不脱的夸父
飞不起来的伊卡瑞斯
每天一次的轮回
从曙到暮

扭不屈之颈，昂不垂之头

去追一个高悬的号召

一九九〇年四月

# 辑五　喜悦温情

# 山盟

山，在那上面等他。从一切历书以前，峻峻然，巍巍然，从五行和八卦以前，就在那上面等他了。树，在那上面等他。从汉时云秦时月从战国的鼓声以前，就在那上面。就在那上面等他了。虬虬蟠蟠，那原始林。太阳，在那上面等他。赫赫洪洪荒荒。太阳就在玉山背后。新铸的古铜锣。当的一声轰响，天下就亮了。

这个约会太大，大得有点像宗教。一边是，山，森林，太阳，另一边，仅仅是他。山是岛的贵族，正如树是山的华裔。登岛而不朝山，是无礼。这山盟，一爽竟爽了二十年。其间他曾经屡次渡海，膜拜过太平洋和巴士海峡对岸，多少山。在科罗拉多那山国一闭就闭了两年。海拔一英里之上，高高晴晴冷冷，是六百多天的乡愁。一万四千英尺以上的不毛高峰，狼牙交错，白森森将他禁锢在里面，远望也不能当归，高歌也不能当泣。他成了世界上最高的浪子，石囚。只是山中的岁月，太长，太静了，连摇滚乐的电吉它也不能一声划破。那种高高在上的岑寂，令他不安。一场大劫正蹂躏着东方，多少族人在水里，火里，唯独他学桓景登高避难，过了两个重九还不下山。

春秋佳日，他常常带了四个小女孩去攀落矶山。心惊胆战，脚麻手酸，好不容易爬到峰巅。站在一丛丛一簇簇的白尖白顶之上，反而怅然若失了。爬啊爬啊爬到这上面来了又怎么样呢？四个小女孩在新大陆玩得很高兴。她们只晓得新大陆，不晓得旧大陆。“问君西游何时还。畏途巉岩不可攀。”忽然他觉得非常疲倦。体魄魁梧的昆仑山，在远方喊他。母亲喊孩子那样喊他回去。那昆仑山系，所有横的岭侧的峰，上面所有的神话和传说。落矶山美是美雄伟是雄伟，可惜没有回忆没有联想不神秘。要神秘就要峨嵋山五台山普陀山武当山青城山庐山泰山，多少寺多少塔多少高僧、隐士、豪侠。那一切固然令他神往，可是最最萦心的，是噶达素齐老峰。那是昆仑山之根，黄河之源。那不是朝山，是回家，回到一切的开始。有一天应该站在那上面，下面摊开整幅青海高原，看黄河，一条初生的脐带，向星宿海吮取生命。他的魂魄，就化成一只雕，向山下扑去。浩大圆浑的空间，旋，令他目眩。

那只是，想想过瘾罢了。山不转路转，路不转人转。七四七才是一只越洋大雕，把他载回海岛。一九七二年。昆仑山仍在神话和云里。黄河仍在诗经里流着。岛有岛神，就先朝岛上的名山吧。

上山那一天，正碰上寒流，气温很低。他们向冷上加冷的高处出发。朱红色的小火车冲破寒雾，在渐渐上升的轨道上奔驰起来，不久，嘉义城就落在背后的平原上了。两侧的甘蔗田和香蕉变成相思树和竹林。过了竹崎，地势渐高渐险，轨旁的林木也渐渐挺直起来，在已经够陡的坡上，将自己拔向更高的空中。最后，车窗外升起铁杉和扁柏，像十里苍苍的仪队，在路侧排开。也许怕风景不够柔媚，偶尔也亮起几树流霞一般明艳的樱花，只是惊喜的一瞥，还不够为车道镶一条花边。

路转峰回，小火车呜呜然在狭窄的高架桥上驰过。隔着车窗，山

谷愈来愈深，空空茫茫的云气里，脚下远远地，只浮出几丛树尖，下临无地，好令人心悸。不久，黑黝黝的山洞一口接一口来吞噬他们的火车。他们咽进了山的盲肠里，汽笛的惊呼在山的内脏里回荡复回荡。阿里山把他们吞进去又吐出来，算是朝山之前的小小磨练。后来才发现，山洞一共四十九条，窄桥一共八十九座。一关关闭上去，很有一点西游记的味道。

过了十字路，山势益险，饶它是身材窈窕的迷你红火车，到三千多尺的高坡上，也回身乏术了。不过，难不倒它，行到绝处，车尾忽然变成车头，以退为进，潇潇洒洒，循着 Z 字形 zigzagzig 那样倒溜冰一样倒上山去。同时森林愈见浓密，枝叶交叠的翠盖下，难得射进一隙阳光。浓影所及，车厢里的空气更觉得阴冷逼人。最后一个山洞把他们吐出来，洞外的天蓝得那样彻底，阿里山，已经在脚下了。

终于到了阿里山宾馆，坐在餐厅里。巨幅玻璃窗外，古木寒山，连绵不绝的风景匍匐在他的脚下。风景时时在变，白云怎样回合群峰就怎样浮浮沉沉像嬉戏的列岛。一队白鸽在谷口飞翔，有时退得远远的，有时浪沫一样地忽然卷回来，眺者自眺，飞者自飞。目光所及，横卧的风景手卷一般展过去展过去展开米家霭霭的烟云。他不知该餐脚下的翠微，或是，回过头来，满桌的人间烟火。山中清纯如酿的空气，才吸了几口，饥意便在腹中翻腾起来。他饿得可以餐赤松子之霞，饮麻姑之露。

“爸爸，不要再看了。”佩珊说。

“再不吃，獐肉就要冷了。”咪也在催。

回过头来，他开始大嚼山珍。

午后的阳光是一种黄澄澄的幸福，他和矗立的原始林和林中一切鸟一切虫自由分享。如果他有那样一把剪刀，他真想把山上的阳光剪一方带回去，挂在他们厦门街的窗上，那样，雨季就不能围困他了。金辉落在人肌肤上，干爽而温暖，可是四周的空气仍然十分寒冽，吸进肺去，使人神清意醒，有一种要飘飘升起的感觉。当然，他并没有就此飞逸，只是他的眼神随昂昂的杉柏从地面拔起，拔起百尺的尊贵和肃穆之上，翠纛青盖之上，是蓝空，像传说里要我们相信的那样酷蓝。

而且静。海拔七千英尺以上那样的，万籁沉淀到底，阒寂的隔音。值得歌颂的，听觉上全然透明的灵境。森林自由自在地行着深呼吸。柏子闲闲落在地上。绿鸠像隐士一样自管自地吟啸。所以耳神经啊你就像琴弦那么松一松吧今天轮到你休假。没有电铃会奇袭你的没有电话没有喇叭会施刑。没有车要躲灯要看没有繁复的号码要记没有钟表。就这么走在光洁的青板石道上，听自己清清楚楚的足音，也是一种悦耳的音乐。信步所之，要慢，要快，或者要停。或者让一只蚂蚁横过，再继续向前。或者停下来，读一块开裂的树皮。

或者用惊异的眼光，久久，向僵死的断树桩默然致敬。整座阿里山就是这么一所户外博物馆，到处暴露着古木的残骸。时间，已经把它们雕成神奇的艺术。虽死不朽，丑到极限竟美了起来。据说，大半是日治时代伐余的红桧巨树，高贵的躯干风中雨中不知矗立了千年百年，砉砉的斧斤过后，不知在什么怀乡的远方为栋为梁，或者凌迟寸磔，散作零零星星的家具器皿。留下这一盘盘一簇簇硕老无朋的树根，夭矫顽强，死而不仆，在日起月落秦风汉雨之后，虬幡纠结，筋骨尽露的指爪，章鱼似的，犹紧紧抓住当日哺乳的后土不放。霜皮龙鳞，肌理纵横，顽比锈钢废铁，这些久僵的无头尸体早已风化为树精木怪。风高月黑之夜，可以想见满山蠢蠢而动，都是这些残缺的山魈。

幸好此刻太阳犹高，山路犹有人行。艳阳下，有的树桩削顶成台，宽大可坐 10 人。有的扭曲回旋，畸陋不成形状。有的枯木命大，身后

春意不绝，树中之王一传而至二世，再传而至三世，发为三代同堂，不，同根的奇观。先主老死枯槁，蚀成一个巨可行牛的空洞；父王的僵尸上，却亭亭立着青翠的王子。有的昂然庞然，像一个象头，鼻牙嵯峨，神气俨然。更有一些断首缺肢的巨桧，狞然戟刺着半空，犹不甘忘却，谁知道几世纪前的那场暴风雨，劈空而来，横加于他的雷殛。

正嗟叹间，忽闻重物曳引之声，沉甸甸地，辗地而来。异声愈来愈近，在空山里激荡相磨，很是震耳。他外文系出身，自然而然想起凯兹奇尔的仙山中，隆隆滚球为戏的那群怪人。大家都很紧张。小女孩们不安地抬头看他。辗声更近了。隔着繁密的林木，看见有什么走过来。是——两个人。两个血色红润的山胞，气喘咻咻地拖着直径几约两英尺的一截木材，辗着青石板路跑来。怪不得一路上尽是细枝横道，每隔尺许便置一条。原来拉动木材，要靠它们的滑力。两个壮汉哼哼哈哈地曳木而过，脸上臂上，闪着亮油油的汗光。

姐妹潭一掬明澄的寒水，浅可见底。迷你小潭，传说着阿里山上两姐妹殉情的故事。管它是不是真的呢，总比取些道貌可憎的名字好吧。

“你们四姐妹都丢个铜板进去，许个愿吧。”

“看你做爸爸的，何必这么欧化？”

“看你做妈妈的，何必这么缺乏幻想。管它。山神有灵，会保佑她们的。”

珊珊、幼珊、佩珊，相继投入铜币。眼睛闭起，神色都很庄重，丢罢，都绽开满意的笑容。问她们许些什么大愿时，一个也不肯说。也罢，轮到最小的季珊，只会嬉笑，随随便便丢完了事。问她许的什么愿，她说，我不知道，姐姐丢了，我就要丢。

他把一枚铜币握在手边，走到潭边，面西而立，心中暗暗祷道：“希望有一天能把这几个小姐妹带回家去，带回她们真正的家，去踩那一片博大的后土。新大陆，她们已经去过两次，玩过密西根的雪，涉过落矶山的溪，但从未被长江的水所祝福，希望，有一天能回到后土上去朝山，站在全中国的屋脊上，说，看啊，黄河就从这里出发，长江就在这里吃奶。要是可能，给我七十岁或者六十五，给我一间草庐，在庐山，或是峨嵋山上，给我一根藤杖，一卷七绝，一个琴僮，几位棋友，和许多猴子许多云许多鸟。不过这个愿许得太奢侈了。阿里山神啊，能为我接通海峡对面五岳千峰的大小神明吗？”

姐妹潭一展笑靥，接去了他的铜币。

“爸爸许得最久了。”幼珊说。

“到了那一天，无论你们嫁到多远的地方去，也不关我的事了。”他说。

“什么意思吗？”

“只有猴子做我的邻居。”他说。

“哎呀好好玩！”

“最后，我也变成一只——千年老猿。像这样。”他做出欲攫季珊的姿态。

“你看爸爸又发神经了。”

慈云寺缺乏那种香火庄严禅房幽深的气氛。岛上的寺庙大半如此，不说也罢。倒是那所“阿里山森林博物馆”，规模虽小，陈设也简陋单调，离国际水准很远，却朴拙天然，令人觉得可亲。他在那里面很低回了一阵。才一进馆，颈背上便吹来一股肃杀的冷风。昂过头去，高高的门楣上，一把比一把狞恶，排列着三把青锋逼人的大钢锯。森林的刽子手啊，铁杉与红桧都受害于你们的狼牙。堂上陈列着阿里山五木的平削标本，从浅黄到深灰，色泽不一，依次是铁杉、峦大杉、台湾杉、红柱、扁柏。露天走廊通向陈列室。阿里山上的飞禽走兽，从云豹、麂、山猫、野山羊、黄鼠狼到白头鼯鼠，从绿鸠、蛇鹰到黄

鱼鸮，莫不展现它们生命的姿态。一个玻璃瓶里，浮着一具小小的梅花鹿胚胎，白色的胎衣里，鹿婴的眼睛还没有睁开。令他低回的，不是这些，是沿着走廊出来，堂上庞然供立，比一面巨鼓还要硕大的，一截红桧木的横剖面。直径宽于一只大鹰的翼展，堂堂的木面竖在那里，比人还高。树中高贵的族长，它生于宋神宗熙宁十年，也就是西元一〇七七年。中华民国元年，也就是明治四十五年，日本人采伐它，千里迢迢，运去东京修造神社。想行刑的那一天，须髯临风，倾天柱，倒地根，这长老长啸仆地的时候，已经有八百三十五岁的高龄了。一个生命，从北宋延续到清末，成为中国历史的证人。他伸出手去，抚摸那伟大的横断面。他的指尖溯帝王的朝代而入，止于八百多个同心圆的中心。多么神秘的一点，一个崇高的生命便从此开始。那时苏轼正是壮年，宋朝的文化正盛开，像牡丹盛开在汴梁，欧阳修墓上犹新，黄庭坚周邦彦的灵感犹畅。他的手指按在一个古老的春天上。美丽的年轮轮回着太阳的光圈，一圈一圈向外推开，推向元，推向明，推向清。太美了。太奇妙了。这些黄褐色的曲线，不是年轮，是中国脸上的皱纹。推出去，推向这海岛的历史。喏，也许是这一圈来了葡萄牙人的三桅战船。这一年春天，红毛鬼闯进了海峡。这一年，国姓爷的楼船渡海东来。大概是这一圈杀害了吴凤。有一年龙旗降下升起太阳旗。有一年他自己的海轮来泊在基……不对不对，那是最外的一圈之外了，哪，大约在这里。他从古代的梦中醒来，用手指划着虚空。

“爸爸，你在干什么呀？”季珊抬头看着他。

他抓住她的小手指，从外向内数，把她的指尖按在第十六圈上。

“公公就是这一年。”他说。

“公公这一年怎么啦？”她问。

走回宾馆，太阳就下山了。宋朝以前就是这样子，汉以前周以前就是这太阳，神农和燧人以前。在那尊巨红桧的心中，春来春去，画了八百圈年轮的长老，就是这太阳。在它眼中，那红桧和岛上一切的神木，都像小孩子一样幼稚吧。后羿留给我们的，这太阳。

此刻它正向谷口落下去，像那巨红桧小时候看见的那样，缓缓落了下去。千树万树，在无风的岑寂中肃立西望，参加一幕壮丽无比的葬礼。火葬烧着半边天。宇宙在降旗。一轮橙红的火球降下去，降下去，圆得完美无憾的火球啊，怪不得一切年轮都是他的摹仿，因为太阳造物以他自己的形象。

快要烧完了。日轮半陷在暗红的灰烬里，愈沉愈深。山口外，犹有殿后的霞光在抗拒四围的夜色，横陈在地平线上的，依次是惊红骇黄怅青铜绿和深不可泳的诡蓝渐渐沉溺于苍黛。怔望中，反托在空际的林影全黑了下来。

最后，一切都还给纵横的星斗。

但是太阳会收复世界的，在玉山之巅。在崦嵫山里这只火凤凰会铸冶新的光芒。高处不胜苦寒。他在两条厚毛毯里，瑟缩犹难入梦，盘盘旋旋的山路，还在腿上作麻。夜，太静了。毛黑茸茸的森林似乎有均匀的鼾息。不要错过日出不要，他一再提醒自己。我要亲眼看神怎样变戏法，那只火凤凰怎样突破蛋黄怎样飞起来，不要错过不要。他似乎枕在一座活火山上，有一种美丽的不安。梦是一床太短的被，无论如何也盖不完满。约会女友的前夕，从前，也有过这症状。无以名之，叫它做幸福症吧。睡吧睡吧不要真错过了不要。

走到祝山顶上，已经是六点半了。虽然是华氏四十度的气温，大家都喘着气，微有汗意。脸上都红通通的，“阿里山的姑娘”，他戏呼她们。天色透出鱼肚白，群峰睡意尚未消尽。雾气在下面的千壑中聚集。没有风。只有一只鸟，在新鲜的静寂中试投着它的清音。啾啾唧

啾啾唧唧啭啭唧唧。屏息的期待中，东方的天壁已经炙红了一大片。“快起来了，快起来了。”他回过头去，观日楼下的广场上，已然麇集了百多位观众，在迎接太阳的诞生。已经冻红的脸上，更反映着熊熊的霞光。

“上来了！”

“上来了！”

“太阳上来了上来了！”

浩阔的空间引爆出一阵集体的欢呼。就在同时，巍峨的玉山背后，火山猝发一样迸出了日头，赤金晃晃，千臂投手向他们投过来密密集集的标枪。失声惊呼的同时，一阵刺痛，他的眼睛也中了一枪。簇新的光，簇新簇新的光，刚刚在太阳的丹炉里炼成，猬集他一身。在清虚无尘的空中飞啊飞啊飞了八分钟，扑到他身上这簇光并未变冷。巨铜锣玉山上捶了又捶，神的噪音金熔熔的赞美诗火山熔浆一样滚滚而来，观礼的凡人全擎起双臂忘了这是一种无条件降服的仪式在海拔七千英尺以上。一座峰接一座峰在接受这样灿烂的祝福，许多绿发童子在接受那长老摩挲头颅。不久，福建和浙江也将天亮。然后是湖北和四川。庐山与衡山。秦岭与巴山。然后是漠漠的青海高原。溯长江溯黄河而上噫吁巇危乎高哉天苍苍野茫茫的昆仑山天山帕米尔的屋顶。太阳抚摸的，有一天他要用脚踵去膜拜。

可是他不能永远这样许下去，这长愿。四个小女孩在那边喊他。小红火车在高高的站上喊他，因为嘉义在下面的平原上喊小红火车。该回家了，许多声音在下面那世界喊他。许多街许多巷子许多电话电铃许多开会的通知限时信。许多电梯许多电视天线在许多公寓的屋顶。许多许多表格在阴暗的许多抽屉等许多图章的打击。第二手的空气。第三流的水。无孔不入无坚不摧，文明的赞美诗，噪音。什么才是家呢？他属于下面那世界吗？

火车引吭高呼。他们下山了。六千英尺。五千五。五千。他的心降下去。四十九个洞。八十九座桥。煞车的声音起自铁轨，令人心烦。把阿里山还给云豹。还给鹰和鸠。还给太阳和那些森林。荷兰旗。日本旗。森林的绿旄绿帜是不降的旗。四十九个洞。千年亿年。让太阳在上面画那些美丽的年轮。

一九七二年二月廿八日

# 牛蛙记

惊蛰以来，几场天轰地动的大雷雨当顶砸下，沙田一带，嫩绿稚青养眼的草木，到处都是水汪汪的，真有江湖满地的意思。就在这一片淋漓酣饱之中，蛙声遍地喧起，来势可惊。雨下听新蛙，阡陌呼应着阡陌，好像四野的水田，一夜之间蠢蠢都活了过来。这是一种比寂静更蛮荒的寂静。群蛙噪夜，可以当作一串串彼此引爆的地雷，不，水雷，当然没有天雷那么响亮，只能算天雷过后，满地隐隐的回声罢了。

不知怎地，从小对蛙鸣便有好感。现在反省起来，这种好感之中，不但含有乡土的亲切感，还隐隐藏着自然的神秘感，于是一端近乎水草，另一端却通于玄想和禅境了。孔稚圭庭草不剪，中有蛙鸣。王晏闻之曰："此殊聒人。"稚圭答曰："我听鼓吹殆不及此。"所谓鼓吹，是指鼓钲箫笳之乐，足见孔稚圭认为人籁终不及天籁，真是蛙的知己。

沙田在南中国最南端的一角小半岛上，亚热带的气候，正是清明过了，谷雨方首。每到夜里，谷底乱蛙齐噪，那一片野籁袭人而来，可以想见在水浒草间，无数墨绿而黏滑的乡土歌手，正摇其长舌，鼓其白腹，阁阁而歌。那歌声此起彼落，一递一接，可说是一场"接力唱”。那充沛富足的中气，就像从春回夏凯的暖土里传来，生机勃勃，比黑人的灵歌更肥沃更深沉。夜蛙四起，我坐其中，听初夏的元气从大自然丹田的深处叱咤呼喝，漫野而来。正如韩愈所说：“天之于时也亦然，择其善鸣者而假之鸣。”冥冥之中，惟其实是夏的发言人，只可惜大家太忙了，无暇细听。当然，天籁里隐藏的天机，玄乎其立，也不是完全听得懂的。有时碰巧夜深人静，独自盘腿闭目，行瑜伽吐纳之术，一时血脉畅通，心境豁然，蛙声盈耳，浑然忘机，竟似户外鼓腹鼓噪者为我，户内鼓腹吐纳者为蛙，人蛙相契，与夏夜合为一体了。

但是有一种蛙却令我难以浑然忘机，那便是蛙中之牛，所谓牛蛙。大约在五年前的夏天，久旱无雨，一连几夜听到它深沉而迟缓的低哞，不识其为何物，只有暗自纳罕。不久，我存也注意到了。晚饭后我们在屋后的坡上散步，山影幢幢，星光幽诡之中，其声闷闷然，郁郁然，单调而迟滞地从谷底传来，一哼一顿，在山间低震而隐隐有回声，像巨人病中的呻吟。两人停下步来，骇怪了一会，猜想那不是谷底的牛叫，就是樟树滩村里那户人家在推磨。但那家的牛会这么一叠连声地哞之不休，那家的人会这么勤奋，走马灯似的推磨不停，又教我们好生不解。后来睡到床上，万籁寂寞，天地之间只有那谜样的魔样的怪声时起时歇，来枕边祟人。有时那声音一呼一应，节拍紧凑，又像是有两条牛在对吟，益增疑惧。

这么过了几夜，其声忽歇，天地清静。日子一久，也就把这事给忘了：牛魔王也好，鬼推磨也好，随它去吧，只要我一枕酣然，不知东方之既白。直到有一晚，其声无缘无故，忽焉又起。我们照例散步上山，一路狐疑不解，但其声远在谷底，我们无法求证，也莫可奈何。就在这时，迎面来了光生伉俪，四人停下来聊天。提起怪声，我不免征询他们的意见，不料光生立刻答道：

“那是牛蛙。”

“什么？是牛蛙？”我们大吃一惊。

“对呀，就在楼下的阴沟里。”

“这么近！怪不得——”

“吵死人了，”轮到光生的太太开口，“整夜在我们楼下吼叫，真受不了。有一次我们烧了两大锅开水，端到阴沟的铁格子盖上，兜头兜脑浇了下去——”

“后来呢？”我存紧张地追问。

“就没有声音了。”

“真是——好肉麻。”

说到这里，四个人都笑了。但是在哞哞的牛蛙声中回到家里，我的内心却不轻松。模糊的猜疑一下子揭晓，变成明确的威胁——远虑原来竟是近忧！就在楼下的阴沟里！怪不得那么震人耳鼓，扰人心神！那笨重而鲁钝的次男低音，有了新的意义。几星期来游移不定的想象，忽然有了依附的对象。原来是牛蛙，怪不得声蛮如牛。《伊索寓言》有一则说蛙鼓足了气，要跟牛比大；使我想起，牛蛙的体格虽不如牛，气魄却不多让，那么有限的肺活量，怎能蕴含那么超人，不，“超蛙”的音量。如果它真的体大如牛，那么一匹长舌巨瞳的墨绿色两栖妖兽，伏地一吼，哮声之深邃沉洪，不知该怎样加倍骇人。我立刻去翻词典，词典说牛蛙又名喧蛙，雌蛙体长二十厘米，雄蛙十八厘米，为世上最大之蛙，又说其鼓膜之大，为眼径四分之三。喧蛙之名果不虚传，也难怪听了聒耳惊心，令人蠢蠢不安。

知道了那是什么之后，侧耳再听，果然远在天边，近在跟前，觉得那阴郁的低调，锲而不舍，久而不衰，在你的耳神经上像一把包了皮的钝锯子拉来拉去，真是不留伤痕的暗刑。那哮声在小怪物的丹田里发动，在它体内已着魔似的共鸣一次，到了它蹲伏的阴沟之中，变本加厉，又再共鸣一次，愈显得夸大吓人。为它取一个绰号，叫“阴沟里的地雷”，谁曰不宜？不用多说，那一夜我翻来覆去，到后半夜才含糊入梦。

扰攘数夜之后，其声息又止息。未几夏残秋至，牛蛙的威胁也就淡忘了。到了第二年初夏，第一声牛蛙发难，这一次，再无猜谜的余地。我存和我相对苦笑，两人互慰了一阵，准备用民主元首容忍言论自由的胸襟，来接受这逆耳之声。不过是几只小牛蛙在彼此唱和罢了，有什么好大惊小怪？这么一想，虽未全然心安，却似乎已经理得了。于是一任“阴沟里的地雷”一吼一答，互相引爆，只当没有听见。但此情恰如李清照所言，“才下眉头，却上心头”，自命不在乎了几天之后，那鲁钝而迟滞的单调苦吟，像一把毛哈哈的刷子一下又一下地曳过心头，更深人静的那一点清趣，全给毁了。

终于有一天晚上，容忍到了极限，光生伉俪烧水伏魔的一幕蓦地兜上心来。我去厨房里找来一大筒滴滴涕，又用手帕把嘴鼻蒙起，在颈背上打一个结，便冲下楼去。草地尽头，在几株幼枫之下，是一条长而曲折的排水阴沟，每隔丈许，便有两个长方形的铁格子沟盖。我沿沟巡了一圈，发现那郁闷困顿的呻吟，经过长沟的反激，就近听来，益发空洞而富回声，此呼彼应，竟然有好几处。较远的几处一时也顾不了，但近楼的一处铁格子盖下，郁叹闷哼的哞声，对我卧房的西窗最具威胁。我跪在草地上，听了一会，拾来一截长近三尺的枯松枝，伸进沟去捣了几下。哞声戛然而止。但盖孔太小，枯枝太弯，沟又太深，我知道“顽敌”只是一时息鼓，并未受创，只要我一转背，这潜伏的危机又会再起。我蓦地转过身去，待取背后的滴滴涕筒，忽见人影一闪。

“吉米，”原来是三楼张家的幺弟。

“余伯伯，你在做什么？”吉米见我半个脸蒙住，也微吃了一惊。

“赶牛蛙。这些东西吵死人。”

“牛蛙？什么是牛蛙？”

“牛蛙就是——特别大的青蛙。如果你是青蛙，我就是牛蛙。”

“老师说，青蛙吃害虫，对人类有益处。”

“可是它太吵人，就成了害虫，所以——”说到这里，我忽然觉得自己毫无理由，便拿起滴滴涕筒，对吉米说，

“站开些，我要喷了！”

说着便猛按筒顶的活塞，像纳粹的狱卒一样，向沟中之囚施放毒气。一时白烟飞腾，隔着手帕，仍微微嗅到呛人的瓦斯臭味。吉米在一旁咳起嗽来。几番扫射之后，滴滴涕筒轻了，想沟中毒气弥漫，“敌阵”必已摧毁无余。听了一会，更无声息，便牵了吉米的手回到屋里。

果然肃静了。只有远处的几只还在隐隐地呻吟，近处的这只完全缄默了，今晚可以高枕无忧。也许它已经中毒，正在垂死挣扎，本已扭曲的四肢更加扭曲。威胁一下子解除，我忽然感到胜利者的空虚和疲劳。为了耳根清静，就值得牺牲一条性命吗？带着淡淡的内疚，我朦胧地睡去。

第二天夜里，河清海晏，除了近处的虫吟细细，远村的犬吠荒荒，天地阒然无声。寂寞，是最耐听的音乐。它是听觉的休战状态，轻柔的静谧俯下身来，抚慰受伤的耳朵。我欣然摊开东坡的诗集，从容地咏味起来。正在这时，心头忽然像给毛刷子刷了一下，那哞声又开始了。那冥顽不灵的苦吟低叹，像一群不死不活的病牛，又开始它那天长地久无意无识的喧闹。我绝望地阖上诗集。还只当是休战呢，这不是车轮鏖战，存心斗我吗？我冲下楼去，沿着那叵测的阴沟侦察了一周。至少有七八只之多，听上去，那中气之足，打一场消耗战绝无问题。它们只要一贯其愚蠢，轮番地哼哼又哈哈，就可以逸待劳，毁掉

我一个晚上。

我冲回楼上，恶向胆边生。十分钟后，我提了满满一桶肥皂粉冲泡的水，气喘咻咻地重返阵地。近处的铁格子盖下，昨夜以为肃清了的，此刻吼得分外有劲，像在嘲弄我早熟的乐观。是原来的那只秋毫无损呢，还是别处的沟里又扑来了一只？带着受了骗的恼羞成怒，我把一整桶毒液兜头直淋了下去。沟底溅起了回声，那怪物魇呓了两声，又装聋作哑起来。我又回到楼上，提来又一桶酵得白沫四起的肥皂粉水，向一盖一盖的空格灌了下去。一不做，二不休，又取来滴滴涕，向所有的洞口逐一喷射过去。

这么折腾了一个多钟头，我倒是累了。睡到床上，还未安枕，那单调而有恶意的哼哈又起，一呼群应，简直是全面反击。我相信那支地下游击队已经不朽，什么武器都不会见效了。

“真像他妈的越共！”

“你在说什么？”枕边人醒过来，惺忪地问道。

第三年的夏天，之藩从美国来香港教书，成为我沙田山居的近邻，山间的风起云涌，鸟啭虫吟，日夕与共。起初他不开车，峰回路转的闲步之趣，得以从容领略。不过之藩之为人，凡事只问大要，不究细节，想他散步时对于周围发生的一切，也只是得其神髓而遗其形迹，不甚留心。一天晚上，跟我存在他阳台上看海，有异声起自下方，我存转身去问之藩：

“你听，那是什么声音？”

“哪有什么声音？”之藩讶然。

“你听嘛，”我存说。

之藩侧耳听了一会，微笑道：

“那不是牛叫吗？”

我存和我对望了一眼，我们笑了起来。

“那不是牛，是牛蛙，”她说。

“什么？是牛蛙。”之藩吃了一惊，在群蛙声中愣了一阵，然后恍然大悟，孩子似的爆笑起来。

“真受不了，”他边笑边说，“世界上没有比这更单调的声音！牛蛙！”他想想还觉得好笑。群蛙似有所闻，又哞哞数声相应。

“这种闷沉沉的苦哼，一点幽默感都没有，”我存说，“可是你听了却又可笑。”

“不笑又怎么办？”我说，“难道跟它对哼吗？其实这是苦笑，莫可奈何罢了。就像家里来了一个顽童，除了对他苦笑，还有什么办法。”

第二天在楼下碰见之藩，他形容憔悴，大嚷道：

“你们不告诉我还好，一知道了，反而留心去听！那声音的单调无趣，真受不了！一夜都没睡好！”

“抱歉抱歉，天机不该泄漏的。”我说，“有一次一位朋友看侦探小说正起劲，我一句话便把结局点破。害得他看又不是，不看又不是，气得要揍我。”

“过两天我太太从台北来，可不能跟她说，”之藩再三叮咛，“她常会闹失眠。”

看来牛蛙之害，有了接班人了。

烦恼因分担而减轻。比起新来的受难者，我们受之已久，久而能安，简直有几分优越感了。

第四年的夏天，隔壁搬来了新邻居。等他们安顿了之后，我们过去作睦邻的初访。主客坐定，茶已再斟，话题几次翻新，终于告一段落。岑寂之中，那太太说：

“这一带真静。”

我们含笑颔首，表示同意。忽然哞哞几声，从阳台外传了上来。

那丈夫注意到了，问道："那是什么？"

"你说什么？"我反问他。

"外面那声音。"那丈夫说。

"哦，那是牛——"我说到一半，忽然顿住，因为我存在看着我，眼中含着警告。她接口道：

"那是牛叫。山谷底下的村庄上，有好几头牛。"

"我就爱这种田园风味。"那太太说。

那一晚我们听见的不是群蛙，而是枕间彼此格格的笑声。

一九八〇年五月

# 我的四个假想敌

二女幼珊在港参加侨生联考，以第一志愿分发台大外文系。听到这消息，我松了一口气，从此不必担心四个女儿通通嫁给广东男孩了。

我对广东男孩当然并无偏见，在港六年，我班上也有好些可爱的广东少年，颇讨老师的欢心，但是要我把四个女儿全都让那些“靓仔”、“叻仔”掳掠了去，却舍不得。不过，女儿要嫁谁，说得洒脱些，是她们的自由意志，说得玄妙些呢，是因缘，做父亲的又何必患得患失呢？何况在这件事上，做母亲的往往位居要冲，自然而然成了女儿的亲密顾问，甚至亲密战友，作战的对象不是男友，却是父亲。等到做父亲的惊醒过来，早已腹背受敌，难挽大势了。

在父亲的眼里，女儿最可爱的时候是在十岁以前，因为那时她完全属于自己。在男友的眼里，她最可爱的时候却在十七岁以后，因为这时她正像毕业班的学生，已经一心向外了。父亲和男友，先天上就有矛盾。对父亲来说，世界上没有东西比稚龄的女儿更完美的了，唯一的缺点就是会长大，除非你用急冻术把她久藏，不过这恐怕是违法的，而且她的男友迟早会骑了骏马或摩托车来，把她吻醒。

我未用太空舱的冻眠术，一任时光催迫，日月轮转，再揉眼时，怎么四个女儿都已依次长大，昔日的童话之门砰地一关，再也回不去了。四个女儿，依次是珊珊、幼珊、佩珊、季珊。简直可以排成一条珊瑚礁。珊珊十二岁的那年，有一次，未满九岁的佩珊忽然对来访的客人说："喂，告诉你，我姐姐是一个少女了！"在座的大人全笑了起来。

曾几何时，惹笑的佩珊自己，甚至最幼稚的季珊，也都在时光的魔杖下，点化成"少女"了。冥冥之中，有四个"少男"正偷偷袭来，虽然蹑手蹑足，屏声止息，我却感到背后有四双眼睛，像所有的坏男孩那样，目光灼灼，心存不轨，只等时机一到，便会站到亮处，装出伪善的笑容，叫我岳父。我当然不会应他。哪有这么容易的事！我像一棵果树，天长地久在这里立了多年，风霜雨露，样样有份，换来果实累累，不胜负荷。而你，偶尔过路的小子，竟然一伸手就来摘果子，活该满地的树根绊你一跤！

而最可恼的，却是树上的果子，竟有自动落入行人手中的样子。树怪行人不该擅自来摘果子，行人却说是果子刚好掉下来，给他接着罢了。这种事，总是里应外合才成功的。当初我自己结婚，不也是有一位少女开门揖盗吗？"堡垒最容易从内部攻破"，说得真是不错。不过彼一时也，此一时也。同一个人，过街时讨厌汽车，开车时却讨厌行人。现在是轮到我来开车。

好多年来，我已经习于和五个女人为伍，浴室里弥漫着香皂和香水气味，沙发上散置皮包和发卷，餐桌上没有人和我争酒，都是天经地义的事。戏称吾庐为"女生宿舍"，也已经很久了。做了"女生宿舍"的舍监，自然不欢迎陌生的男客，尤其是别有用心的一类。但自己辖下的女生，尤其是前面的三位，已有"不稳"的现象，却令我想起叶慈的一句诗：

> 一切已崩溃，失去重心。

我的四个假想敌，不论是高是矮，是胖是瘦，是学医还是学文，迟早会从我疑惧的迷雾里显出原形，一一走上前来，或迂回曲折，嗫嚅其词，或开门见山，大言不惭，总之要把他的情人，也就是我的女儿，对不起，从此领去。无形的敌人最可怕，何况我在亮处，他在暗里，又有我家的“内奸”接应，真是防不胜防。只怪当初没有把四个女儿及时冷藏，使时间不能拐骗，社会也无由污染。现在她们都已大了，回不了头。我那四个假想敌，那四个鬼鬼祟祟的地下工作者，也都已羽毛丰满，什么力量都阻止不了他们了。先下手为强，这件事，该乘那四个假想敌还在襁褓的时候，就予以解决的。至少美国诗人纳许（Ogden Nash，1902—1971）劝我们如此。他在一首妙诗《由女婴之父来唱的歌》（Song to Be Sung by the Father of In fant Female Children）之中，说他生了女儿吉儿之后，惴惴不安，感到不知什么地方正有个男婴也在长大，现在虽然还浑浑噩噩，口吐白沫，却注定将来会抢走他的吉儿。于是做父亲的每次在公园里看见婴儿车中的男婴，都不由神色一变，暗暗想：“会不会是这家伙?”想着想着，他“杀机陡萌”（My dreams，I fear，are infanticiddle），便要解开那男婴身上的别针，朝他的爽身粉里撒胡椒粉，把盐撒进他的奶瓶，把沙撒进他的菠菜汁，再扔头优游的鳄鱼到他的婴儿车里陪他游戏，逼他在水深火热之中挣扎而去，去娶别人的女儿。足见诗人以未来的女婿为假想敌，早已有了前例。

不过一切都太迟了。当初没有当机立断，采取非常措施，像纳许诗中所说的那样，真是一大失策。如今的局面，套一句史书上常见的话，已经是“寇入深矣!”女儿的墙上和书桌的玻璃垫下，以前的海报和剪报之类，还是披头，拜丝，大卫·凯西弟的形象，现在纷纷都换上男友了。至少，滩头阵地已经被入侵的军队占领了去，这一仗是必败的了。记得我们小时，这一类的照片仍被列为机密要件，不是藏在枕头套里，贴着梦境，便是夹在书堆深处，偶尔翻出来神往一番，哪有这么二十四小时眼前供奉的？

这一批形迹可疑的假想敌，究竟是哪年哪月开始入侵厦门街余宅的，已经不可考了。只记得六年前迁港之后，攻城的军事便换了一批口操粤语少年来接手。至于交战的细节，就得问名义上是守城的那几个女将，我这位“昏君”是再也搞不清的了。只知道敌方的炮火，起先是瞄准我家的信箱，那些歪歪斜斜的笔迹，久了也能猜个七分；继而是集中在我家的电话，“落弹点”就在我书桌的背后，我的文苑就是他们的沙场，一夜之间，总有十几次脑震荡。那些粤音平上去入，有九声之多，也令我难以研判敌情。现在我带幼珊回了厦门街，那头的广东部队轮到我太太去抵挡，我在这头，只要留意台湾健儿，任务就轻松多了。

信箱被袭，只如战争的默片，还不打紧。其实我宁可多情的少年勤写情书，那样至少可以练习作文，不致在视听教育的时代荒废了中文。可怕的还是电话中弹，那一串串警告的铃声，把战场从门外的信箱扩至书房的腹地，默片变成了身历声，假想敌在实弹射击了。更可怕的，却是假想敌真的闯进了城来，成了有血有肉的真敌人，不再是假想了好玩的了，就像军事演习到中途，忽然真的打起来了一样。真敌人是看得出来的。在某一女儿的接应之下，他占领了沙发的一角，从此两人呢喃细语，嗫嚅密谈，即使脉脉相对的时候，那气氛也浓得化不开，窒得全家人都透不过气来。这时几个姐妹早已回避得远远的了，任谁都看得出情况有异。万一敌人留下来吃饭，那空气就更为紧张，好像摆好姿势，面对照相机一般。平时鸭塘一般的餐桌，四姐妹这时像在演哑剧，连筷子和调羹都似乎得到了消息，忽然小心翼翼起来。明知这僭越的小子未必就是真命女婿，（谁晓得宝贝女儿现在是十八变中的第几变呢？）心里却不由自主升起一股淡淡的敌意。也明

知女儿正如将熟之瓜，终有一天会蒂落而去，却希望不是随眼前这自负的小子。

当然，四个女儿也自有不乖的时候，在恼怒的心情下，我就恨不得四个假想敌赶快出现，把她们统统带走。但是那一天真要来到时，我一定又会懊悔不已。我能够想象，人生的两大寂寞，一是退休之日，一是最小的孩子终于也结婚之后。宋淇有一天对我说："真羡慕你的女儿全在身边！"真的吗？至少目前我并不觉得，自己有什么可羡之处。也许真要等到最小的季珊也跟着假想敌度蜜月去了，才会和我存并坐在空空的长沙发上，翻阅她们小时相簿，追忆从前，六人一车长途壮游的盛况，或是晚餐桌上，热气蒸腾，大家共享的灿烂灯光。人生有许多事情，正如船后的波纹，总要过后才觉得美的。这么一想，又希望那四个假想敌，那四个生手笨脚的小伙子，还是多吃几口闭门羹，慢一点出现吧。

袁枚写诗，把生女儿说成"情疑中副车"，这书袋掉得很有意思，却也流露了重男轻女的封建意识。照袁枚的说法，我是连中了四次副车，命中率够高的了。余宅的四个小女孩现在变成了四个小妇人，在假想敌环伺之下，若问我择婿有何条件，一时倒恐怕答不上来。沉吟半晌，我也许会说："这件事情，上有月下老人的婚姻谱，谁也不能窜改，包括韦固，下有两个海誓山盟的情人，'二人同心，其利断金'，我凭什么要逆天拂人，梗在中间？何况终身大事，神秘莫测，事先无法推理，事后不能悔棋，就算交给21世纪的电脑，恐怕也算不出什么或然率来。倒不如故示慷慨，伪作轻松，博一个开明父亲的美名，到时候带颗私章，去做主婚人就是了。"

问的人笑了起来，指着我说："什么叫做'伪作轻松'？可见你心里并不轻松。"

我当然不很轻松，否则就不是她们的父亲了。例如人种的问题，就很令人烦恼。万一女儿发痴，爱上一个耸肩摊手口香糖嚼个不停的小怪人，该怎么办呢？在理性上，我愿意“有婿无类”，做一个大大方方的世界公民。但是在感情上，还没有大方到让一个臂毛如猿的小伙子把我的女儿抱过门槛。现在当然不再是“严夷夏之防”的时代，但是一任单纯的家庭扩充成一个小型的联合国，也大可不必。问的人又笑了，问我可曾听说混血儿的聪明超乎常人。我说：“听过，但是我不希罕抱一个天才的‘混血孙’。我不要一个天才儿童叫我Grandpa，我要他叫我外公。”问的人不肯罢休：“那么省籍呢？”

“省籍无所谓，”我说，“我就是苏闽联姻的结果，还不坏吧？当初我母亲从福建写信回武进，说当地有人向她求婚。娘家大惊小怪，说‘那么远！怎么就嫁给南蛮！’后来娘家发现，除了言语不通之外，这位闽南姑爷并无可疑之处。这几年，广东男孩锲而不舍，对我家的压力很大，有一天闽粤结成了秦晋，我也不会感到意外。如果有个台湾少年特别巴结我，其志又不在跟我谈文论诗，我也不会怎么为难他的。至于其他各省，从黑龙江直到云南，口操各种方言的少年，只要我女儿不嫌他，我自然也欢迎。”

“那么学识呢？”

“学什么都可以。也不一定要是学者，学者往往不是好女婿，更不是好丈夫。只有一点：中文必须精通。中文不通，将祸延吾孙！”

客又笑了。“相貌重不重要？”他再问。

“你真是迂阔之至！”这次轮到我发笑了，“这种事，我女儿自己会注意，怎么会要我来操心？”

笨客还想问下去，忽然门铃响起。我起身去开大门，发现长发乱处，又一个假想敌来掠余宅。

一九八〇年九月于厦门街

# 日不落家

## 一

一元的旧港币上有一只雄狮，戴冕控球，姿态十分威武。但七月一日以后，香港归还了中国，那顶金冠就要失色，而那只圆球也不能号称全球了。伊丽莎白二世在位，已经四十五年，恰与一世相等。在两位伊丽莎白之间，大英帝国从起建到瓦解，凡历四百余年，与汉代相当。方其全盛，这帝国的属地藩邦、运河军港，遍布了水陆大球，天下四分，独占其一，为历来帝国之所未见，有“日不落国”之称。

而现在，日落帝国，照艳了香港最后这一片晚霞。“日不落国”将成为历史，代之而兴的乃是“日不落家”。

冷战时代过后，国际日趋开放，交流日见频繁，加以旅游便利，资讯发达，这世界真要变成地球村了。于是同一家人辞乡背井，散落到海角天涯，昼夜颠倒，寒暑对照，便成了“日不落家”。今年我们的四个女儿，两个在北美，两个在西欧，留下我们二老守在岛上。一家而分在五国，你醒我睡，不可同日而语，也成了“日不落家”。

幼女季珊留法五年，先在昂热修法文，后去巴黎读广告设计，点唇画眉，似乎沾上了一些高卢风味。我家英语程度不低，但家人的法语发音，常会遭她纠正。她擅于学人口吻，并佐以滑稽的手势，常逗得母亲和姐姐们开心，轻则解颜，剧则捧腹。可以想见，她的笑话多半取自法国经验，首当其冲的自然是法国男人。马歇·马叟是她的偶像，害得她一度想学默剧。不过她的设计也学得不赖，我译的王尔德喜剧《理想丈夫》，便是她做的封面。现在她住在加拿大，一个人孤悬在温哥华南郊，跟我们的时差是早八小时。

长女珊珊在堪萨斯修完艺术史后，就一直留在美国，做了长久的纽约客。大都会的艺馆画廊既多，展览又频，正可尽情饱赏。珊珊也没有闲着，远流版两巨册的《现代艺术理论》就是她公余、厨余的译续。华人画家在东岸出画集，也屡次请她写序。看来我的“序灾”她也有份了，成了“家患”，虽然苦些，却非徒劳。她已经做了母亲，男孩四岁，女孩未满两岁。家教所及，那小男孩一面挥舞恐龙和电动神兵，一面却随口叫出凡·高和蒙娜丽莎的名字，把考古、科技、艺术合而为一，十足一个博闻强记的顽童。四姐妹中珊珊来得最早，在生动的回忆里她是破天荒第一声婴啼，一婴开啼，众婴响应，带来了日后八根小辫子飞舞的热闹与繁华。然而这些年来她离开我们也最久，而自己有了孩子之后，也最不容易回台，所以只好安于“日不落家”，不便常回“娘家”了。她和幺妹之间隔了一整个美洲大陆，时差，又早了三个小时。

凌越森森的大西洋更往东去五小时的时差，便到了莎士比亚所赞的故乡，“一块宝石镶嵌在银涛之上”。次女幼珊在曼彻斯特大学专攻华滋华斯，正襟危坐，苦读的是诗翁浩繁的全集，逍遥汗漫，优游的也还是诗翁俯仰的湖区。华滋华斯乃英国浪漫诗派的主峰，幼珊在柏克莱写硕士论文，仰攀的是这翠微，十年后径去华氏故乡，在曼城写博士论文，登临的仍是这雪顶，真可谓从一而终。世上最亲近华氏的

女子，当然是他的妹妹桃乐赛（Dorothy Wordsworth），其次呢，恐怕就轮到我家的二女儿了。

幼珊留英，将满三年，已经是一口不列颠腔。每逢朋友访英，她义不容辞，总得驾车载客去西北的坎布利亚，一览湖区绝色，简直成了华滋华斯的特勤导游。如此奉献，只怕桃乐赛也无能为力吧。我常劝幼珊在撰正论之余，把她的英国经验，包括湖区的唯美之旅，一一分题写成杂文小品，免得日后“留英”变成“留白”。她却惜字如金，始终不曾下笔，正如她的幺妹空将法国岁月藏在心中。

幼珊虽然远在英国，今年却不显得怎么孤单，因为三妹佩珊正在比利时研究，见面不难，没有时差。我们的三女儿反应迅速，兴趣广泛，而且“见异思迁”：她拿的三个学位依次是历史学士、广告硕士、行销博士。所以我叫做“柳三变”。在香港读中文大学的时候，她的钢琴演奏曾经考取八级，一度有意去美国主修音乐；后来又任《星岛日报》的文教记者。所以在餐桌上我常笑语家人：“记者面前，说话当心。”

回台以后，佩珊一直在东海的企管系任教，这些年来，更把本行的名著三种译成中文，在“天下”、“远流”出版。今年她去比利时做市场调查，范围兼及荷兰、英国。据我这做父亲的看来，她对消费的兴趣，不但是学术，也是癖好，尤其是对于精品。她的比利时之旅，不但饱览佛朗德斯名画，而且遍尝各种美酒，更远往土耳其，去清真寺仰听尖塔上悠扬的呼祷，想必是十分丰盛的经验。

## 二

世界变成了地球村，这感觉，看电视上的气象报告最为具体。台湾太热，温差又小，本地的气象报告不够生动，所以爱看外地的冷暖，尤其是够酷的低温。每次播到大陆各地，我总是寻找沈阳和兰州。“哇！零下十二度耶！过瘾啊！”于是一整幅雪景当面掴来，觉得这世界还是多彩多姿的。

一家既分五国，气候自然各殊。其实四个女儿都在寒带，最北的曼彻斯特约当北纬五十三度又半，最南的纽约也还有四十一度，都属于高纬了。总而言之，四个女儿纬差虽达十二度，但气温大同，只得一个冷字。其中幼珊最为怕冷，偏偏曼彻斯特严寒欺人，而读不完的华滋华斯又必须久坐苦读，难抵凛冽。对比之下，低纬二十二度半的高雄是暖得多了，即使嚷嚷寒流犯境，也不过等于英国的仲夏之夜，得盖被窝。

黄昏，是一日最敏感最容易受伤的时辰，气象报告总是由近而远，终于播到了北美与西欧，把我们的关爱带到高纬，向陌生又亲切的都市聚焦。陌生，因为是寒带。亲切，因为是我们的孩子所在。

“温哥华还在零下！”

“暴风雪袭击纽约，机场关闭！”

“伦敦都这么冷了，曼彻斯特更不得了！”

“布鲁塞尔呢，也差不多吧？”

坐在热带的凉椅上看国外的气象，我们总这么大惊小怪，并不是因为没有见识过冰雪，或是孩子们还在稚龄，不知保暖，更不是因为那些国家太简陋，难以御寒。只因为父母老了，念女情深，在记忆的深处，梦的焦点，在见不得光的潜意识底层，女儿的神情笑貌仍似往昔，永远珍藏在娇憨的稚岁，童真的幼龄——所以天冷了，就得为她们加衣，天黑了，就等待她们一一回来，向热腾腾的晚餐，向餐桌顶上金黄的吊灯报到，才能众辫聚首，众瓣围葩，辐辏成一朵哄闹的向日葵。每当我眷顾往昔，年轻的幸福感就在这一景停格。

人的一生有一个半童年。一个童年在自己小时候，而半个童年在

自己孩子的小时候。童年，是人生的神话时代，将信将疑，一半靠父母的零星口述，很难考古。错过了自己的童年，还有第二次机会，那便是自己子女的童年。年轻爸爸的幸福感，大概仅次于年轻妈妈了。在厦门街绿荫深邃的巷子里，我曾是这么一位顾盼自得的年轻爸爸，四个女婴先后裹着奶香的襁褓，投进我喜悦的怀抱。黑白分明，新造的灵瞳灼灼向我转来，定睛在我脸上，不移也不眨，凝神认真地读我，似乎有一点困惑。

“好像不是那个（妈妈）呢，这个（男人）。”她用超语言的混沌意识在说我，而我，更逼近她的脸庞，用超语言的笑容向她示意：“我不是别人，是你爸爸，爱你，也许比不上你妈妈那么周到，但不会比她较少。”她用超经验的直觉将我的笑容解码，于是学起我来，忽然也笑了。这是父女间第一次相视而笑，像风吹水绽，自成涟漪，却不落言筌，不留痕迹。

为了女婴灵秀可爱，幼稚可哂，我们笑。受了我们笑容的启示，笑声的鼓舞，女婴也笑了。女婴一笑，我们以笑回答。女婴一哭，我们笑得更多。女婴刚会起立，我们用笑勉励。她又跌坐在地，我们用笑安抚。四个女婴马戏团一般相继翻筋斗来投我家，然后是带爬、带跌、带摇、带晃，扑进我们张迎的怀里——她们的童年是我们的“笑季”。

为了逗她们笑，我们做鬼脸。为了教她们牙牙学语，我们自己先儿语牙牙：“这是豆豆，那是饼饼，虫虫虫虫飞！”成人之间不屑也不敢的幼稚口吻、离奇动作，我们在孩子面前，特权似的，却可以完全解放，尽情表演。在孩子的真童年里，我们找到自己的假童年，乡愁一般再过一次小时候，管它是真是假，是一半还是完全。

快乐的童年是双全的互惠：一方面孩子长大了，孺慕儿时的亲恩；一方面父母老了，眷念子女的儿时。因为父母与稚儿之间的亲情，最原始、最纯粹、最强烈，印象最久也最深沉，虽经万劫亦不可磨灭。坐在电视机前，看气象而念四女，心底浮现的常是她们孩时，仰面伸手，依依求抱的憨态，只因那形象最萦我心。

最萦我心是第一个长夏，珊珊卧在白纱帐里，任我把摇篮摇来摇去，乌眸灼灼仍对我仰视，窗外一巷的蝉嘶。是幼珊从躺床洞孔倒爬了出来，在地上颤颤昂头像一只小胖兽，令众人大吃一惊，又哄然失笑。是带佩珊去看电影，她水亮的眼珠在暗中转动，闪着银幕的反光，神情那样紧张而专注，小手微汗在我的手里。是季珊小时候怕打雷和鞭炮，巨响一迸发就把哭声埋进婆婆的怀里，呜咽久之。

不知道她们的母亲，记忆中是怎样为每一个女孩的初貌取景造形。也许是太密太繁了，不一而足，甚至要远溯到成形以前，不是形象，而是触觉，是胎里的颠倒蜷伏，手撑脚踢。

当一切追溯到源头，混沌初开，女婴的生命起自父精巧遇到母卵，正是所有爱情故事的雏形。从父体出发长征的，万头攒动，是适者得岸的蝌蚪宝宝，只有幸运的一头被母岛接纳。于是母女同体的十月因缘奇妙地开始。母亲把女婴安顿在子宫，用胚胎喂她，羊水护她，用脐带的专线跟她神秘地通话，给她暧昧的超安全感，更赋她心跳、脉搏与血型，直到大蝌蚪变成了大头宝宝，大头朝下，抱臂交股，蜷成一团，准备向生之窄门拥挤顶撞，破母体而出，而且鼓动肺叶，用尚未吃奶的气力，嗓音惊天地而动鬼神，又像对母体告别，又像对母亲报到，洪亮的一声啼哭：“我来了！”

## 三

母亲的恩情早在孩子会呼吸以前就开始，所以中国人计算年龄，是从成孕数起。那原始的十个月，虽然眼睛都还未睁开，已经样样向

母亲索取，负欠太多。等到降世那天，同命必须分体，更要断然破胎、截然开骨，在剧烈加速的阵痛之中，挣扎着，夺门而出。生日蛋糕之甜，烛火之亮，是用母难之血来偿付的。但生产之大劫不过是母爱的开始，日后母亲的辛勤照顾，从抱到背，从扶到推，从拉拔到提掖，字典上凡是手字部的操劳，哪一样没有做过？《蓼莪》篇说："哀哀父母，生我劬劳。"其实肌肤之亲、操劳之动，母亲远多于父亲。所以《蓼莪》又说："母兮鞠我，拊我畜我，长我育我，顾我复我，出入腹我。欲报之德，昊天罔极？"其中所言，多为母恩。"出入腹我"一句形容母不离子，最为传神，动物之中恐怕只有袋鼠家庭胜过人伦了。

从前是四个女儿常在身边，顾之复之，出入腹之。我存肌肤白皙，四女多得遗传，所以她们小时我戏呼之为"一窝小白鼠"。在丹佛时，长途旅行，一窝小白鼠全在我家车上，坐满后排。那情景，又像是所有的鸡蛋都放在同一只篮里。我手握驾驶盘，不免倍加小心，但是全家同游，美景共享，却也心满意足。在香港的十年，晚餐桌上热汤蒸腾，灯氛温馨，四只小白鼠加一只大白鼠加我这大老鼠围成一桌，一时六口齐张，美肴争入，妙语争出，叽叽喳喳喧成一片，鼠伦之乐莫过于此。

而现在，一窝小白鼠全散在四方，这样的盛宴久已不再。剩下二老，只能在清冷的晚餐后，向国外的气象报告去揣摩四地的冷暖。中国人把见面打招接呼叫做寒暄。我们每晚在电视上真的向四个女儿"寒暄"，非但不是客套，而且寓有真情，因为中国人不惯和家人紧抱热吻，恩情流露，每在淡淡的问暖嘘寒，叮嘱添衣。

往往在气象报告之后，做母亲的一通长途电话，越洋跨洲，就直接拨到暴风雪的那一端，去"寒暄"一番，并且报告高雄家里的现况，例如父亲刚去墨西哥开会，或是下星期要去川大演讲，她也要同行。有时她一夜电话，打遍了西欧北美，耳听四国，把我们这"日不落家”的最新动态收集汇整。

看着做母亲的曳着电线，握着听筒，跟九千里外的女儿短话长说，那全神贯注的姿态，我顿然领悟，这还是母女连心、一线密语的习惯。不过以前是用脐带向体内腹语，而现在，是用电缆向海外传音。

而除了脐带情结之外，更不断写信，并附寄照片或剪稿，有时还寄包裹，把书籍、衣饰、药品、隐形眼镜等等，像后勤支援前线一般，源源不绝向海外供应。类此的补给从未中止，如同最初，母体用胎盘向新生命输送营养和氧气：绵绵的母爱，源源的母爱，唉，永不告竭。

所谓恩情，是爱加上辛苦再乘以时间，所以是有增无减，且因累积而变得深厚。所以《诗经》叹曰：“欲报之德，昊天罔极？”

这一切的一切，从珊珊的第一声啼哭以前就开始了。若要彻底，就得追溯到四十五年前，当四个女婴的母亲初遇父亲，神话的封面刚刚揭开，罗曼史正当扉页。到女婴来时，便是美丽的插图了。第一图是父之囊。第二图是母之宫。第三图是育婴床，在内江街的妇产医院。第四图是摇婴篮，把四个女婴依次摇啊摇，没有摇到外婆桥，却摇成了少女，在厦门街深巷的一栋古屋。以后的插图就不用我多讲了。

这一幅插图，看哪，爸爸老了，还对着海峡之夜在灯下写诗。妈妈早入睡了，微闻鼾声。她也许正梦见从前，有一窝小白鼠跟她捉迷藏，躲到后来就走散了，而她太累，一时也追不回来。

一九九七年四月

# 不流之星

最后，总算找到一丛林投树影。高岛把吉普车开过来，横挡在树丛背后，风势就不再那么嚣张了。他从车厢里取出油布，铺在碎砂地上，再把两床毛毯压在布上，镇住掀腾的海风。车灯一熄，就只剩潮声滔滔，在林投树外捣打着黑岸。四个人头朝着吉普车，脚底朝着远方的公路，并排仰卧在毯上。

于是十一月的夜空，啊，星空，为我们揭开了天启。

那一天正是二〇〇一年十一月十七日，天文学家早已预告狮子星座会下流星雨。观星族昼伏夜出，都远离人间的灯火，去暗处，仰望天上的星光，恨不得眼睛能长在头顶。我们原不想去凑热闹，因为四年前海尔·鲍普彗星过境，观星族在南部空前塞车，倾巢而出的盛况，真像遍野露宿，要迎接外太空光临的什么明星。也确是明星啊，青发飘扬，被梳于太阳风炎炎的火掌。更是稀客，四千年才来访这么一趟，那气派，似乎众星都成了标点，惟独它才是跨版的头条。我们的车当然也困在屏东某处，好不容易才挤到一座桥下，在甘蔗田边露宿了一晚。

这一次原来是为了我存的生日，和朋友们来青蛙石旁的青年活动中心提前庆祝。晚餐过后，大家唱了十几首歌，酒意渐退，夜色转深，户外的海风刮得更紧，大家也就散了。

高岛却意犹未尽，浓眉一扬说，何不出去散一会步。我们说风太大了，恐怕会冷。他就说，多穿一点好了。于是我们，就是我存、幼珊、我，都戴上帽子，披上围巾，跟高岛推门而出。

走到中庭，清狂的海风将人吹醒，抬头一望，天上却异常骚动。星光像棋子一般早已布满了，密密的星光迎风寒颤，像彼此在呼应，又像是对我们召喊。大家兴奋起来，经不起高岛一怂恿，都上了他的吉普车。不到半小时，我们就躺在巴士海峡的岸边了。

海浪嚣嚣侵耳。海风像冷血的蛇，窜入了衣袖和裤脚管，令人不安。我一提恐怕有蛇，大家竟有些惴惴，林投树影也似乎可疑了。已经十点多了，远方的公路上偶尔车过，灯光也掠人眉睫。但最后，星空的壮丽无言而化，令人平静了下来。

该知道的，近来已经成为常识了。所谓流星，只是彗星轨道上留下的杂屑碎片，因辐射与太阳风而散开，与地球相遇，就冲撞或追撞上来，但因速度每秒高达七十四到一百一十公里，在大气层的外围，离地面八十五公里到一百十五公里就烧光了。流星往往极小，细如沙粒，甚至只有百万分之一公克，再小就看不见了。大的可以到一千公斤。如果能直透大气落到地面，就算陨石了。通常每一天来侵地球的流星，达到一亿颗之多，简直不可思议。幸好我们有大气层保护。没有大气的月球就赤裸裸地，任凭万古陨石的袭击，只好变成麻脸美人了。

“狮子座的流星，”我存说，“都是从狮子星座射出来的吗？”

“不是的，”我说，“狮子座离我们远得很呢！例如它的第一号星Regulus，我们叫做轩辕十四，就离地球有七十光年。至于今晚我们要看的流星，不过是彗星尘在地球大气层摩擦燃烧的景象。只因它出现

在狮子座的方向，我们为了方便，这么称呼而已：其实这些所谓流星，离我们只有一百公里左右，跟那些天外的狮子毫无关系。”

“那狮子座究竟在什么方向呢？”幼珊说。

“在这个季节的晚上，”我说，“十点多了，应该在东北的高空，不难找的。”

“没错，”高岛说着，用电筒照着一本星图手册，翻了一下，“就在北斗的斜上方。斗魁朝外的两颗亮星，天枢和天璇，联成一线向下延长五倍，是北极星，向上延长七八倍，就是狮子座的老大 Alpha 了。”

“是鹅銮鼻的上面吗？”我存说。

“还要朝北一点。”我说。

“先要找到北斗七星才行。”我存说。

“那不是北斗吗？”幼珊指向三十多度的北空，“斗柄朝上呢——”

“啊！”两个女人同时惊呼，兴奋异常。

“是流星吗？”高岛问。

“是呀。”幼珊得意地笑了。

预测成真，大家都很兴奋，一起仰望着璀璨的星穹，像是共读着一页闪着神秘符号的无字天书。那奥秘之书，读得人目眩而神迷，愈是不解愈觉得耐看，终于幻觉此身已非我，似乎正在蝉蜕而飞升，浮游于著魔之境。久之我竟半寐半寤，渐渐忘了此行是来仰观流星的了。

“啊！”三个人一起惊叹，这一次，连高岛也见到了。

“我怎么就没看见？”我惋惜道。

只有一次，我眼角似乎有一闪异光掠过。而这时，我存已数到六颗，幼珊和高岛也各见了三颗。我有些不甘心，但仍然觉得不虚此行。虽然流星雨只沾到一滴，但是这满天的“不流之星”，这一簇簇一丛丛高吊的氢灯与氦灯，夺目而攫神，空间至宏至大，时间至长至久，乃无可伦比的终极剧院，几闪一瞥即逝的流星，不过是无足轻重的临时演员——我真正要崇拜的是这些“不流之星”交辉互映的洪荒气象、宇宙舞台。今夕何幸，竟能枕着涛声、风声，脚心对着北极的天轴，让我蜕去卑微的此身、匆促的此生，从容不迫，向诸天的众神默祷致敬。

我们仰偃的砂岸在台湾最南端，还不到北纬二十二度。相对地，北极星的仰角也就低于二十二度，太近地面了，就很难找。但它的指标北斗七星，希腊人叫做大熊座的，入冬便转到它的上面来了。这一丛灿烂是北天最显贵的光族，除了柄魁相接的天权之外，其余六星全是二等，加起来就灼灼耀眼了。难怪唐人的诗句说“北斗七星高，哥舒夜带刀”，因为愈往北走，七星就愈高，仰角与纬度形成正比，而愈高也就愈明亮了。

把斗魁朝外的一边，也就是天璇接天枢的虚线延长五倍，就是北极星所在了。其实渺渺天球，茫茫宇宙，无数赤经猬集的一点，太虚幻境最神秘的瓜蒂，离北极星，所谓的北极星，还有一度。这在天文上便谬以光年了。天文学家说，到公元二一〇〇年，那距离会缩减到半度以下。

不过，天文学家又说，过了公元二一〇〇年，天球的北极又会逐年远离今日的北极星，而向织女星缓缓移动。当然，从人类短促的岁月看来，那变化何止沧海桑田，简直是天长地久。原来我们这可怜的地球，年去年来，在太空自转又公转，那曲折的长途并非逍遥之旅，而是身不由己，受到星际引力不断的牵连。太阳系的远亲与近邻，从日月到内外的行星，对我们拉扯的结果，使地球成为一只旋转得不稳的陀螺。而相对于地轴倾斜的摇摆，天轴在天球上也描出二十三度半的赤纬，于是满天纵横的星座也必须调整其坐标，同时春分在赤道上的位置也不断西移。变动的幅度大约是每七十年一度，平均两万六千

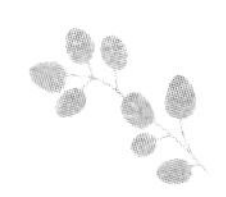

年满一周期。

天轴北极既然随地轴变动，天文学家乃预测，到公元一万四千年，昊天的绝顶当移至织女星的附近，于是织女星就要取代北极星，夜复一夜，接受众星簇拥的光荣了。

这时流星已渐稀，大家的目光漫巡于北天，不禁讨论起北斗七星来。高岛举起电筒的弱柱，不自量力地妄朝星空扫来扫去。

“要连接七星的哪两颗，”幼珊说，“才能指到北极星呢？”

“把方斗朝外的一边，哪，”高岛说着，电筒的光芒抖了两下，“向下描五倍的样子，就是了。”

“我还是找不到，”我存放下双筒望远镜。

“找不到的，”我说，“北极星太低了，而且并不亮丽，只是二等星。倒是一万两千年后，来接班的织女星是天上第五颗最亮的明星。其实织女星的亮度是太阳的五十倍；只是它离我们有二十六光年，是天狼星距离的三倍，如果把它放在天狼星的位置，那它的光芒不但会盖过天狼，恐怕连金星跟火星也要逊色。其实呢，所谓星象并非永恒，只是人生的蟪蛄怎么能看透神的春秋呢？而另一方面，亘古的星象，我们所见的，不过是从有限的角度，一偏之见而已，真正是坐井观天——”

“我们躺在这里，像四只井底之蛙！”高岛呵呵大笑。大家都笑了起来。

“一点也不错，”我叹道，“障碍太多了。人间的灯火，以近害远。愈近地面，景象愈模糊。而不平的地平线正是我们的井口，把我们困在里面。何况浩瀚的星空太高深了，光年的远景天外有天，日上有日，银河的盘旋之后更旋着千盘百盘的银河，凭我们的目光如豆——”

“对呀，还比不上青蛙的大凸眼呢！”幼珊打断我得意的呓语。

“看哪，天狼星都升起来了！”高岛惊呼。

“在哪里？”我存说。

“向左边看，”我说，“还没有那么高。它出来还没太久呢。冬晚看星，要从猎户座看起，因为它就在天球赤道上，接近天顶，而且形状好认，亮星多而集中，所以最有气派，自然成为前半夜最显赫的天标。猎户座本身就有两大明星：左翼的参宿四是星空第十亮星，右翼的参宿七是星空第七。紧追在猎户后面的，是诸天最亮的天狼，而猎户紧追的，是金牛，和牛目眈眈的毕宿五，光芒为星空第十四。毕宿五的西名是阿尔德巴朗（Aldebaran），来自阿拉伯文，意思是‘追踪者’——”

“还要追呀，”幼珊笑了，“又追什么呢？”

“我知道，”高岛说，“追七姐妹！”

“对！追巨人阿特力士和水神所生的七个女儿，”我说，“希腊神话说，猎人厄莱音（Orion）苦追七姐妹，月神来救，把她们变成了星座，升天后还依偎在一起。其实呢，那一丛密密麻麻，何止七颗，还纠缠着一窝暧昧的星云——”

“何止七颗呢，有好几十颗！”高岛说着，把望远镜递给了我存。

“哎呀！”忽然她和幼珊齐发惊呼。

“又是一颗流星，你看到没有？”我存问我。

“我还是没看到，”我说，“恐怕是没有流星缘吧。不过今晚天色清朗，风紧星密，虽然流星不多，而我见到的更少，但是这满天的‘不流之星’，这许多历历星宿，暧暧天河，我们今晚一同仰望的，古代的圣贤豪杰，骚人逐客，在寂寞的深更也都曾叹息见证，叹生命的匆促，宇宙的无穷。能这么并排仰卧在天地之间，共同面对赤裸裸的宇宙，该是最值得纪念的一夜了。想一百多年前，寂寞无告的梵谷，戴着帽檐插烛的草帽，在阿尔的夜空下画那幅神奇的《星光夜》时，又有谁肯陪伴着他呢？”

大家又陷入冥想之中。

当近空的流星擦火柴似的一闪即灭，就算是流星雨吧，也不过是一场小阵雨，怎么淋得熄远空高穹悬挂的千万座大吊灯呢？天狼星南面的气象君临着海天，狼睛的青辉睥睨慑人。猎户升得更高了，艳红的参宿四与透蓝的参宿七遥遥呼应，像隔着三星连贯的钻石腰带，在互打旗语。前面奔踹的是金牛，绯橙色的怪眼定定瞪住惊怯的七姐妹，瑟缩在一起像一团星云，不，星雾。据说这一簇姐妹淘诞生才一亿五千万年，这在星裔史上要算是豆蔻青春了。

但是谁也不可能去追她们了，因为敻辽开阔的这大千世界，光年的驿站无始无终，光波与电磁波在寂寞的真空里辛勤地奔波，无所谓昼夜，更不论季节。什么都在绝望的另一端：织女离我们二十五光年，牵牛离我们十六，就凭人间一瞬的七夕，能横渡无情的天河吗？光华绚烂的星穹，那样豪奢的亿兆灯饰，炫人眼睫，夜复一夜的嘉年华会，空耗的排场只有众神才挥霍得起。究竟是为了谁呢，又能够维持多久呢？不可能是为了渺小的人类吧？二十五光年或三千光年有什么区别呢，反正是可望而不可即吧？人类不过是一群穷孩子，而星空是富丽昂贵的展示橱窗，那些希腊名牌的非卖品，只能踮着脚看，不许摸的。

然则以北极星为轴顶，这星斗阑干的一盘盘奇诡图案，变中有常，常中有变，早在八卦与楔形文字之前，已经像旋转木马那样子天旋地转。那一组又一组灿烂而又隐晦的符号，从伏羲到张衡到徐光启，从希巴克斯到哥白尼到牛顿到马克司威尔，多少好奇的眼睛为之动心而出神而长夜不寐，为了向此中寻求天启。然则奥秘的星空啊究竟是宗教之源、神话之墟，还是科学的现场？最耐久、最耐读、也最难索解的这满空密码，罗列着光谱，标点着黑暗，谁能说得清，究竟，是无限的坐标、永恒的隐喻，还是众神的脸谱？

尽管如此，这一刻却轮到了我，轮到我仰卧在南溟之滨，北纬二十二度还不足，东经一百二十一度却更加，来仰对初冬肃穆的高穹。全宇宙神秘的光采，有的近在几个光年外，像人马座的主星，有的远从好几千甚至几百万光年的彼端，像仙女座暧昧的银河，跨越真空的迢迢征途，虽然方向各异，长短不一，此刻却不约而同，竟猬集而辐辏，都赶到我的睫间。全宇宙亿兆的星球，竟都纳入了一球渺小，像我忙碌的瞳孔。不知道这是否造化有意的安排，或许，所谓永恒也不过如此。

二○○二年八月于高雄